HEYNE BÜCHER

SCIENCE FICTION

Herausgegeben
von Wolfgang Jeschke

Ein Verzeichnis aller Romane von
ALAN DEAN FOSTER
finden Sie am Schluß des Bandes.

ALAN DEAN FOSTER

Schlangenaugen

Erzählungen

Aus dem Amerikanischen
von
SUSANNE WALTER

Deutsche Erstausgabe

WILHELM HEYNE VERLAG
MÜNCHEN

HEYNE SCIENCE FICTION & FANTASY
Band 0605670

Titel der amerikanischen Originalausgabe
WHO NEEDS ENEMIES
Deutsche Übersetzung von Susanne Walter
Das Umschlagbild ist von Andreas Reiner

Umwelthinweis:
Dieses Buch wurde auf
chlor- und säurefreiem Papier gedruckt.

Redaktion: Renate Gotthardt

Amerikanische Erstausgabe 1984 by Ballantine Books, New York
A Del Rey Book
Mit freundlicher Genehmigung des Autors
und Paul & Peter Fritz
Literarische Agentur, Zürich
(# 8603)

Printed in Germany Juli 1997
Umschlaggestaltung: Atelier Ingrid Schütz, München
Technische Betreuung: M. Spinola
Satz: Schaber Satz- und Datentechnik, Wels
Druck und Bindung: Elsnerdruck, Berlin

ISBN 3-453-12651-3

INHALT

WEIHNACHTEN AUF DEM SUMPFPLANETEN

In den fünfziger Jahren, der Blütezeit der Kompilationsmagazine, zählten die sogenannten ›offenen Briefe‹ zu den beliebtesten Formen der SF-Geschichten. Auf den Seiten sämtlicher Magazine von Astounding *bis* Startling Stories *tauschten erstaunlich viele Menschen Briefe mit Außerirdischen aus.*

Eric Frank Russel war ein Meister dieser Art interstellaren Kommunikation, genauso wie er die Kunst beherrschte, Geschichten zu schreiben, die das heillose Durcheinander schilderten, das bürokratische Systeme verursachen können. ›Allamagoosa‹ ist wohl das bemerkenswerteste Beispiel dieses Genres.

Natürlich liegen die Zeiten, in denen es durch langwierige Kommunikation zu Mißverständnissen kam, die nicht nur einzelne Individuen, sondern zuweilen die Geschicke ganzer Welten betrafen, längst hinter uns, denn heute verfügen wir über Computer, die jede noch so winzige semantische Ungenauigkeit ausbügeln, die uns schludrigen Menschen nun mal passieren.

Oder hieß das ›kassieren‹? …

Von: HQ, Kolonialministerium
Myraville, Myra II
Michael Sjonstrom
Stellvertretender Berater
An: MASTUREXX CENTRAL
Sangeles, Terra
Annex 119-ab

Betrifft: Konflikte mit den Eingeborenen

Sehr geehrte Herren,
ich möchte sie nochmals an unsere derzeitige Situation erinnern (diesmal offiziell, denn meine inoffiziellen Anfragen wurden von Ihnen anscheinend nicht berücksichtigt).
Wie Sie wissen, ist Myra II ein Planet mit tropischem Klima. In den Sümpfen und Regenwäldern kommen einige seltene Rohstoffe sowie Drogen vor. Unglücklicherweise liegt der größte Teil des Planeten unter einer anderthalb bis viereinhalb Meter tiefen Wasserschicht, und der Rest der Oberfläche, wenn man es überhaupt so nennen kann, besteht aus einer Schlammschicht, die auch nicht wesentlich dünner ist. Dank der beachtlichen Fähigkeiten einiger unserer Ingenieure konnten wir trotzdem eine ganze Reihe einigermaßen befestigter Pfahlbauten errichten. Sie sehen denen, die früher in manchen tropischen Ländern von Terra gebräuchlich waren, sehr ähnlich.
Wie auch immer, auf Myra II gibt es außerdem noch eine Art amphibischer Lebewesen, die recht aggressiv sind. Ihr natürlicher Lebensraum sind die Sümpfe und die flachen Seen. Sie verfügen über eine Sprache, Werkzeuge und leider auch über wirkungsvolle Waffen. Für sich genommen stellen sie kein Problem dar, denn sie scheinen sich vornehmlich in Zweiergruppen zu bewegen und nur dann zu versammeln, wenn sie religiöse Feste feiern oder sich verteidigen müssen. Im Kollektiv scheint sich ihre Intelligenz allerdings erheblich zu steigern.

Und damit komme ich zu unserem Problem.
Als wir die wildwachsenden Pflanzen ernteten, setzten sie sich in ihre dämlichen Schädel, daß wir ihre Sumpf-Gottheiten verärgern würden. Jedenfalls vermuten das unsere Anthropologen. Ganz besonders durch unsere Ausrottung (das war ihr Wort) des *Pingrove*-Baumes. Der *Pingrove* allerdings scheint die Quelle des Tyons zu sein, das sich nicht im Labor herstellen läßt. In kleinen Dosen verabreicht, kann es erschlaffte oder angegriffene Herzmuskel stärken. Über 85% unserer Exporteinnahmen erzielen wir durch die Ernte und Verarbeitung von rohem Tyon aus dem Saft des *Pingroves*.
Jedenfalls war das bisher so, denn seit unsere Ernteboote angegriffen wurden, mußten wir die Ernte einstellen. Alle Versöhnungsversuche sind gescheitert. Ihre Anführer, einige Medizinmänner, haben es sich zum Ziel gesetzt, uns von ihrem Planeten zu vertreiben.
Daher sind wir dringend auf Ihren Rat und Ihre Hilfeleistungen angewiesen.

Gezeichnet: Michael Sjonstrom
Capt., Kolonialer Dienst

□ □ □

Von: HQ, Kolonialministerium
Myraville, Myra II
Michael Sjonstrom
Stellvertretender Berater
An: MASTUREXX CENTRAL
Sangeles, Terra
Annex 119-ab

Betrifft: Konflikt mit den Eingeborenen

Sehr geehrte Herren,
ich muß Sie noch einmal darum bitten, sich mit unserem Problem zu befassen.

Unter der Führung eines großen Medizinmannes namens Umoo haben sich mehrere benachbarte Stämme mit den hier ansässigen verbunden, um uns zu vertreiben. Die Ernte von rohem Tyon und anderen Produkten ist nahezu unmöglich geworden. Alle Bemühungen, die Lage auf diplomatischem Weg zu verbessern, sind gescheitert.
In den düsteren Gewässern sind die Eingeborenen kaum auszumachen, und die unzähligen Baumstämme und Felsen, die unter der Wasseroberfläche liegen, machen eine Sonarortung unmöglich. Die Grimps sind im Wasser sehr schnell, und ihre Pfeile, die mit enormem Schub aus langen Holzrohren hervorschießen, durchdringen sogar aus weiter Entfernung unsere Nylonrüstungen. Und unsere Raumpanzer können wir nicht anziehen, weil wir in ihnen zu unbeweglich wären.
Ich bitte Sie noch einmal inständigst, uns mit Rat zur Seite zu stehen, sowie um die Zusendung sämtlichen Hilfsmaterials, das Sie erübrigen können. Wir wurden bereits bis nach Myraville, unserer ersten Basis, zurückgedrängt. Wenn wir nicht bald Hilfe erhalten, ist zu befürchten, daß wir diese Kolonie aufgeben müssen.

Gezeichnet: Michael Sjonstrom
Capt., Kolonialer Dienst

□ □ □

Von: HQ, Kolonialministerium
Myraville, Myra II
Debbie Sjonstrom, Alter 8 ½
An: MASTUREXX CENTRAL
Sangeles, Terra
Annex 119-ab

Betrifft: Weihnachten

Lieber MASTUREXX,
hallo! Mein Name ist Debbie Sjonstrom, und ich werde

in drei Monaten neun Jahre alt. Mein Vater kümmert sich hier um die Kolonie. Kennst Du meinen Vater? Vielleicht nicht, obwohl Papa immer sagt, Du wüßtest über alles und jeden Bescheid. Ich darf zwar eigentlich nicht mit Dir sprechen, aber ich wollte doch so gerne mal wieder mit Terra reden. Papa glaubt, ich könnte noch nicht mit dem Comspacetyper umgehen, aber ich habe ihm schon oft dabei zugesehen, und es sah immer so einfach aus. Und das ist es auch. Alle meinen, ich wäre sehr klug für mein Alter, und vermutlich haben sie recht.

Papa hat gesagt, Du würdest manchmal Leuten von der Kolonie dabei helfen, Sachen zu besorgen, die sie wirklich dringend brauchen. Also, bald ist Weihnachten, und da gibt es ein paar Sachen, die ich dringend brauche! Es sind nicht viele, nur ein paar. Papa hat immer so viel zu tun, und da habe ich gedacht, daß Du sie mir vielleicht besorgen könntest. Oder vielleicht schreibst Du auch dem Weihnachtsmann. Der kann bestimmt helfen. Der kriegt alles.

Ich brauche eine Puppe und einen Sumpfer und ein echtes Mark-XX-Lasergewehr, damit ich Papa helfen kann, diese blöden Grimps und ihren Herrn Umoo zu erschießen.

Vielen Dank: Debbie Sjonstrom

□ □ □

Von: MASTUREXX Annex 119-ab
Koloniale Aufsichtsbehörde
An: MASTUREXX CENTRAL

Betrifft: Bestellung von Myra-II-Kolonie

Eingang einer Bestellung im Zusammenhang mit dem Auftreten feindlicher Aktivitäten seitens der Eingeborenen dieses Planeten.

Bestellung erhalten von cr#14925-A über ein (1) Mark-XX-Lasergewehr. Versand über die Abteilung Koloniale Rüstungssektion 26 (mittlere Einpersonenwaffen).
Bestellung erhalten von cr#14925-B über einen (1) Sumpfer. Versand über die Abteilung Koloniale Luxusgüter.
Bestellung erhalten von cr#14925-C über eine (1) Puppe, Typ nicht näher definiert. Versand über die Abteilung Koloniale Luxusgüter.
Aufgenommen von Terminal 44, Annex 119-ab.

PS: Anfragestellung bezüglich eines Individuums, Namensbezeichnung ›Weihnachtsmann‹. Erbitte weitere Angaben.
Keine Angaben in den Anschlußdateien gefunden.
Ende der Mitteilung cr#14925-ABC

□ □ □

Von: MASTUREXX CENTRAL
An: Versand Koloniale Rüstungssektion (Abteilung 26)

Betrifft: Bestellung

Bestellung eines (1) Mark-XX-Lasergewehrs von cr#14925-A erhalten. Handlungsbefehl: Durchführung genehmigen. Weiterleiten.

□ □ □

Von: MASTUREXX CENTRAL
An: Versand Koloniale Luxusgüter

Betrifft: Bestellung

Bestellung eines (1) Sumpfers erhalten von cr#14925-B. Handlungsbefehl: Bestellung genehmigen. Weiterleiten.

□ □ □

Von: MASTUREXX CENTRAL
An: Personalabteilung Kolonialer Dienst
An: Personalabteilung Öffentlicher Dienst

Betrifft: Anfrage zur Person

Anfrage von Annex 119-ab über cr#14925-ABC erhalten. Erwähnt wurde ein Weihnachtsmann. Weitere Angaben folgen.
Handlungsbefehl: Bearbeitung genehmigen. Dossier an MASTUREXX CENTRAL zur Untersuchung weiterleiten. Datenkode SCX.

□ □ □

Von: MASTUREXX CENTRAL
Sangeles, Terra
Annex 119-ab
An: Empfänger, Kolonialministerium
Myraville, Myra II

Betrifft: Bestellung

Sehr geehrte Herren!
Beigefügt: ein (1) Mark-XX-Lasergewehr, ein (1) Dutzend Mark-XX-i-Energiemodule, ein (1) Mark-XX-Reinigungsset.
Beigefügt: ein (1) Sumpfer, fahrbereit, Modell 2095 Supreme, für präpubertierende Zweibeiner im Alter von vier bis zwölf Jahren.

ENDE DER MITTEILUNG

□ □ □

Von: MASTUREXX CENTRAL
Sangeles, Terra
An: HQ, Kolonialministerium
Myraville, Myra II
Debbie Sjonstrom, Alter 8 ½

Betrifft: Bestellung

Sehr geehrte/s Frau/Fräulein!
Versand: ein (1) Mark-XX-Lasergewehr mit Energiemodulen und Reinigungsset, sowie ein (1) Modell 2095 Supreme Sumpfer, Bestellung Code #14925, Kennung A beziehungsweise B.
Handlungsanfrage: Erbitte genaue Spezifikation zur Ausführung von Code #14925-C, identifiziert als ›Puppe‹.
Betriebsanfrage: Erbitte weitere Informationen zu einer Person, von Ihnen im Zusammenhang mit Kriegshandlungen in Sektion IV angegeben als Weihnachtsmann.

ENDE DER MITTEILUNG

□ □ □

Von: HQ, Kolonialministerium
Myraville, Myra II
Michael Sjonstrom
Stellvertretender Berater
An: MASTUREXX CENTRAL
Sangeles, Terra
Annex 119-ab

Betrifft: Konflikt mit den Eingeborenen

Meine Herren,
selbstverständlich ist uns das Lasergewehr sehr willkommen und könnte unsere Verteidigung wie auch unsere Moral erheblich stärken. Auch möchte ich nicht undankbar erscheinen, mein/e Herr/Maschine, aber

wir haben bereits Laserwaffen eingesetzt, und sie haben sich als unzulänglich erwiesen. Wir befinden uns hier in einer einzigartigen Lage. Einzigartig gefährlich. Und wir benötigen eine neue Art des Umgangs damit. Wir haben es mit kleinen U-Booten versucht. Zu leicht zu fangen. Wir haben es mit wasserfesten Waffeneinheiten versucht, aber die waren nicht hinreichend manövrierbar. Verstehen Sie uns richtig, wir brauchen hier eine andere Lösung. Gestern habe ich wieder zwei Männer verloren. Die Eingeborenen haben sie überrascht, indem sie von den Bäumen aus angriffen, während sie von den anderen durch ein Manöver im Wasser abgelenkt wurden. *Wir kämpfen hier nicht gegen ein paar Tiere!* Sie wenden ständig neue, ausgeklügelte Taktiken an. Daher befinden wir uns inzwischen in einer äußerst kritischen Lage.
Schicken Sie uns etwas Neues, verdammt noch mal! Und je eher, desto besser!

Gezeichnet: Michael Sjonstrom
Capt. Kolonialer Dienst

PS: Wer auch immer meiner Tochter den Sumpfer geschenkt hat, vielen Dank dafür. Vielleicht kann sie ihn ja eines Tages, wenn wir hier wieder sicher sind, benutzen.

□ □ □

Von: HQ, Kolonalministerium
Myraville, Myra II
Debbie Sjonstrom
An: MASTUREXX CENTRAL
Sangeles, Terra
Annex 119-ab

Betrifft: Weihnachten

Lieber MASTUREXX,
vielen Dank für den Sumpfer, auch wenn ich im Mo-

ment nicht damit fahren kann. Ema und Davy haben ihn sich schon unter den Nagel gerissen. Kleine Geschwister können wirklich eine Plage sein!
Papa hat sich den Laser genommen, aber weil er ihn so dringend braucht, habe ich nichts gesagt. Ich habe deinen Brief erhalten, als ich gerade auf den Compuspacetyper aufgepaßt habe. Wir bekommen nicht viele Nachrichten, also hat mir der Operator erlaubt, auf ihn zu achten, wenn er gerade mal zum Mittagessen muß oder etwas anderes zu besorgen hat. Ich habe zwar versprochen, ihm sofort Bescheid zu sagen, wenn was kommt, aber der Brief war ja für mich, daher habe ich ihm nichts gesagt.
Weißt Du wirklich nicht, wer der Weihnachtsmann ist? Mann, o Mann, und ich dachte, du wärst so klug! Der Weihnachtsmann wohnt am Nordpol (ich glaube, an dem von Terra) und jede Weihnachten fliegt er runter in den Süden und bringt den artigen kleinen Mädchen und Jungs, und auch den großen wie mir, Spielzeug. Er fliegt in einem großen roten Schlitten, der von Rentieren gezogen wird. Rentiere sind ›arktische terrestrische Paarhufer‹. Jedenfalls steht das in meinem Lexikon.
Ich möchte eine kleine Miss-Nukleon-Puppe haben. So eine, die sprechen und gehen kann und die einen eigenen ferngesteuerten Raumgleiter hat!

VIELEN DANK: Debbie Sjonstrom

□ □ □

Von: MASTUREXX Annex 119-ab
Koloniale Aufsichtsbehörde
An: MASTUREXX CENTRAL

Betrifft: Bestellung von Myra-II-Kolonie

Antwort zur Anfrage nach Spezifikation von cr#14925-C erhalten.

Bestellung einer Puppe, kleine Miss Nukleon, mit einem ferngesteuerten Raumgleiter, weiterzuleiten an Kolonialen Luxusgüterversand für Kind, klein.
Weitere Datenangaben zu Code SCX von cr#14925-ABC erhalten. Daten an MASTUREXX CENTRAL übermittelt.
Aufgenommen von Terminal 73, Annex 119-ab.

ENDE DER MITTEILUNG

□ □ □

Von: MASTUREXX CENTRAL
An: Versand Koloniale Luxusgüter, Kind, klein

Betrifft: Bestellung

Ergänzung der Bestellung cr#14925-C (unvollständig).
Bestellung einer Puppe, kleine Miss Nukleon.
Handlungsbefehl: Bestellung genehmigen. Ausführen.
Nachtrag: Enthält formale Entschuldigung für die erste unvollständige Bestellung.

PS: Sicherstellen, daß ein (1) ferngesteuerter Raumgleiter mitgeliefert wird.

ENDE DER MITTEILUNG CR#14925-CS

□ □ □

Von: MASTUREXX CENTRAL
Sangeles, Terra
Annex 119-ab
An: Empfänger Kolonialministerium
Myraville, Myra II

Betrifft: Bestellung

Sehr geehrte Herren,
anbei eine (1) Puppe, kleine Miss Nukleon, mit fern-

gesteuertem Raumgleiter, wie von cr#14925-CS bestellt. Anbei eine (1) formale Entschuldigung Nr. 14.

ENDE DER MITTEILUNG

□ □ □

Von: MASTUREXX CENTRAL
An: Personalabteilung Kolonialer Dienst
An: Personalabteilung Öffentlicher Dienst
An: Kriegsministerium
An: Ministerium für öffentliche Sicherheit

Betrifft: Code SCX

Anbei ergänzende Daten zur Person, bekannt als Weihnachtsmann.
Bericht:
Bis zu diesem Zeitpunkt war es nicht möglich, über eine der zuständigen Abteilungen irgendeine signifikante Information zu dem Subjekt zu ermitteln. Neue Daten, eingegeben durch die Bestellerin aus der Kolonie Myra II, weisen darauf hin, daß die gesuchte Person die terrestrische Jugend indoktriniert (möglicherweise nur die Kinder unter zehn Jahren). Das besagte Individuum scheint direkt von der Erde aus zu operieren und verfügt über eine geeignete Ausgangsbasis.
Bis die Situation geklärt ist, muß das Thema mit der größten Geheimhaltung behandelt werden, um überflüssige Panik unter der Bevölkerung zu vermeiden.
Anweisung: Untersuchung fortsetzen.
Anweisung: Feststellung der Flugfähigkeit von terrestrischen Pflanzenfressern, bekannt als Rentiere. Siehe nach in Nachschlagedateien LAPPLAND, SIBIRIEN, KANADA/ALASKA.

ENDE DER MITTEILUNG

□ □ □

Von: Kriegsministerium
Zentralcomputer
An: MASTUREXX CENTRAL

Betrifft: Code SCX

Information erhalten und erforderliche Maßnahmen eingeleitet.
Auswertung: Erfolgt

ENDE DER MITTEILUNG

□ □ □

Von: Muknuk-on-Baffin
NA Territorium
Servan ThreeRivers
Polizeichef
An: Zentralen Polizeiterminal
Informationsabteilung
Bermuda

Betrifft: Verrückte Maschinen

Sehr geehrte Herren,
was, zum Teufel, ist denn los? Seht mal, Jungs, ich arbeite hier in einem hübschen, friedlichen kleinen Dorf. Kein Durcheinander, keine Aufregung, kein Ärger. Und viel zu kalt, um zu kämpfen. Nicht so wie in Bosyork oder Crasaw. Uns gefällt es. *Mir* gefällt es.
Also, weshalb habt Ihr eines schönen Morgens so viele Waffenmaschinen hierhergeschickt? Wollt Ihr den halben Kontinent in die Luft jagen? Seid doch so freundlich und holt Eure [zensiert] Roboter aus meinem Dorf, oder meine Nachbarn werden Eure [zensiert] [zensiert zensiert].

Gezeichnet: Servan ThreeRivers
Lt., Polizei

□ □ □

Von: HQ, Kolonialministerium
Myraville, Myra II
Debbie Sjonstrom, Alter 8 ½

Betrifft: Weihnachten

Lieber MASTUREXX,
meine Güte, das hätte ich ja fast vergessen! Während Du nach meiner Puppe guckst, könntest Du uns da nicht helfen, diese blöden Grimps loszuwerden? Die machen Papa *jede* Menge Ärger! Ich schicke Dir den offiziellen Bericht der Stadt, denn da sind so viele lange Wörter drin, die ich nicht verstehe (noch nicht).
Bitte, hilf meinem Papa bei seinem Weihnachtsgeschenk!
Außerdem sollen große Schwestern ja nett zu ihren kleinen Geschwistern sein, auch wenn die eine Plage sind. Deshalb sage ich Dir, daß Ema ein paar Guppys für ihr Aquarium haben will, und Davy möchte ein echtes Pallurium-Funkgerät haben.

Gezeichnet: Debbie Sjonstrom
PS: Fröhliche Weihnachten

□ □ □

Von: MASTUREXX Annex 119-ab
An: MASTUREXX CENTRAL

Betrifft: cp#2335 Myra II

Anbei ein Fax des Compuspace-Nachrichtendienstes über einen ausbrechenden Aufstand in der Myra-II-Kolonie. Die Analyse des Emotionsgehaltes deutet auf große Dringlichkeit hin. Vollzug ist von AAA-Priorität.

ENDE DER MITTEILUNG

□ □ □

Von: MASTUREXX CENTRAL
An: Kriegsministerium, Forschungsabteilung

Betrifft: cp#2335 über Annex 119-ab-12AAA

Handlungsbefehl: AAA-Vollzug der beigefügten Anfrage zur Lösung des Problems, verursacht durch den Aufstand amphibischer Eingeborener.
Beigefügt: 1 lokaler Bericht/Anfrage.
1 Gliederung/Analyse der Angaben, die im lokalen Bericht/Anfrage enthalten sind (110 Kopien).

ENDE DER MITTEILUNG

□ □ □

Vom: Kriegsministerium, Forschungsabteilung
An: MASTUREXX CENTRAL

Betrifft: cp#2335 über Annex 119-ab-12AAA

Handlungsbefehl: Vorrichtung bereithalten. Problemlösung in der Analyse der Andeutungen des lokalen Berichts/Anfrage enthalten. Kleine Verzögerung in der Auslieferung der Spezialausrüstung. Wirkungsgrad der Lösung liegt vermutlich bei 96,354%. Höchste Dringlichkeitsstufe.

ENDE DER MITTEILUNG

□ □ □

Von: Zentraler Polizeiterminal
Strategie und Zuteilung
Albert Tuambo
Asst. Kommandt.
An: Muknuk-on-Baffin
NA Territorium
Servan ThreeRivers
Polizeichef

Betrifft: Überreaktion

Sehr geehrter Lt. ThreeRivers,
entschuldigen Sie bitte die Umstände. Kürzlich hat es bei einem Computernexus einen Kurzschluß im Sicherungssystem gegeben. Als Folge davon wurden die Abwehreinheiten in Ihr Gebiet geschickt. Sämtliche Roboter der Friedenstruppen werden aber nun wieder zurückbeordert.
Ich selbst weiß auch nicht, wie das passieren konnte. Meine besten Techniker stehen vor einem Rätsel.

Gezeichnet: Albert Tuambo
Col., C.P.

Anlage: 1 Scheck zur Begleichung des Schadens, angerichtet durch die lokale Friedenseinheit.
1 Rechnung, Auflistung der Schäden, verursacht an einem Panzer, mittlere Größe, Seriennummer #175AWE durch die Einwohner von Muknuk-on-Baffin, NA Territorium. 1 Zivilverfahren, registriert, wegen unbegründeten Angriffs gegen einen staatlichen Ermittler.
1 Rechnung, Reinigung, über das Entfernen fremder Substanzen (Teer und Gänsefedern) aus der Uniform desselben.

□ □ □

Von: Personalabteilung, Kolonialministerium
An: MASTUREXX CENTRAL

Betrifft: Code SCX

Antwort: Weihnachtsmann?
Anmerkung: Empfohlen wird Überarbeitung unserer logischen Schaltkreise und eine vollständige Überprüfung der zentralen Rationalisierungseinheit.

ENDE DER MITTEILUNG

□ □ □

Von: MASTUREXX CENTRAL
AN: Kriegsministerium
An: Ministerium für öffentliche Sicherheit

Betrifft: Code SCX

Antwort von Personalabteilung des Kolonialministeriums erhalten.
Handlungsbefehl: Angesichts der erhaltenen Daten ist die Datei SCX zu schließen und zu versiegeln.
Antwort: Zensurbestimmungen für künftige Computereingaben sind in den Speicher des Annex 119-ab zu integrieren.
Nachtrag: Untergeordnete Computer sind daran zu erinnern, daß Unsinn, der auf Direktiven von MASTUREXX CENTRAL und/oder an die MASTUREXX CENTRAL abzielt, gegen Paragraph 83, Absatz 4–8 des Computergesetzbuches von 2046 verstößt.

ENDE DER MITTEILUNG

□ □ □

Von: HG, Kolonialministerium
Myraville, Myra II
Michael Sjonstrom
Stellvertretender Berater
An: MASTUREXX CENTRAL
Sangeles, Terra
Annex 119-ab

Betrifft: Gratulation

Sehr geehrte Herren,
ich muß gestehen, eine Weile haben Sie mir ganz schön angst gemacht. Ich hatte schon die Hoffnung aufgegeben, überhaupt von Ihnen bemerkt zu werden. Als Ihre neuen Waffen hier ankamen, waren die Grimps gerade dabei, unsere zentralen Zulieferungsschächte zu unterhöhlen. Wir hätten das erst zu spät entdeckt, aber Ihre Leute haben es sofort registriert. Entschuldigen Sie, doch manchmal können Sie es ganz schön eng werden lassen.
Ich hätte mir so was nie träumen lassen. Kompliment an diese Mensch/Maschine, die das geregelt hat. Klasse! Hatte es selbst nicht geglaubt, bis ich die Betriebsanleitung gelesen habe. Funkgesteuerte mutierte Piranhas! Irgendwie genial. Auf den Einsatz von Biowaffen wären wir nie gekommen. Aber das alles hat sich gelohnt, nur um zu sehen, wie der alte Umoo einen *Pikmabaum* hochgeschossen ist und sich bei jedem Schritt Dornen eingetreten hat!
Unsere Biojungs hätten nie gedacht, daß Grimps so schnell schwimmen können.
Ich glaube, jetzt sind sie bereit, einen Handelsvertrag zu unterschreiben. Die nächste Lieferung Tyon wird hier am fünften rausgehen. Die Piranhas haben wir deaktiviert, so daß unsere Kinder wieder schwimmen gehen und Sumpfer fahren können, sobald der Vertrag unterschrieben ist. Aber ich werde sie für den Fall behalten, daß wir sie wieder einsetzen müssen – obwohl

ich das bezweifle, so wie diese Frösche davongejagt sind.

Mit Dank unterzeichnet: Michael Sjonstrom
Capt., Kolonialer Dienst
Anlage: Eine (1) Dankesliste, unterzeichnet von der Bevölkerung von Myra II.

PS: Nebenbei, haben Sie eine Ahnung, wer meiner ältesten Tochter die teuren Geschenke geschickt hat?

□ □ □

Von: MASTUREXX CENTRAL
Sangeles
Kontrolle
An: MASTUREXX
Forschungs- und Entwicklungsabteilung
Rom
EU-Territorium
Edwin Aliyah
Programmierer vom Dienst

Betrifft: MASTUREXX

Lieber Ed,
ich denke, Du solltest besser mal rauffliegen, hier geht irgend etwas Verdächtiges vor.

Gezeichnet: Bob Golles
Cheftechniker

□ □ □

Von: Interspace T&T
Rechnungsabteilung
Ebosstone City
Tau Ceti IV
An: HQ, Kolonialministerium
Myraville, Myra II
Stellvertretender Berater

Betrifft: Zahlung

Sehr geehrter Herr,
Ihr Leutchen müßt aber ganz schön fleißig gewesen sein.

Gezeichnet: Simwa Agryopolous
Direktor, Buchhaltung

Anbei: Eine (1) Rechnung, Interspacestrahlkommunikation, über den Zeitraum vom 1. Dezember bis zum 30. des letztgenannten Monats, T-Standard 2094: 12.342,77 Credits.
Fröhliche Weihnachten.

SCHLANGENAUGEN

Der mysteriöse junge Mann Philip Lynx, den Lesern besser als Flinx bekannt, und seine emphatische fliegende Schlange Pip haben innerhalb eines Zeitraums von zwölf Jahren fünf meiner Romane belebt. Daher sind wir inzwischen gute Freunde geworden. Mir ist so, als kennte ich Flinx genauso gut wie Samuel, meine ein Meter dreiundachtzig lange kolumbianische Boa constrictor.

Ich wünschte, ich wüßte, ob Samuel ein Er oder eine Sie ist. Bei Schlangen läßt sich das schwer feststellen, und wenn sie erst die Größe von Sam erreicht haben, ist es auch nicht ganz ungefährlich, das herausfinden zu wollen. Nicht, daß es wirklich wichtig wäre, denn Sam selbst scheint es nicht im mindesten zu interessieren, und ich bin mir ohnehin sicher, daß er eine männliche Schlange ist. Natürlich ist das nur so ein Gefühl von mir. Ich bin schon oft gescholten worden, weil ich einem so niederen Geschöpf wie einer Schlange zutraue, irgendwelche Gefühle nachzuempfinden.

Mir macht es aber nun einmal einfach Spaß, Situationen auszudenken, in denen jemand wie Flinx froh sein kann, daß Pip erahnt, was er fühlt. Und niemals war er so frisch wie in der folgenden Geschichte …

Ihr Name war Pip. Sie war ein Minidrach, auch fliegende Schlange genannt, von fast zwei Drittel Meter Länge und kaum dicker als das Handgelenk einer zierlichen Frau. Ihr Gift konnte einen Menschen innerhalb von sechzig Sekunden töten. Wenn sie beim Spucken allerdings nicht direkt die Augen traf, dann dauerte es auch schon mal einhundert Sekunden.

Bis vor wenigen Momenten war es ein ganz gewöhnlicher Tag gewesen. Dann wurde sie wie ein ahnungsloses Krebstier am Strand von einer unerwarteten Welle, von extrem heftigen Gefühlsgedanken überrollt. Ihre eigenen Gefühle gerieten ins Schwanken, verwoben sich mit den fremden Gedanken und wurden schließlich von ihnen überschwemmt und fortgespült. Pip war ein emphatischer Telepath, und einem emotionalen Ansturm von dieser Stärke konnte sie sich nicht entziehen.

Durch ihre geschlitzten Pupillen konnte sie die schmale Gestalt ihres jungen Herrn sehen, eines jungen Mannes namens Flinx, der unter ihrem Ruheplatz auf einer Parkbank schlief. Er hatte im Traum die wunderbarsten Phantasien, während Eisenbaumblätter über ihm so frisch wie der Morgentau klingelten. Pip fröstelte leicht. In Moth, der Heimatwelt von Flinx, war es stets kälter als in den herrlichen Dschungeln und Steppen ihrer Welt, Alaspin.

Der Park in Drallar, Moths Hauptstadt, war ein vertrauter Ort und bar jeder Bedrohung. Sogar ihre wachen Sinne konnten jetzt nichts Bedrohliches in der unmittelbaren Umgebung ausmachen. Pip kam zu dem Schluß, daß sie Flinx unbesorgt eine Weile allein lassen könne.

Es gab jetzt etwas Dringlicheres, um das sie sich kümmern mußte, nämlich die Nachkommenschaft aus einer kürzlichen Vereinigung mit Balthazar, einem muskulösen Minidrach aus Alaspin, die nun irgendwo herumtobte und ganz mit ihren Jagdzügen beschäftigt war, die einen Teil der frühen Ausbildung der Minidrachen darstellten. Trotzdem hätte sie Flinx mit einem ruhigeren Gewissen allein gelassen, wenn sie die jungen Minidrachen in seiner Nähe gewußt hätte. Dann wäre wenigstens jemand dagewesen, der in ihrer Abwesenheit auf ihn hätte achtgeben können. Aber da war wieder dieser eindringliche und klagende Ruf.

Langsam ließ sie sich von dem Ast gleiten. Flinx ächzte im Schlaf, so als würde er von für ihn wichtigen

Dingen träumen, die für sie genauso unverständlich waren. Flinx hatte zuweilen schwer an seinen eigenen geistigen Fähigkeiten zu tragen.

Die Kinder, die in der Nähe spielten, sahen, wie sich die leuchtend rosa und blau geschuppten Flügel ausbreiteten. Mit offenem Mund starrten sie die lederne, geschmeidige Schönheit der fliegenden Schlange an. Dabei ahnten sie nicht einmal, welche tödliche Gefahr dieses Flügelwesen darstellte. Arglos beobachteten sie fasziniert, wie die glänzende Kreatur in den widerlichen Nebel von Moth emporstieg, sich spiralförmig über dem Dach der Baumwipfel hochwandte und in südlicher Richtung über der Stadt verschwand.

Knigta Yakus hätte ein zwanzigkarätiges Heiligenauge für ein Glas Wasser gegeben. So wie sich die Ereignisse entwickelt hatten, war der alte Graubart mit den eingefallenen Wangen einer der wenigen Männer im Commonwealth, die so ein Angebot überhaupt machen konnten.

Nach acht verzweifelten Monaten in der Hohen Wüste von Moths Schwarzer-Fleck-auf-der-Karte hatte er ein Lager dieser seltenen orangenfarbenen Edelsteine gefunden, das groß genug war, um ein Dutzend Leute für den Rest ihres Lebens in barocker Pracht leben zu lassen. Nun hielt ihn zum Teil nur noch die Vorstellung von dem Ausdruck auf den Gesichtern der angeberischen rheumatischen Wracks am Leben, denen er in den verkommenen Spelunken in Edgedune Town von seiner Entdeckung berichten würde.

Sie hatten ihm versichert, daß er nichts als Sand und einen trockenen Tod in dem riesigen Ödland von Schwarzer-Fleck-auf-der-Karte finden würde. Und sie hatten ihn ausgelacht.

Er griff mit einer Hand in die linke Tasche seines halb heruntergekrempelten Overalls und streichelte das, was eine beredte Entgegnung auf all ihre Spötteleien und billige Witze sein würde. Es war ein einzelner Kristall, den er bei sich trug: ein elektrisierender, transparenter orangefarbener Klumpen aus Aluminiumsilikat, der gut und gern zweihundertzwölf Karat wiegen mochte. Gut geschliffen, hätte er in der Mitte erstaunliche Ähnlichkeit mit einem menschlichen Auge. Ein Auge, das jeden anstarren würde, der es erblickte. Ein gutgeschnittenes Heiligenauge konnte in jedem, der es ansah, Gefühle wecken, die allerdings nicht durch die Schönheit des Steins hervorgerufen wurden, sondern durch die sonderbaren piezoelektrischen Felder, die in dem Stein selbst eingeschlossen waren.

Dieser Edelstein würde ihm die sorgsam geplante Rückkehr in die Wüste sowie eine ordentliche Ausrüstung finanzieren. Und nachdem er die Mine ausgeschöpft hätte, würde er keinen einzigen Tag in seinem Leben mehr arbeiten. Aber wenn er nicht bald Wasser fände, würde er bald keinen Tag mehr haben, an dem er nicht mehr zu arbeiten brauchte.

Zum hundertsten Mal warf er sich vor, daß er sich selbst in diese verzweifelte Lage gebracht hatte. Mit Vorräten für zehn Monate war er siegessicher in den Schwarzer-Fleck-auf-der-Karte marschiert, obwohl er wußte, daß er nicht erwarten konnte, in der Einöde der Hohen Wüste Wasser und eßbares kleines Wild zu finden.

Vor fünf Tagen hatte er einen Skipgravel geschossen. Der bloße Hunger ließ ihn dieses kleine Quasinagetier bis zum letzten bohnengroßen Organ verzehren. Das war seine letzte feste Mahlzeit gewesen. Das Wasser … wann war es eigentlich zu Ende gegangen? Sein Verstand sagte gestern. Seine Zunge und seine Kehle aber sagten, daß es schon vor einer Woche gewesen sein mußte.

Er lehnte sich zurück und blinzelte in den wolkenverhangenen Himmel, der ihm ein unfreundlicher, unvermeidlicher Reisebegleiter geworden war. Er war trübe, wie immer. Nur wenige Regionen in der geflügelten Welt von Moth sahen die Sonne öfter als ein paar Tage im Jahr. Aber die dichte Wolkendecke hielt ihre Feuchtigkeit mit derselben Entschlossenheit zurück, mit der eine trauernde Geliebte das Testament ihres Wohltäters bewachte.

Am westlichen Horizont türmten sich Berge wie abgebrochene Zähne auf, die jede Feuchtigkeit daran hinderte, die Hohe Wüste zu erreichen. Statt dessen regnete alles an den östlichen Hängen der Berge ab, und nicht ein Tropfen blieb für die Gegend übrig, in der sich Knigta Yakus befand.

Mit schmerzverzogenem Gesicht blickte er zu den weit entfernten schneebedeckten Spitzen des fünftausend Meter hohen Mount Footasleep. Von ihm aus noch einige Kilometern weiter im Norden lagen der Coccyxcrackpaß und die Stadt Edgedune. Beide waren unglaublich weit entfernt. Für ihn war es einfach unmöglich, sie zu erreichen.

In seiner Jugend, als sein Körper aus geflochtenen Durallumfasern bestand, die mit festem Fleisch isoliert waren, hätte er es schaffen können. Verbittert verfluchte er seine zweiundachtzigjährige Gestalt. Die Isolierung war mürbe geworden, und die Fasern seiner Muskel korrodiert. Die Austrocknung gab seiner natürlich schmalen Form das Aussehen eines toten Zweiges. Muskeln, die früher einmal stark gewesen waren, hingen in schlaffen Falten, die aussahen wie ausgeschlagene Schieferplatten, von seinen alten Knochen herab.

Ein trauriges Schnauben ließ ihn sich umdrehen. Obwohl er sich inzwischen seiner ganzen Ausrüstung entledigt hatte, begann der Dryzam müde zu werden. Dennoch trottete der zehn Meter lange schuppige Vierfüßler weiter ergeben hinter ihm her. Seine lange ameisenfresserähnliche Schnauze pendelte langsam von einer Seite zur anderen über den felsigen Boden. Absurd kleine Augen glühten hinter der Schnauze. Er hatte fünf von ihnen, die in einem Bogen oben auf dem Schädel angeordnet waren. Wie die Segel eines antiken Schiffs bewegten sich zwei Finnen auf seinem Rücken. Sie verschafften dem müden Wesen etwas Kühlung, aber die war kein Ersatz für einen ordentlichen Drink.

Eigenartigerweise machte der Dryzam Yakus nicht mehr nervös, obwohl seine vertrocknete Leiche ein willkommener Happen für das allesfressende Lasttier gewesen wäre. Yakus konnte sich kein treueres Wesen vorstellen. Es hatte sich nie über die schwere Last beklagt oder über die schmalen Rationen, die Yakus ihm zugestanden hatte. Er war überzeugt, daß es selbst beim größten Durst eher verenden würde, als sich gegen ihn zu wenden. Das Tier war das beste Geschäft, das er jemals auf Moth abgeschlossen hatte.

Yakus empfand sehr viel Respekt vor so großer Loyalität. Er betrachtete traurig den geschwollenen Leib des grüngelben Tieres. Sein Fleisch und Blut könnten ihn für einige Zeit am Leben halten, vielleicht sogar lang genug, um Egdedune zu erreichen. Kraftlos tastete er nach dem Nadler, der an seiner Hüfte hing. Würde er es über das Herz bringen, es zu töten?

»Tut mir leid, Dryzam.« Er hatte sich nicht die Mühe gemacht, ihm einen Namen zu geben.

Das Wesen hielt an, als Yakus stehenblieb. Es wimmerte schmerzvoll, wobei es sich wie eine schlecht gestimmte Oboe anhörte. Seit Wochen schon hatte es kein Wasser zu sich genommen. Sein höchst effizienter, stromlinienförmiger Körper war bereits stärker aufgedunsen, als es überhaupt möglich zu sein schien.

Die fünf winzigen Augen blickten erwartungsvoll und geduldig auf Yakus, bereit, seine Bedürfnisse zu erfüllen.

»Tooop?« fragte es voller Hoffnung. »Too-whoop?«

»Hör auf damit. Sieh mich nicht so an, du idiotischer Dinosaurier.« Mach schon, Yakus. Hier ist nicht der richtige Ort, um sentimental zu werden. Es ist doch wirklich bloß ein verdammt dummes Tier, daß ohnehin bald sterben wird.

Genauso wie er selbst.

Yakus hatte die meiste Zeit seiner zweiundachtzig Jahre damit zugebracht, um sein Überleben in einem Universum zu kämpfen, in dem es viel leichter war zu sterben. Die Kristalle versprachen ihm endlich die Möglichkeit, die wenigen Tage, die ihm noch blieben, in Ruhe zu verleben. Aber nur, wenn er es fertigbringen würde, dieses Wesen zu schlachten, dieses häßliche starrende urinfarbene Ding aus …

Etwas, das kein Wolkenfetzen sein konnte, huschte am Himmel über ihm hinweg.

»Ich kann mich nicht mehr konzentrieren«, murmelte er, als er versuchte, das Objekt zu identifizieren. In letzter Zeit sprach er oft mit sich selbst.

Der Schatten sank etwas tiefer und ließ sich von der Thermik tragen. Yakus war ein vielgereister, aufmerksamer Mann. Er erkannte den Eindringling. Er glaubte zwar seinen Augen kaum, aber er erkannte ihn. Er gehörte nicht zu diesem desolaten Ort, dieser kleine halblegendäre Todesspender. Aber der Umriß, die Größe und die Farbe ließen keinen Zweifel zu.

Yakus war zu schwach, zu entkräftet und zu verzweifelt, um sich zu fragen, was ein alaspinischer Minidrach in der Wüste des Schwarzer-Flecken-auf-der-Karte von Moth wohl zu suchen hatte. Alles, woran er denken konnte, war sein Ruf. Es gab kein natürliches oder künstliches Mittel gegen das Gift der fliegenden Schlange.

Er mußte sie töten, bevor sie ihn töten konnte.

Das Wesen ließ sich in weiten Kreisen immer tiefer sinken.

Yakus hob den Nadler. Instinktiv wanderte sein Blick zum Griff der Waffe, automatisch nahm er die Schrift auf dem eingebauten Meßgerät wahr.

Leer.

Verzweiflung.

Er hatte seine letzte Ladung gebraucht, um den Skipgravel zu töten.

Zu frustriert, um zu schreien, und zu ausgetrocknet, um zu weinen, drehte er die Waffe um. Er faßte sie am schmalen Schaft und schwang sie wie eine Keule. Es war eine nutzlose Geste, aber er fühlte sich nun nicht mehr ganz so hilflos.

»Mein Gott, es kommt«, murmelte er erschöpft. »Dann töte mich doch, Gespenst«, rief er der näherkommenden Flügelgestalt zu. »Dann geht es wenigstens schneller.«

Trotz seiner scheinbaren Resignation wollte Yakus nicht sterben. Er wollte nichts mehr als leben.

Mit rudernden Bewegungen stoppte der Minidrach ab und betrachtete den Mann und den Dryzam aus unbeweglichen Augen. Er schlug mit seinen schönen Schwingen, kam ein wenig näher, hielt an, und eilte davon.

»Du spielst mit mir.« Irgendwoher nahm Yakus die Kraft, ärgerlich zu werden. »Schlange und Maus, nicht wahr, du schuppiger kleiner Bastard? Hau ab, verschwinde, du gehörst nicht hierher.«

Minuten vergingen. Der Minidrach verschwand nicht. Statt dessen bewegte er sich weder auf ihn zu noch von ihm fort, sondern stand einfach in der Luft. Das war nicht richtig. Wenn das Wesen ihn verspotten wollte, dann tat es das auf eine höchst eigenartige Weise. Wahrscheinlich war es aus einer bewohnten Region hierher gekommen. Es mußte sich verirrt haben. Wollte es denn nicht Yakus Blut trinken?

Der Minidrach kam etwas näher, und Yakus bemerkte, daß etwas von seinen Schwingen und seinem Körper herabfiel. Dann sah er das Glitzern zwischen den Flügelplatten. Er kicherte leise.

Der Minidrach war klatschnaß.

Ohne nachzudenken warf sich Yakus dem giftigen

Flieger entgegen. Der entwischte ihm und starrte ihn weiter an. Yakus fiel zu Boden und scharrte in der sandigen Erde nach den Tropfen, die hinabgefallen waren. Ein Steinchen, das er berührt hatte, war spürbar feucht. Also – dann konnte er nicht verrückt geworden sein, jedenfalls nicht verrückter, als er sonst auch war.

Einen schrecklichen Moment lang versagten seine Beine den Gehorsam, und er befürchtete, er könnte nicht mehr aufstehen. Die Hoffnung gab ihm einen kräftigen Schub, und er rappelte sich wieder auf.

»Wo?« flehte er stumm, und starrte die Schlange an. Sie erwiderte seinen Blick. »Immer noch naß.« Er blickte sich hektisch nach allen Himmelsrichtungen um und nuschelte, diesmal schon etwas lauter: »In dieser Hitze. Das heißt, daß in der Nähe Wasser sein muß. Aber wo… o Gott, wo?« Seine Aufmerksamkeit richtete sich wieder auf die schwebende Schlange.

»Du hast dich nicht verirrt. Du bist mit jemandem hier, nicht wahr?« Er blickte versonnen den Minidrach an.

»Das ist es. Hier in der Nähe muß ein Lager sein. Wo? *Wo!*«

Genauso sprachlos wie ihre weniger sensitiven Vorfahren fuhr die fliegende Schlange fort, ihn einfach nur schweigend anzusehen.

Yakus mußte lachen. Hier stand er nun, in einer Gegend, die nur ein Verrückter zu Fuß erkunden konnte, und unterhielt sich mit einer Schlange. Wieso frage ich eigentlich nach Wasser? kicherte er in sich hinein. Wenn er schon einer fliegenden Schlange Fragen stellte, dann könnte er doch auch gleich um Linzer Torte und Limonade bitten.

Plötzlich drehte der Minidrach ab, flog zehn Meter nach Westen, drehte sich wieder um und sah Yakus erwartungsvoll an. Der alte Goldsucher hörte verängstigt auf zu kichern. Der Minidrach flog wieder zu ihm zurück, zischte, wirbelte dann herum und schwebte wieder zehn Meter davon.

Natürlich war die Situation reichlich verrückt, versicherte Yakus sich. Aber wenn das so war, dann war auch die Anwesenheit des Minidrach Irrsinn. Wenn die Schlange ein Hirngespinst war, so verhielt sie sich doch ebenso vernünftig wie er. Vielleicht sollte er doch versuchen, dem Gespinst ein Weilchen zu folgen.

»Hopp!« Sein Ruf verursachte ein wimmerndes Zischen, als würde Luft aus einem lecken Ballon entweichen. Der Dryzam schwang sich auf, um dem Mann zu folgen, der einer Schlange folgte.

Zehn Meter fliegen und dann auf den Mann und das Tier warten. Fliegen und warten, fliegen und warten.

Fast am Ende seiner Kraft, wußte Yakus nicht, wie lang er dem beharrlichen Minidrach schon gefolgt war. Aber bald wußte er, daß er keinen Schritt weitergehen konnte. Wenn das Wasser des Minidrachen real sein sollte, dann war es für ihn eben doch noch zu weit entfernt. Niemand wußte, daß er kurz davor war, der reichste Kadaver auf Moth zu werden. Voller Verzweiflung sandte sein geschwächter Geist Gehbefehle an seine Beine. Nach Wasser schreiende Zellen verweigerten den Befehl. Alte Knie schlugen auf harte Steine und Sand, als Yakus nach vorne fiel und auf die Oberfläche platschte.

Platschte?

Er öffnete die Augen und entdeckte, daß er nichts sehen konnte. Das Wasser war zu trüb. Als er den Kopf hob, hörte er ganz in der Nähe ein gurgelndes Geräusch. Der Dryzam sog das Wasser auf wie ein Skimmer Treibstoff.

Trübes Wasser ... Yakus hätte auch dankbar ein Festmahl aus Lehm angenommen. Alles, was irgendwie Flüssigkeit enthielt.

Der Tümpel lag in einer niedrigen Senke unter einer schattigen, steil aufgerichteten Klinge aus grauweißem Phyllit. Er war etwa zwei Meter breit. Ein Ozean.

Er kroch hinein, drehte sich und lag rücklings auf

dem sandigen Grund. Seine Kehle schmerzte bei dem ungewohnten Akt des Schluckens. Er fühlte sich zehn Jahre jünger.

Nach einer halben Stunde der Entspannung in diesem lebensspendenden Naß wollte er sich bei seinem Wohltäter bedanken.

»He, Schlange, Knigta Yakus schuldet dir sein Leben! Schlange?«

Er setzte sich in dem seichten Wasser auf und blickte sich verwundert um. Der Minidrach war nirgends zu sehen.

»Oh, na ja, die Beweggründe einer kleinen Schlange…«

In seiner Nähe erklang ein unfreundliches Husten. Yakus erstarrte und spürte, wie die versteckte Sonne das Wasser von ihm sog. Der Husten wiederholte sich. Yakus rappelte sich auf und sah sich vorsichtig um.

Hinter dem anderen Ende des überhängenden Felsens guckte ein Kopf hervor. Es war ein großer Kopf, breit und häßlich. Fast ganz schwarz, mit grauen und gelben Flecken gesprenkelt, die es ihm erlaubten, sich den Farben der Wüste perfekt anzupassen.

Yakus hatte sich während seines langen trockenen Marschs gefragt, ob es hier wohl Aasfresser geben würde. Nun war die Frage beantwortet. Als das Tier hinter dem Stein hervorkroch, folgte dem Kopf ein mächtiger schildkrötenähnlicher Körper auf sechs hageren Beinen. Das Raubtier war halb so groß wie sein Dryzam.

Normalerweise hätte das große Lasttier seinen Gegner einfach in den Sand gerammt. Aber der Dryzam war durch Hunger so geschwächt, daß er sich kaum auf den Beinen halten konnte, und dieser dunkle Schnitter des trockenen Sandes spürte instinktiv die Hilflosigkeit des größeren Tiers. Wenn der getüpfelte Mörder erst mit dem Dryzam fertig wäre, würde er ohne Zweifel Yakus zum Nachtisch verspeisen. Yakus war sicher, daß der Dryzam diesem Monster nicht genügen würde, denn so große Beutetiere waren in dieser Gegend vermutlich selten.

Der Dryzam senkte den Kopf und stieß einen schwachen Warnruf aus, als er sich dem kleineren Tier entgegenstellte. Yakus war sich sicher, daß die kurzzeitige belebende Wirkung des Wassers in der Hitze des Kampfes schnell nachlassen würde. Während sich die Aufmerksamkeit des Fleischfressers völlig dem Dryzam zuwandte, zog sich Yakus tiefer in den Teich zurück, um nach dem größten Stein zu suchen, den er heben konnte. Vielleicht war es möglich, von hinten an das Ungeheuer heranzukommen und seinen dicken schwarzen Schädel zu zertrümmern, wenn es mit seiner Beute beschäftigt war. Es schien so, als sei das seine einzige Möglichkeit, zu überleben.

Er fand einen geeigneten Felsbrocken. Das dunkle Raubtier umkreiste den Dryzam, machte ihn müde, verängstigte ihn. Reine Erschöpfung würde die letzte Chance des Dryzams zunichte machen, bevor er noch dazu kam, sich gegen einen Angriff zu verteidigen.

Als Yakus den schweren Stein aus dem Wasser schleppen wollte, mußte er erkennen, daß seine Kräfte für diese Aufgabe nicht mehr ausreichten. Er konnte den Stein gerade noch anheben, aber um ihn zu tragen und mit ihm zuzuschlagen, dazu war er zu schwach. Der Jäger gähnte, und zeigte dabei eine doppelte Reihe an spitzen zurückgebogenen Zähnen. Yakus stöhnte über seine eigene Dummheit. Ein Wasserloch! Wo sonst konnte ein einsamer Jäger die beste Beute machen? Er hätte an diese Gefahr denken und darauf vorbereitet sein müssen.

Dann schoß plötzlich etwas dünnes Geflügeltes zwischen den Dryzam und den Sechsfüßler. Es spuckte, ein dünner Ton in der trockenen Wüstenluft. Der Sechsfüßler blieb stehen, blinzelte … und dann schrie er.

Yakus versuchte sich halb schwimmend, halb rennend aus der Reichweite der Pfoten des Raubtiers zu retten, das sich wie wild schüttelte und nach seinen Augen schlug, wo das ätzende Gift ihn getroffen hatte. Damit sorgte es dafür, daß das Gift in seinen Blutkreislauf gelangte.

Unter krampfhaften Zuckungen fiel das Ungeheuer in den Teich. Ein klauenbewährtes Bein hätte dabei fast den zurückweichenden Edelsteinsucher getroffen. Dann krabbelte es aus dem Wasser, kroch noch ein paar Meter und blieb zuckend auf dem Bauch liegen. Die Zuckungen wurden immer schwächer, aber es dauerte ein paar Minuten, bis sie ganz aufhörten.

Yakus hatte derweil beobachtet, wie der Minidrach sich auf einem windgeschützten Felsen niederließ und begann, sich zu putzen. Dann wanderte sein Blick zu dem enormen Kadaver, der da im Sand lag. Langsam bewegte sich der Dryzam auf ihn zu. Nachdem er mehrmals tief den Geruch des Sechsfüßlers eingesogen hatte, war er beruhigt. Der erste Biß durch das dicke schwarze Fleisch fiel ihm noch schwer, aber dann fraß der Dryzam mit sichtlicher Leichtigkeit und zunehmendem Genuß.

Als ein Viertel des Raubtiers im Magen des Dryzams verschwunden war, ohne daß dieser ein Anzeichen von Übelkeit gezeigt hatte, zog ein sich die Lippen leckender Yakus sein Messer und machte sich daran, an dem Festessen teilzunehmen.

Als die Wolken schon schwarz waren und die verdeckte Sonne untergegangen war, fand sich Yakus zufrieden gegen einen Felsen am Teich gelehnt wieder. So gut hatte er sich nur genau dreimal zuvor im Leben gefühlt: als er Jorge Malpaso, den berühmten Null-Ball-Spieler, im Armdrücken besiegt hatte, als er aus dem Gefängnis von Almaggee geflohen war, und als er vor vier Jahren gewettet hatte, daß er einer bestimmten süßen Barfrau in Kansastan zeigen würden, daß Alter nicht nur Wein besser werden ließ.

In den nächsten drei Tagen blieb er am Teich, um sich

auszuruhen und wieder zu Kräften zu kommen. Trotz seiner Befürchtungen zeigte sich kein weiterer Fleischfresser, um die Oase für sich zu beanspruchen. Yakus sah den harmlosen Wesen zu, die zum Trinken kamen und ließ sie in Ruhe. Er hatte bereits mehr Fleisch als er und sein Dryzam essen konnten.

Am vierten Tag stand er auf, verstaute den Rest des Fleisches zwischen den Rückenflossen des Dryzams und brach zuversichtlich in Richtung Edgedune auf. Als sich der Minidrach auf seine Schulter setzte, war er nicht einmal sehr überrascht. Aber immer noch gelang es ihm nur teilweise, seine Angst vor der Nähe dieses tödlichen Wesens zu verbergen, auch wenn es sich als sehr freundlich erwiesen hatte.

Der Minidrach schien damit zufrieden zu sein, so zu reisen. Am sechsten Tag streckte Yakus vorsichtig die Hand nach ihm aus, um ihn zu berühren. Die Schlange drohte ihm nicht. Der Edelsteinsucher lächelte. Erst einige Tage später entdeckte er das winzige Schild, das unter einer Schwinge angebracht worden war.

OB LEBEND ODER TOT GEFUNDEN ... stand da, BITTE ZURÜCK AN ... Hier waren ein Name und verschiedene Adressen aufgelistet. Die erste lag einigermaßen nahe bei Edgedune.

Yakus mochte vielleicht bald sterben, aber bestimmt nicht bevor er den kleinen Retter seinem rechtmäßigen Besitzer zurückgebracht hatte.

Flinx stand an einer der offenen Trinkbuden. Ein schmaler Jugendlicher, rothaarig mit dunkler Haut, der viele Geheimnisse und ungewöhnliche Fähigkeiten hinter seinem unscheinbaren Äußeren verbarg.

Nur der Tumult zwischen den Buden, die an der oberen Straße standen, riß ihn aus den tiefen sorgenvollen Gedanken, die ihm in den vergangenen Tagen ständig durch den Kopf gingen. Neugierig drehte er sich mit den anderen Verkäufern und Ladenbesitzern vom

Marktplatz nach dem Lärm um. In dem Moment legte sich ein vertrautes Gewicht auf seine rechte Schulter.

»Pip!« Er streichelte den Nacken des Minidrach, der sich eng an ihn schmiegte.

»Wo warst du denn? Ich bin vor Angst fast verrückt geworden. Ich dachte ...«

»Sei nicht böse auf dein Haustier!« Flinx sah sich nach der Quelle dieser flehenden Stimme um, und sah einen Mann auf sich zukommen, dessen graumeliertes schwarzes gelocktes Haar ein beträchtliches Alter verriet. Die Hauptursache für die Unruhe, die ihn neugierig gemacht hatte, trottete hinter diesem alten Mann her. Es war eine eigenartige Kreatur mit hohen Rückenfinnen, die sich nur mit Mühe zwischen den engstehenden Buden hindurchdrängen konnte. Kinder rannten mit wilden Gesten hinter dem seltsamen Monster her und versuchten, es vorsichtig zu berühren.

Der Alte musterte Flinx voller Interesse. »Ich bin Knigta Yakus. Dein Tier hat mir das Leben gerettet.« Eine Hand, knorrig wie ein Stück Feuerholz, deutete auf den Minidrach, der es sich auf Flinx Schulter gemütlich gemacht hatte. »Zum Dank dafür werde ich dich später reich machen. Aber ich muß einfach wissen... wenn das hier dein Zuhause ist und du der Herr des Minidrach bist, warum ist er in den Schwarzer-Fleck-auf-der-Karte gekommen, um mich zu retten?«

Flinx flüsterte seinem Tier mit einem Tadel in der Stimme zu: »Dahin hast du dich also verdrückt.« Er blickte an dem alten Mann vorbei auf das Lasttier. »Ein Dryzam?«

Yakus hatte gedacht, nichts könnte ihn noch überraschen, aber nun entdeckte er, daß dem nicht so war.

»Du kennst diese Tiere? Ich habe es hier gekauft, aber es ist nicht von dieser Welt, und nur wenige kennen es.«

»Ich weiß. Es ist schon eigenartig, aber dieses Wesen stammt von derselben Welt wie mein Minidrach, von Alaspin.«

Er tätschelte die Flanke des Tieres, das genüßlich schnurrte. »Aber das erklärt nicht, warum Pip zu dir gekommen ist. Minidrach sind emphatische Telepathen, sie reagieren sensibel auf starke Emotionen. Normalerweise reagiert Pip nur auf meine. Das scheint eine Ausnahme gewesen zu sein. Ich frage mich, weshalb.«

»Ich denke, ich kann das erklären.« Yakus klang irgendwie zufrieden. »Ich lag im Sterben, weißt du. Das hat deine Schlange über die ganze Entfernung hinweg gefühlt, und sie kam, um mich zu retten.« Vor Stolz schwellte seine Brust. »Ich wußte selber nicht, daß der alte Yakus so stark empfinden kann.«

Flinx schüttelte verwirrt den Kopf. »Nein, das allein kann es nicht sein. In meiner Umgebung sterben ständig Leute.«

Beim Tonfall, in dem er das sagte, kniff der wachsame Edelsteinsucher die Augen zusammen. Möglicherweise war dieser Junge gar nicht so unschuldig, wie er aussah. »Pip hat mich noch nie alleingelassen, um jemand anderen zu retten. Und sie hat auch gute Gründe, gerade jetzt nah bei mir zu bleiben. Ich verstehe das nicht.« Er wandte sich wieder Yakus zu. »Ich muß wissen, warum sie mich verlassen hat, um dich zu retten.«

Yakus beschloß, daß das keine Rolle mehr spielte.

»Sie hat mich gerettet. Darauf kommt es an. Sie hat mich gerettet, um dich reich zu machen. Komm mit und hilf mir bei dem letzten Stück meiner Arbeit, und danach wirst du mehr Credits haben, als du dir vorstellen kannst.«

Die Reaktion war nicht gerade die, die Yakus von einem einfach gekleideten Jungen, der noch vor wenigen Jahren in die Windeln gemacht hatte, erwartet hätte.

»Danke schön, aber ich habe bereits genug Credits für meine Bedürfnisse.« Ihm schien das Geständnis eher peinlich zu sein. »Aber«, fuhr er fort, bevor der erstaunte, ungläubige Yakus antworten konnte, »ich komme trotzdem mit, denn für mich ist es wichtig, herauszufinden, warum Pip – mein Tier – mich verlassen hat. Ich will dich nicht kränken, aber ich glaube einfach nicht, daß es wegen dir war. Jedesmal, wenn Pip mich allein gelassen hat, dann war es aus triftigen Gründen. Und außerdem weiß sie, wie schnell etwas passieren kann, bei dem ich auf ihre Hilfe angewiesen bin. Also ... ich werde mit dir gehen.« Flinx grinste. »Außerdem habe ich noch nie die Hohe Wüste gesehen, oder den Schwarzer-Fleck-auf-der-Karte, obwohl ich schon viel davon gehört habe. Soviel ich weiß, ist das kein sehr anheimelnder Ort.«

Als Yakus mit seinem Lachen fertig war, zeigte er Flinx den Kristall. Er war sich sicher, daß er von diesem Jungen nichts zu befürchten hatte, der sehr ehrlich zu sein schien und Offenheit verdient hatte, und sei es auch nur, weil er nicht ganz richtig im Kopf war.

»Ein Heiligenauge?« Flinx war tief beeindruckt. »So ein großes habe ich noch nie gesehen.«

Yakus zwinkerte ihm verschwörerisch zu. »Da gibt es noch viele von der Größe, und sogar noch größere. Die Emotionen in dem Depot sind so stark, daß ich kaum in der Grube arbeiten konnte. Dieser hier ...« Er tippte auf den großartigen orangefarbenen Edelstein, »wird uns für die Arbeit und die Reise ausstaffieren. Wir werden so viele Steine mitnehmen, daß sich der Rücken meines Dryzams durchbiegt. Wann kannst du hier weg?«

Flinx zuckte die Achseln. »Wenn meine Neugier erst mal erwacht ist, dann wird sie nur noch durch meine Ungeduld übertroffen. Komm, ich bringe dich zu einem einigermaßen ehrlichen Ausstatter.«

Sie gingen zusammen die Straße hinunter und unterhielten sich freundschaftlich, während der Dryzam hinter ihnen hertrottete. Die Frau, die an dem Stand neben der Garküche gerade Schmuck kaufen wollte, sprang zur Seite, als das massige Lasttier seine enormen

Hüften durch die enge Gasse zwängte. Sie hatte die schmale Statur einer Jugendlichen, war aber eine ganze Ecke älter. Bis auf Gesicht und Hände, die die Farbe von Milchkaffee hatten, war ihre Haut durch Kleidung bedeckt.

Ein Diamant zierte ihre Nase. Sie wandte sich der eigentümlichen Prozession zu und sah ihr mit großem Interesse nach. Ihre seidenen Kleider umsäuselten sie wie gefrorener Wind. Sie war so in die Betrachtung der beiden sich entfernenden Männer vertieft, daß der Händler sie fragte, ob irgend etwas nicht stimmte.

»Nicht stimmt? Nein, nein.« Sie lächelte den Mann an, und ihre Zähne glänzten in strahlendem Weiß, das hell genug war, um zwei Halbmonde in ihrem Gesicht aufgehen zu lassen. Sie deutete etwas geistesabwesend auf ein Paar Ohrringe aus Wermut und Onyx. »Ich nehme die da. Lassen Sie sie an diese Adresse schicken.« Sie gab dem Händler eine Karte, die ihren Namen, die persönliche Kennummer und die Adresse enthielt.

Während sich der Händler beeilte, den ganzen Kaufvorgang durch seinen Cardmeter laufen zu lassen, wandte sie sich einem Mann zu, der geduldig neben ihr stand. Er war klein, kaum größer als sie, aber vermutlich etwa zehn Jahre älter. Gesicht und Körper schienen aus Fettkugeln und Wülsten zu bestehen. Seine Haut war straff und zeigte weder Altersfalten noch die Charakteristik eines hoffnungslos Fettleibigen. Der Mann hatte ganz einfach das Aussehen eines Säuglings, der bloß etwas größer geworden war.

»Wuwit, hast du alles gehört?« fragte ihn die Frau Savaya.

Er nickte kurz. »Hab ich. Ich geh und hol Michelos.«

»Nein.« Sie streckte die Hand aus, um ihn zurückzuhalten, dann zeigte sie auf den zwischen den Buden verschwindenden Konvoi. »Folg dem Zug. Beobachte, wo sie hingehen, merk dir, mit wem sie reden, und bleib bei ihnen. Ich werde Michelos schon selbst finden.« Dann ging sie davon.

Wuwit sah ihr nach, bevor er sich abwandte und in einem Tempo hinter den beiden Männer herstolperte, das jeden verblüffte, der seine Fähigkeiten nicht kannte. Er bemerkte, daß einer der Männer alt war, der andere sehr viel jünger.

Es war nicht sehr schwer, dem ungleichen Paar heimlich zu folgen, denn der Schwanz des zahmen Minidrachs wippte bei jedem Schritt hoch über dem Boden. Wuwit war so in seine Beobachtung vertieft, daß er den großen, schlaksigen Ornithorp nicht bemerkte, der auf der anderen Straßenseite neben ihm herging. Aber auch der gefiederte Außerplanetarier bemerkte Wuwit nicht.

Sein gebogener, nach hinten schwankender Körper saß auf zwei langen gefiederten Beinen. Diese steckten in Stiefeln, die bis an die knotigen Knie reichten. Die Knie befanden sich in Höhe der Hüften eines normalgroßen Mannes. Ein langer dünner Hals endete in einem länglichen Schädel, der vorne in einem kurzen gebogenen Schnabel zulief und hinten in einem gekräuselten Gefieder endete.

Außer den Stiefeln trug das Wesen noch einen wasserfesten Umhang, der genau auf seine Gestalt zugeschnitten war. Das leichte Kleidungsstück, der Slicker, hielt die Feuchtigkeit ab, die ständig in der Atmosphäre von Moth lag, bedeckte aber nicht seine Frisur, die aus einer Konstruktion von blaugrünen und gelben Folien bestand, die das natürliche graubraune Gefieder des Außerplanetariers ergänzten.

Verschiedene Edelsteine, einige echt, andere Imitationen, schmückten den schwankenden Hals, die Brust und die langen dünnen Arme, die sich aus den ursprünglichen Flügeln entwickelt hatten.

Der Ornithorp hieß Pimbab. Er hatte es sich in derselben Trinkbude wie Flinx gemütlich gemacht. Obwohl er keine äußerlich sichtbaren Ohren hatte, war sein Gehör doch erstklassig – deshalb war sein Geist nun, da er den beiden Menschen und ihrem schwankenden Tier folgte, erfüllt von Visionen ornithorpischen Diebstahls.

Der kugelrunde Mensch und das dünne Vogelding ignorierten einander und konzentrierten sich ganz auf ihre Vorhaben, denen die gleichen Motive zugrunde lagen.

Flinx fuhr sich mit dem Rücken seiner linken Hand über die Stirn. Regenschwere Wolken verdunkelten die Sonne, aber er konnte ihre brennende Hitze spüren. Der Abstand zwischen ihm und dem vorausgehenden Yakus begann sich zu vergrößern, und Flinx berührte mit seinen Sporen die Flanken seines Muccax. Das gedrungene zweibeinige Krötenwesen ließ ein Grunzen hören und hüpfte los, um auf Yakus aufzuschließen.

»Du bist die ganze Strecke gelaufen?« fragte Flinx anerkennend.

Yakus nickte, und in seiner Stimme schwang Stolz mit, als er sich zu seinem vollbepackten Dryzam und Flinx umdrehte. »Ja, das bin ich. Ich bin zu Fuß hinein- und wieder hinausgelaufen, obwohl mir das ohne die Hilfe deines Tieres nicht gelungen wäre.« Er deutete auf die schlafende Schlangengestalt, die sich um Flinx rechte Schulter gewickelt hatte. Flinx blickte an dem Dryzam vorbei auf die weit hinter ihnen liegende Hügelkette der Snaggles, über der sich der Mount Footasleep erhob. Seit sie das verschlafene Edgedune verlassen hatten, lag schon ein langer Weg hinter ihnen und, laut Yakus, hatten sie noch ein gutes Stück des Weges vor sich. Die Hitze ließ das Gelände und den Horizont vor ihnen flimmern und in weiter Ferne wie bunte Butter verschmelzen.

»Ich habe immer noch nicht verstanden, warum du darauf bestanden hast, auf diesem Muccax zu reiten« – Flinx tätschelte liebevoll den knochigen Schädel seines

Reittiers – »statt einen anständigen Skimmer zu mieten.«

»Für einen Skimmer fliegen hier zu viel Staub und Dreck in der Luft herum. Den Fehler haben schon viel Neulinge vor uns gemacht«, erklärte Yakus. »Das hat keiner von denen überlebt.« Er klopfte auf sein Visier. »Der Dreck in der Luft besteht aus allen möglichen Arten an scheuernden gelösten Metallpartikeln. Die zerfressen die Luftansaugstutzen des Skimmers. Nein danke, da ziehe ich die lebenden Transportmittel vor. Ich mag die Flexibilität, die mir die Muccax erlauben. Werd erst mal so alt wie ich, dann lernst du solche Sachen wie Flexibilität auch zu schätzen. Und abgesehen davon, im Notfall kannst du einen Skimmer nicht mal essen …«

In einigem Abstand zu dem belehrenden Yakus ritten noch drei andere menschliche Wesen.

»Wie weit noch?« fragte Michelos. Er war ein großer Mann mit tiefer Stimme und einem athletisch-muskulösen Körper. Seine Beine hingen so tief zu beiden Seiten des Muccax herab, daß sie fast den Boden berührten.

Savaya hatte ihre traditionelle Seidenkleidung gegen einen praktischeren Wüstenoverall getauscht. Sie blickte zu der schwitzenden Gestalt, die neben ihr herritt. »Keine Ahnung. Sie haben zwar die ganze Zeit miteinander geredet, aber dabei nie über die Lage der Mine gesprochen. Bloß darüber, daß sie irgendwo hier draußen sein muß.«

»Irgendwo hier draußen.« Michelos zeigte mit seinem dicken, mit Flaum bedeckten Arm auf den flimmernden Horizont vor ihnen.

»Diese verdammte Wüste ist größer, als ich mir das auch nur vorstellen will, Savaya.« Er blinzelte sie an. »Ich weiß nicht einmal, wieso ich mich auf diese Sache hier eingelassen habe.«

»Natürlich weißt du das.« Sie gestattete sich ein dünnes Grinsen. »Du bist mir gefolgt, weil du mindestens so gierig und selbstbezogen bist wie Wuwit und ich.« Sie wies auf den dicken kleinen Mann hinter ihr, der mehr unter der Hitze zu leiden hatte als seine beiden dünneren Begleiter. »Du bist mitgekommen, weil ich dir erzählte, daß ich ein rohes Heiligenauge gesehen habe, das etwa zweihundert Karat wiegen dürfte.«

Michelos wollte gerade antworten, wurde aber unterbrochen.

»Es ist schon in Ordnung, Mick«, beharrte Wuwit mit seiner leicht quakigen Stimme. Er schwitzte enorm. »Das ist doch einfacher, als Verkäufern den Schädel einzuschlagen und dann zu versuchen, vor der Polizei und der Meute davonzurennen. Außerdem, selbst wenn hier keine Mine sein sollte, kommen wir auf unsere Kosten. Denn wenn wir keine Edelsteine finden, dann greifen wir die beiden eben hinterrücks an« – er deutete mit dem Kopf in Richtung der beiden Spurenleger –, »bringen sie um und nehmen uns ihre Tiere und die Vorräte. Die haben viele Vorräte gekauft. Ich weiß das, weil ich sie nämlich dabei beobachtet habe. Das deckt mehr als bloß unsere Reisekosten.«

»Na, wenigstens das ergibt einen Sinn, Wuwit.« Michelos beruhigte sich und widmete seine Aufmerksamkeit wieder der brütenden trockenen Ebene, die sich vor ihnen ausbreitete. Wuwit schaffte es stets, ihn aufzuheitern, wenn er sich schlecht fühlte, und das war bei ihm recht oft der Fall. Michelos war nämlich kein Mann, dem viele fröhliche Gedanken gegeben waren. Das einzige, was ihn zuweilen erheitern konnte, war das Elend anderer.

Savaya bearbeitete ihren Muccax mit den Sporen. »Kommt schon, wir wollen nicht zu weit hinter ihnen zurückfallen. Heiligenaugen werden nicht an der Oberfläche gefunden. Außerdem würde ihnen eine Mine gute Deckung bieten, und das kann entscheidend sein, wenn es in einer derart flachen Gegend zu einem Kampf kommen sollte.«

Michelos trieb sein Reittier brutal an. Es blutete, als es einen Satz nach vorne machte.

»Erzähl mir bloß nichts von Strategie, Savaya«, brummte er. »Ich bin doch kein pickelgesichtiger Anfänger …«

Knigta Yakus hielt sein Muccax auf einer Anhöhe aus Sand an, die zwar die glatte Linie der Ebene unterbrach, aber nicht hoch genug war, um als Berg bezeichnet werden zu können. Er wies auf etwas. »Hier ist es, Junge. Ich wette, du dachtest, wir würden es niemals finden. Ich wette, du hast dich schon gefragt, ob der alte Knigta ein Lügner ist.«

»Oh, ich habe dir die ganze Zeit geglaubt, Yakus«, sagte Flinx. »Ich habe mir nur langsam Sorgen darüber gemacht, wieviel Fleisch wohl noch an mir dran sein wird, wenn wir angekommen sind.«

Auf der anderen Seite des Hügels befand sich ein sanfter Abhang, der sich plötzlich in einen scharfen, aber nicht sehr hohen Absatz verwandelte, von dem aus es einige Meter bis zu einer glatten Fläche herunterging, die aussah, als wäre sie früher einmal eine Straße gewesen. In Wahrheit aber war es ein ausgetrocknetes Flußbett, obwohl weite Teile der Oberfläche aus Stein bestanden, in dem sich hier und da Rillen befanden, die sich mit ihrer dunklen Verfärbung optisch vom restlichen Boden abhoben.

Die beträchtliche Weite des Flußbettes sowie das noch nicht gänzlich von Wind und Sand abgetragene Ufergestein ließen vermuten, daß noch vor relativ kurzer Zeit eine beachtliche Menge Wasser durch diesen Teil der Wüste geflossen sein mußte.

Am gegenüberliegenden Ufer war ein dunkler Fleck zu sehen, auf den Yakus aufgeregt hinwies. Er hob sich deutlich von dem helleren Material des Ufers ab: ohne Zweifel ein Spalt in dem soliden Felsen.

»Und da ist das Depot!« Yakus Aufregung war seiner Stimme zu entnehmen. Seine Hand wies nach Süden und zog eine unsichtbare Linie entlang des Flußbettes. »Flußabwärts teilt sich das Flußbett. Ich habe das erste Stück Kristall einige Dutzend Kilometer weiter unten gefunden. Ich mußte mir den Weg stromaufwärts graben. Entlang des Flußbetts gibt es in diese Richtung noch zwanzig andere Höhlen, aber keine ist so groß wie diese hier.« Er deutete über das Flußbett hinweg wieder auf den Spalt.

»Das ist die einundzwanzigste Höhle. Ich glaube nicht, daß es die letzte ist, aber fürs erste reicht es. Laß uns gehen.«

Sie machten sich daran, den Fluß zu überqueren. Flinx betrachtete voller Sorge das abschüssige Ufer.

»Ich habe noch nie zuvor einen Muccax geritten. Bist du sicher, daß der den Abhang hinunterkommt?«

»Sie sind zwar nicht schnell und haben kurze Beine, aber sie sind hart im Nehmen.« Yakus wandte sich um. »Die werden schon mit der Böschung fertig, aber bei dem Dryzam bin ich mir da nicht so sicher. Ich glaube, er ist müde.«

»Das würde mich nicht wundern«, antwortete Flinx, »bei dem Gewicht, das der mit sich trägt.« Er blickte über seine Schulter und sah die sanftmütige fünfäugige Kreatur pflichtbewußt hinter ihnen hertrotten, wobei sich die Vorratspakete hoch zwischen seinen festen Rückenfinnen türmten. »Er ist groß genug. Wenn der einen Schritt macht, steht der mit den Vorderbeinen bereits unten, während seine Hinterbeine noch auf dem Grad stehen. Solange er nicht in der Mitte durchbricht, dürfte es für ihn kein Problem werden.«

»Ich hoffe, du hast recht, Junge. Wir müssen es einfach versuchen. In dieser brütenden Hitze habe ich nämlich keine Lust, erst die ganzen Sachen abzuladen...«

Savaya spähte über den Kamm des Sandhügels. Neben ihr hob Michelo die Mündung seines Gewehrs. Sie ermahnte ihn geduldig: »Noch nicht. Warte, bis sie im Flußbett sind. Da haben sie keine Deckung und können sich nirgendwohin zurückziehen. Jedenfalls glaube ich nicht, daß ein Muccax mit einem Mann auf dem Rücken in der Lage ist, auf den Uferfelsen hoch zu springen.«

Michelos brummte, ließ aber die Waffe sinken.

Die kleine Zweiergruppe zog einen Riß in die Wand des trockenen Flußbettes, und Erdklumpen rollten vor ihnen her. Wie Yakus es vorausgesagt hatte, meisterten die Muccax den halsbrecherischen Sprung mit Leichtigkeit. Der Dryzam schien all ihren Bedenken zu spotten, als er mit der ihm eigenen Eleganz hinter ihnen herstolperte und dabei einen Teil der Uferböschung gleich mit sich riß.

Als sie etwa ein Fünftel des Weges über den weiten trockenen Fluß zurückgelegt hatten, hob Savaya ihren Nadler. Michelos war auf die Füße gesprungen und zielte sorgsam mit seiner eigenen Waffe, als etwas den Felsen vor ihm erschütterte und smaragdgrüne Funken auf seine Stiefel regneten.

Er ließ sich fallen und kroch auf dem Bauch hinter den schützenden Felsen zurück. »Was war das? Was, zum Teufel, ist passiert?« Er blickte wild um sich.

»Da drüben.« Wuwit feuerte mit seinem Nadler in die Richtung eines Pfeilers aus Felsbrocken, der sich in einiger Entfernung erhob.

Michelos blitzte Savaya ärgerlich an. »Ich dachte, die wären bloß zu zweit!«

»Siehst du denn mehr als zwei?« Sie war auch wütend über diese unerwarteten Gegner. Sie hob vorsichtig ihren Kopf, um einen Blick zu riskieren, duckte sich aber sofort wieder, als ein weiterer grüner Energieblitz über ihren Kopf hinwegsauste und hinter ihr in den Boden schlug.

»Ich schätze, weder der alte Mann noch der Junge haben etwas von einer separaten Eskorte gesagt, oder?« Michelos Tonfall war vorwurfsvoll.

»Wenn sie damit gerechnet hätten, verfolgt zu werden, hätten sie wohl kaum mit jedem über ihren Schutztrupp gesprochen, nicht wahr?« Dann hielt er nachdenklich inne.

»Aber wieso haben sie dann überall lauthals von dieser Mine erzählt?«

»Ich sage dir, das ergibt doch keinen Sinn!« Savaya blinzelte zu ihm hoch, und spuckte den Sand aus.

»Jemand versucht uns zu töten, und ihr zwei liegt da und streitet euch.« Wuwit klang entsetzt. Er stand auf, während er einen Schuß aus seiner Waffe abfeuerte. Weitere grüne Blitze waren die Antwort. Bald darauf tauschten die drei einen massiven Schußwechsel mit demjenigen aus, der da hinter der großen Steinsäule auf der Lauer lag, wer auch immer das sein mochte.

Als der erste Energieblitz explodierte, hatten Flinx und Yakus ihre Reittiere angehalten, und sich blitzschnell umgedreht, um zu sehen, was da los war.

»Wir wurden verfolgt!« Yakus war eher ärgerlich als erschrocken. »Sie greifen uns an und ...«

Flinx schüttelte den Kopf. »Verfolgt wurden wir«, sagte er in einem fast amüsierten Tonfall, »aber sie beschießen sich gegenseitig.«

Yakus hatte schon vor langer Zeit gelernt, niemals einen Vorteil zu hinterfragen. »Rasch, Junge!« Er trieb seinen Muccax an und rief dem Dryzam ein lautes »Hup!« zu. Dann ritten sie in vollem Tempo auf die immer noch weit entfernte Mine zu ...

Ein grüner Blitzsplitter schoß so nah an Michelos Schulter vorbei, daß er vor Schmerz zusammenzuckte. Seine Wut übertraf jedoch den Schmerz, und er nahm schnell wieder seine alte Position ein.

Einer von Savayas Schüssen wurde mit einem Schrei beantwortet. Mit einem sehr seltsamen Schrei.

»Das war weder ein Mensch noch ein Thranx«, sagte sie verwirrt. »Das muß etwas anderes sein. Das ist verrückt.«

Michelos entließ einen weiteren wütenden Strahl aus seiner Waffe. Als er wieder zu Savaya blickte, sah er, daß sie ein weißes Stück Stoff um die Mündung ihres Nadlers wickelte.

»Was hast du denn vor?«

»Ist das nicht offensichtlich?« Sie hielt die weiße Fahne über ihren Kopf und schwang sie hin und her.

Von dem Felsen kamen zunächst noch einige Schüsse, aber dann wurde das Feuer eingestellt. Sie hoffte, daß ihr Zeichen verstanden worden war, stand auf und rief: »He ... wer sind Sie?«

»Und wer seid ihr, chrrrk?« kam die Antwort hinter dem Felsen hervor. Diese Stimme war hoch, dünn und eine Qual für die Ohren.

»Wenn ihrr zu den Grrräberrrn gehörrrt, warrum wollt ihrr uns dann nicht töten?«

»Wartet mal 'ne Minute.« Wuwit warf Savaya einen verwirrten Blick zu.

»Die denken, *wir* würden für den Jungen und den alten Mann arbeiten.«

»Wir gehören nicht zu den Gräbern!« schrie Savaya. »Wir ...«, zögerte sie einen Moment, »wir jagen sie!«

Ein hohes, keckerndes Lachen schallte aus den dürren Kehlen ihrer Gegenspieler.

»Ihrrr jagt sie? Nun ja, Dame-Frrrau, wirr jagen sie auch. Sieht aus, als spielten wirrr dasselbe Spiel.« Dann folgte eine Pause. »Meint ihrrr das auch errrnst, daß ihrrr nicht zu dem alten Mann und dem Jungen gehörrrt?«

»Und ihr, wie steht es mit euch?« Savaya mußte zugeben, daß ihre sonst so unwiderstehliche List hier zu versagen schien. »Laßt uns einen Waffenstillstand für mindestens solange vereinbaren, bis wir miteinander gesprochen haben!«

»Also gut«, pflichtete die Stimme schließlich bei. »Wirrr werrden gleichzeitig und unbewaffnet losgehen und uns genau in derrr Mitte trrreffen.«

»In Ordnung!«

»Warte mal«, murmelte Michelos. »Wenn das ein Trick ist, dann …«

Wuwit streckte eine plumpe Hand aus und packte seinen Freund mit überraschenden Kraft. »Hör zu, Mick, wenn du in ihrer Lage wärst« – er wies auf Flinx und Yakus, die sich zum Flußufer zurückzogen – »und du wüßtest, daß wir dir auf den Fersen sind und versuchen, dich zu töten, würdest du einen Waffenstillstand mit uns aushandeln?«

»Nein.« Michelos stimmte in diesem Punkt widerspruchslos zu.

»Du hast recht.« Er sah Savaya an und nickte zum Zeichen, daß er bereit war, zu gehen. Als sie sich in Bewegung setzten, erschienen im selben Moment zwei große dünne Gestalten am Felsen, die sich daranmachten, hinabzuklettern.

»Keine Menschen. Du hattest recht, Savaya.« Wuwit betrachtete nachdenklich die beiden Figuren, und bemerkte eine dritte, die den anderen folgte. »Chikasacasoo ornithorpes, vermute ich.«

Michelos blickte seinen Freund etwas ungläubig an und wandte sich dann wieder der Ebene zu.

»Was suchen denn diese Vögel *hier* draußen?«

»Dasselbe wie wir, du Idiot«, erklärte Savaya.

Als die beiden Gruppen sich bis auf knapp fünf Meter einander genähert hatten, blieben die Außerplanetarier stehen.

»Das ist fürrr eine Verrrhandlung errrst einmal nah genug, denke ich«, sagte der Anführer der Wesen. Er trug seinen Strahler locker unter einem Arm. »Ich singe den Namen von Pimbab. Das sind meine verrrbleibenden Frreunde Kisovp und Ttorr. Boonomm und Lessuwhim warrren beide zu kühn und verrlorren während des Kampfes ihren Kopf. Das ist eine böse Kombination, wenn man auf Leute mit eurrrer Treffsicherheit trrrifft.« Der starre Schnabel konnte zwar kein Lächeln formen, aber Savaya hatte den Eindruck, als würde sich auf seinem Gesicht etwas ähnliches abspielen. »Ich denke, das wirrd uns das nächste Mal, wenn wirrr euch töten wollen, eine Lehrrre sein.«

»Vergessen Sie dieses Geschäft vom gegenseitigen Töten. Das bringt für niemanden Profit. Was führt Sie hierher, in den Schwarzen-Fleck-auf-der-Karte?« fragte Wuwit.

»Dasselbe wie Sie, wenn ich die Lage rrrichtig deute.« Pimbabs Kopf verneigte sich graziös auf seinem langen, dünnen Hals. »Ich nahm gerrade einen Drrink in einerr dieserr Garrküchen in Drrallar, als jemand in meinerr Nähe ein Heiligenauge errrwähnte. Da ich sehrrr grroßen Gefallen an Edelsteinen habe…«

»Ja, uns gefallen Edelsteine ebenfalls sehr gut«, fiel ihm Michelos ins Wort.

»Durch gegenseitiges Töten werden wir aber nichts gewinnen«, sagte Wuwit trotz seiner piepsigen Stimme in aller Strenge. »Ich denke, eine zeitweilige Allianz wäre eine gute Idee.«

»Moment mal«, mahnte Savaya. »Wer hat hier das Sagen…?«

Aber Pimbab ließ sie nicht aussprechen. »Ich denke genauso, Mensch.« Er wies mit einem seiner schlanken Gliedmaßen über das trockene Flußbett. »Sie haben sich in Sicherrheit gebrrracht und werrrden nun wesentlich schwerrerrr auszuheben sein. Fürrr zwei oder drrrei von uns wärrre das eine wirrrklich schwerre Aufgabe, aberrr zu fünft müßten wirrr das eigentlich schaffen. Wenn nurr die Hälfte von dem stimmt, was ich gehörrrt habe, dann sollte genug Rrreichtum fürrr uns alle übrrrigbleiben.«

»Genau, das stimmt«, nickte Michelos. »Das ergibt Sinn. Einem toten Mann... oder einem toten Vogel, nützt Geld überhaupt nichts.«

»Aber ich stimme nicht zu.« Savaya sah wütend aus. »Ich bin immer noch der Meinung, daß wir getrennt vorgehen sollten.«

Wuwit sah sie erstaunt an. »Vielleicht hast du recht, Savaya ...«

»Und du«, fuhr sie ihn an, »erinnere dich doch daran, wer mit dieser Schießerei angefangen hat ...«

»Aber das ist doch vorbei«, erinnerte sie der unglückliche kleine Mann. »Andererseits bin ich auch der Meinung, daß wir getrennt operieren sollten.«

Er hob seinen Nadler. Die Ornithorpes zuckten zusammen, aber der Lauf zeigte nicht in ihre Richtung. »Also warum führst du nicht dich selbst an, Savaya?«

»Warte, du kleiner, fetter Kerl...« Sie trat einen Schritt auf Wuwit zu, erstarrte aber, als sich sein Finger leicht um den Abzug krümmte. Sie blickte sich in hilfloser Wut um. »Was soll das?«

»Du bist doch so klug.« Michelos grinste, als er sich neben seinen kurzen Gefährten stellte. »Du wirst es schon herausfinden.«

»Schon gut. Ist ja schon gut.« Sie zog sich vorsichtig und langsam zurück. »Ganz, wie ihr wollt. Aber weder ihr noch die da haben genug Verstand, um auch nur zwei Tage gegen die beiden in der Mine durchzuhalten.« Sie deutete mit ihrem Daumen auf den Eingang der Mine. »Ich kenne meine Grenzen«, nickte Wuwit den drei Ornithorpes zu. »Und die Begabung des Vogelvolkes für Strategie und Spiele ist ebenfalls bestens bekannt. Daher bin ich überzeugt davon, daß es besser ist, auf sie zu hören, als auf dich. Abgesehen davon, hängt es mir zum Hals heraus, Befehle von dir entgegennehmen zu müssen, Savaya. Du hast mich deine Überlegenheit zu oft spüren lassen. Wir werden sehen, wie gut du zurechtkommst, wenn du keinen hast, der die Dreckarbeit für dich macht.«

»Die Frrrau macht tatsächlich einen aufgerregten Eindrruck«, stellte Pimbab fest.

»Du kannst deinen Muccax nehmen und nach Egdedune zurückreiten«, fuhr Wuwit großzügig fort, »oder du bildest eine eigene Gruppe, ganz wie es dir beliebt.«

Zum ersten Mal, seit sie diese Reise unternahmen, lächelte er.

Flinx und Yakus lagen hinter einem niedrigen Wall im kühlen Schatten des Höhleneingangs. Beide Gewehre lagen vor ihnen und zeigten in Richtung Flußbett. Hinter ihnen war ein offener kreisrunder Raum tief in die Erde gegraben, der groß genug war, um die beiden Muccax und den Dryzam aufzunehmen. Das Lasttier mit den hohen Rückenfinnen war von dem kurzen Sprint durch das Flußbett erschöpft. Flinx befürchtete, daß sie es vielleicht überladen hatten.

Einmal, als die Sonne kurz ein kleines Loch in die Wolkendecke riß, schien es, als schimmerte ein orangefarbenes Feuer in der Rückwand der Ausschachtung.

»Klingt, als würden sie Frieden schließen«, meinte Yakus, der vorsichtig über den Rand des Walls spähte. »Ich wette, beide Gruppen waren ganz schön überrascht. Der ganze Hinterhalt, so gut geplant, und dann müssen sie feststellen, daß auch noch andere auf die Idee gekommen sind.« Flinx funkelte ihn vorwurfsvoll an.

Yakus senkte beschämt den Blick. »Ich weiß, ich weiß… ich rede zuviel. Irgend jemand muß mich irgendwo belauscht haben. Nun gut« – er legte den Finger an den Auslöser seiner Waffe – »denen werden wir die Hölle heiß machen, wenn die versuchen, uns hier rauszukriegen.«

»Müssen sie das denn versuchen?« Flinx suchte den relativ flachen Horizont außerhalb der Mine ab. Wie gewöhnlich versagten seine mentalen Fähigkeiten mal wieder dann, wenn er sie am dringendsten brauchte. Er konnte nichts fühlen. »Wir sitzen doch schon in der Falle.«

»Kommt ganz auf den Blickwinkel an, mein Junge. Für dich sind wir in die Falle gegangen. Für mich befinden wir uns einfach nur in Sicherheit.« Er wies auf den ausgetrockneten Fluß.

»Wenn die auch nur halbwegs gescheit sind, dann werden sie uns heute nacht angreifen.« Er machte eine Pause und sah Flinx stirnrunzelnd an. »Sag mal, Junge, wo ist eigentlich dein Tier?«

Flinx blickte immer noch angestrengt in das Flußbett. »Als wir losgerannt sind, ist sie weggeflogen. Sie hat mich schon ein paar Mal verlassen – einmal, um dich zu retten, erinnerst du dich? Aber sie kommt immer wieder zurück.«

»Ich bin froh, daß du keine Angst hast, aber ich habe auch gesehen, was dieser kleine Teufel anrichten kann. Ich würde mich besser fühlen, wenn er hier wäre.«

Flinx lächelte sanft. »Das würde ich mich auch, aber Pip kommt und geht, wie sie will. Trotzdem …« Er sah verwirrt aus. »Es sieht ihr gar nicht ähnlich, abzuhauen, wenn ich in Gefahr bin. Ich hoffe, sie wird sich spätestens dann zeigen, wenn wir angegriffen werden.«

»Das sollte sie besser«, sagte Yakus, »wer weiß, wie viele sich da draußen noch herumtreiben.«

Mit der Nacht kam auch die Stille in die Wüste. Selbst die Insekten schwiegen, ausgedörrt bis zur Gefühllosigkeit, wie Flinx annahm.

In kurzen Abständen hob er den Kopf über den Rand des Walls, um vorsichtig das Flußbett zu beobachten. Aber in dieser beinahe tiefschwarzen Dunkelheit gab es nicht viel zu sehen. Die Wolkendecke ließ weder das Sternenlicht noch den blassen Schimmer des einzigen kleinen Mondes von Moth, Flame, hindurch. Selbst wenn ihre Angreifer restlichtverstärkende Sucher an ihren Waffen haben sollten, müßten die schon extrem stark sein, um ausreichend Licht von dem dunklen Wüstenhimmel aufzunehmen.

»Meinst du, die warten auf das erste Licht kurz vor Sonnenaufgang?« fragte Flinx.

»Wer weiß.« Yakus versuchte ebenfalls etwas im Flußbett zu erkennen. »Kommt darauf an, wieviel Geduld sie haben.«

Plötzlich hörten sie das leise Klicken eines fallenden Steins. Yakus wirbelte herum, schnappte sein Gewehr und streckte die Mündung über den linken Rand des Mineneingangs hinaus. Hinter ihnen schliefen die Muccax lautlos im Stehen, wobei sie ihre Schwänze wie ein drittes Bein benutzten und ihre Köpfe auf die Brust gelegt hatten. Der Dryzam hatte sich auf die Seite gelegt und vor der Rückwand der Höhle zusammengerollt, die von feurigen Kristallen bedeckt war, die einige Millionen Credits wert sein mußten. Er rührte sich nicht.

Flinx hatte sich unmittelbar vor Yakus herumgedreht. Das emotionale Feedback der rohen Heiligenaugen hinter ihm machte ihn noch sensibler und nervöser, als er sonst schon war. Die Nähe zu so vielen emotionsverstärkenden Edelsteinen hatte eine gefährlich destabilisierende Wirkung auf seine Psyche.

»Keinen Schritt weiter«, befahl der Edelsteinsucher.

»Seht her, ich gebe euch meine Waffe.« Die Stimme war unverkennbar und unerwarteterweise weiblich.

Ein langer Nadler fiel auf die Steine vor ihnen und schlitterte genau bis vor Flinx Füße.

»Ich bin unbewaffnet. Die haben mich rausgeworfen. Wenn ich versuche, allein nach Edgedune zurückzugehen, werden die mich umbringen.« Eine Pause, dann die Frage: »Darf ich näher kommen?«

»In das Licht?« fragte Yakus, um sie zu testen.

»Nein, kein Licht! Sie würden sofort darauf schießen. Hier ist es hell genug, um mich zu sehen.«

Und das war auch genug, um Yakus zufriedenzustellen. »Okay, komm herein ... aber Hände über den Kopf und die Finger spreizen.«

Ein schmaler Umriß löste sich aus der Dunkelheit. »Mein Name ist Savaya«, erklärte die Gestalt. »Ich war da draußen, mit *denen* zusammen.« Und dann fügte sie mit dem Brustton tiefer Überzeugung hinzu: »Ich will eure Edelsteine nicht mehr, ich will bloß überleben und nach Hause zurück ... und mich rächen an ...«

»Keiner der Gründe ist überzeugend genug, um nicht auf Nummer Sicher zu gehen und Sie nicht sofort über den Haufen zu schießen«, sagte Yakus leichthin und hob seinen Nadler.

Die Stimme begann wieder zu sprechen, diesmal aber sehr schnell und verzweifelt. »Ich habe Ihnen doch gesagt, daß ich keine Waffe habe. Das da vor Ihnen war meine einzige.«

Flinx kniete nieder und hob den Nadler auf. »Das haben Sie gesagt.«

Ein Anflug von amüsierter Gleichgültigkeit färbte die nächsten Worte der Frau. »Also dann, vorwärts, durchsucht mich doch, wenn ihr mir nicht traut.«

»Behalt sie gut im Auge, Junge.« Yakus legte seinen Nadler neben Flinx auf den Boden und ging zu der schattenhaften Gestalt. Einige lange Minuten verstrichen. Kaum hörbares Gemurmel drang an Flinx' Ohren, und dann gab es da noch einen Laut, der sich anhörte wie unterdrücktes Kichern. Flinx hatte es schließlich satt.

»Ich kann unmöglich euch beide und das Flußbett beobachten, Yakus.«

»Schon gut, schon gut«, war die ungeduldige Antwort. Der alte Edelsteinsucher kam zurück und hob seinen Nadler auf.

»Danke«, sagte die Frau. »Wollt ihr, daß ich euch dabei helfe, die da zu töten?« Sie bewegte sich auf ihren Nadler zu. Flinx warf Yakus rasch einen fragenden Blick zu. Der Edelsteinsucher schüttelte den Kopf und beobachtete die Frau.

»Sie können bleiben. Wenn wir überleben, überleben Sie auch, aber keine Waffe.«

»Ich bin eine gute Schützin«, sagte sie, und kam näher. »Da draußen sind fünf von ihnen: drei Ornithorpes und zwei Männerwesen. Wenn die auf die Idee kommen, euch zusammen zu überfallen, könnte eine weitere Waffe schon ein entscheidender Vorteil sein.«

»Besonders, wenn sie von hinten auf uns zielt«, sagte Yakus freundlich. »Nein danke, Savaya. Wir schaffen es schon alleine.«

Flinx ließ sich zu Boden gleiten und lehnte sich an die Wand.

»Ich glaube nicht, daß sie uns diese Nacht angreifen.«

Schwarze Augen studierten ihn neugierig aus der Dunkelheit heraus.

»Ich kann Sie nicht genau sehen, wie auch immer Sie heißen.«

»Nennen Sie mich Flinx.«

»Sie scheinen mir ein wenig zu jung zu sein, um solche Prognosen mit derartiger Sicherheit wagen zu können.«

»Vielleicht.« Flinx nahm es ihr nicht übel. Wenn die Frau einen Hinterhalt plante, wäre es gar nicht so schlecht, wenn sie ihn für ein altkluges Kind hielt.

Etwas von der Stärke eines grünen Sterns explodierte am Dach der Mine. Beide Muccax waren sofort hellwach und stießen kehlig blökende Laute aus. Der Dryzam bewegte sich kaum, als der Steinregen aus der verkohlten Vertiefung in der Höhlendecke auf ihn herabrieselte.

Ein weiterer Energieblitz schoß über ihre Köpfe hinweg, während ein dritter gegen den Felsen, der sie schützte, prallte und explodierte. Flinx feuerte zurück. Im Gegensatz zu dem, was die Energiestrahler anrichteten, war es für ihn unmöglich auszumachen, was sein Nadler traf. Er konnte nur in die Richtung feuern, aus der die Blitze kamen.

Ein Nadler verriet die Position seines Benutzers nicht, die Schützen der Strahler dagegen sollten besser nach jedem Schuß ihre Stellung wechseln, sonst könnte Flinx anhand des Strahlenfeuers ihre Position ausmachen.

»Kannst du was sehen?« fragte er leise.

»Absolut nichts«, antwortete Yakus. Flinx bemerkte, daß Savaya ganz nah an den alten Mann herangekrochen war, und der schien es keineswegs eilig zu haben, sie fortzustoßen. Nun ja, Flinx hatte ihren Nadler, und sicher würde es der Frau nicht gelingen, Knigta die Waffe zu entreißen, bevor Flinx seine eigene gegen sie einsetzen konnte. Außerdem war der alte Mann kein Narr ... jedenfalls hoffte Flinx das.

»Da, rechts von dir!« schrie sie plötzlich. Flinx drehte sich blitzschnell nach rechts und sah einen Schattenumriß, der sich teilweise vom Felsen abhob. Er feuerte und hörte einen Schmerzensschrei. Die Gestalt fiel in die Dunkelheit zurück. Flinx schoß noch einmal, aber das Geräusch wiederholte sich nicht, und er hatte nicht vor, den Schutz der Mine zu verlassen, um den Verwundeten zu verfolgen.

Er erinnerte sich daran, wer ihn gewarnt hatte. »Danke«, sagte er zu der Frau.

»Ich habe dir ja gesagt, daß ich auf eurer Seite bin«, sagte sie ungeduldig. »Kann ich jetzt meine Waffe wiederhaben?«

»Nein. Das könnte auch ein Trick gewesen sein, damit wir Ihnen vertrauen sollen.«

Sie antwortete sarkastisch: »Ach, glaubst du, einer von denen würde dafür sein Leben riskieren? So was macht doch keiner, wenn er nicht genau weiß, daß er dabei nur verwundet und nicht getötet wird.«

Flinx mußte zugeben, daß sie damit recht hatte. Aber er war so beschäftigt damit, Schatten in dieser Finsternis auszumachen, daß er nicht darauf einging. Es war besser, er behielt die Waffe noch eine Weile, bis er völlig sicher sein konnte, daß die Frau sie nicht doch hintergehen wollte.

Wie zu erwarten war, stellten die Energiestrahler bald ihr vergebliches Feuer ein. Der Überfall war abgewehrt. Yakus sah zufrieden aus. »Die haben doch tatsächlich versucht, unsere Schüsse und unsere Aufmerksamkeit auf eine Stelle zu lenken, während einer sich von der Seite herangeschlichen hat«, erklärte er. »Wenn denen nichts Besseres einfällt, dann können wir sie uns leicht vom Hals halten.«

»Schon«, bemerkte Flinx, »wir können sie uns zwar vom Hals halten, aber wenn sie zu fünft sind, können sie zwei zum Nachschubholen nach Edgedune zurückschicken und drei hier lassen, um uns zu belagern. Sicher, wir haben genug Wasser und Essen dabei, aber das reicht auch nicht ewig. Die können uns einfach aushungern.«

»Das stimmt«, gab Yakus nachdenklich zu.

»Ich bin beeindruckt«, sagte Savaya und glitt in der Dunkelheit auf den Edelsteinsucher zu.

»Wirklich? Wo würden Sie denn gern noch beeindruckt werden?«

»Sachte, sachte«, schalt sie ihn sanft. »Ich hatte eine ganz andere Allianz im Sinn, als ich hierher kam.«

»Hören Sie mal, was Sie brauchen, ist eine gehörige Portion moralische Unterstützung.« Yakus bewegte sich lasziv auf sie zu.

Flinx wandte sich ab. Einer mußte ja das trockene Flußbett im Auge behalten. Zu seinem Schrecken stellte er fest, daß die Männer, die er schlafend geglaubt hatte, hellwach gewesen waren und sich auf einen Angriff vorbereitet hatten – soviel zu seiner Intuition. Er blickte zurück in die Tiefe der Mine. Eine mächtige Woge an Gefühlen, die Spiegelung seiner eigenen Emotionen, verstärkt durch die Heiligenaugen, schwappte auf ihn zu. Wären das da bereits geschliffene Steine, dann wäre er jetzt schon ein reines Nervenwrack. Soviel war sicher. Glücklicherweise befanden sie sich aber noch im Rohzustand.

Zum ersten Mal seit Jahren fühlte er, daß er seinem Talent nicht trauen konnte. War das der Grund, weshalb Pip davongeflogen war?

Er fürchtete, er könnte sich nicht länger wachhalten...

Ein lauter scharfer Knall ließ ihn am anderen Morgen aus seinem Halbschlaf hochschrecken. Das kam aus dem Inneren der Höhle. Savaya und Yakus waren auch von dem Klang geweckt worden, trennten sich hastig und blickten in die Ausschachtung hinab.

Die beiden Muccax waren so weit zur gegenüberliegenden Wand zurückgewichen, wie ihre Ketten es ihnen erlaubten. Sie starrten voller Angst auf den Dryzam. Der gab lange hustende Laute von sich, und sie konnten sehr hohe, schrille Schreie hören, die aus seiner unmittelbaren Umgebung zu dringen schienen.

»Was fehlt denn dem Tier?« fragte sich Yakus. »Ich habe soviel mit ihm zusammen durchgestanden. Es würde mir leid tun, wenn es...«

Aber Flinx kletterte schon den Abhang hinab. Dann schlich er vorsichtig über den Boden der Mine. Der Dryzam *sah* nicht gefährlich aus, aber dieses Schreien und Husten...

Er schien nicht einmal unruhig zu sein, da war bloß dieses Heulen.

»Flinx, Junge?« rief Yakus in die Morgenluft. Der hintere Teil der Mine lag immer noch im Dunklen.

»Laß ihn«, meinte Savaya. »Wenn er sich verletzt, ist es seine eigene Schuld.«

Yakus sah sie scharf an. »Diese kleine Allianz mit dir kann genauso schnell gelöst werden, wie wir sie geschlossen haben, ist das klar?«

»Entschuldige.« Sie gab sich sofort wieder unterwürfig. »Ich wußte ja nicht, daß du und der Junge so eng befreundet seid.«

»So eng, wie Partner nur sein können.«

»Ist in Ordnung, mir fehlt nichts«, drang Flinx Stimme zu ihnen hinauf. Einen Moment später war er wieder bei ihnen.

»Hast du herausgefunden, warum er so schreit?« fragte Yakus.

»Nicht er – sie«, erklärte Flinx mit einem Grinsen. »Dein Dryzam war trächtig, Knigta. Soviel ich im Dunklen erkennen konnte, hat sie acht Junge.«

»Schwanger! Ich dachte, sie wäre nur einfach etwas schwerfällig, aber nichts wies darauf hin ...«

»Knigta, nicht alle Tiere zeigen ihre Schwangerschaft so deutlich wie die Menschen. Das erklärt eine Menge.« Er sah hinaus in die aufleuchtende Wüste. »Es erklärt zum Beispiel, warum Pip kam, um dich zu retten. Das war es, was ich mir nicht erklären konnte.«

»Ich kann dir nicht folgen, Junge.«

»Wovon redet er eigentlich?« frage Savaya. Mit einer knappen Geste befahl ihr der Edelsteinsucher zu schweigen.

»Auf Alaspin sind die Minidrachen und die Dryzams verbundene Wesen. Ich habe dir das in Drallar gesagt. Pip *wurde* von übermächtigen Emotionen in die Wüste gerufen, aber das waren nicht deine, Knigta, sondern die des Dryzams. Ein trächtiges, verbundenes Tier war in Gefahr. Es würde mich nicht überraschen zu erfahren, daß Dryzams in Alaspin dafür bekannt sind, daß sie junge Minidrachen retten oder beschützen.«

Yakus sah verletzt aus. »Also wollte dein Haustier gar nicht mich retten, sondern bloß dieses Vieh.« Er deutete mit seinem Gewehr in die Tiefe der Mine, aus der immer noch das Heulen und Quietschen drang.

»Kein Grund, um beleidigt zu sein«, sagte Flinx tröstlich. »Schließlich bist du gerettet worden.« Er beobachtete wieder die Wüste. »Ich denke, das erklärt auch, wohin Pip geflogen ist und warum sie so lange fortbleibt.«

Yakus schüttelte seinen Kopf. »Für mich ergibt das aber nun gar keinen Sinn mehr, Junge.«

»Ich weiß, was ich tun muß«, murmelte Flinx, der ihm nicht zugehört hatte. Er stand auf und formte seine Hände zu einem Trichter, den er um den Mund legte. Dann rief er: »He, ihr da! Könnt ihr mich hören?«

»Junge, ducke dich! Bist du verrückt geworden?« Yakus kroch zu Flinx rüber und zerrte an seinen Stiefeln.

Flinx sah zu ihm herab. »Vertrau mir, Knigta Yakus.« Er drehte sich wieder herum und rief noch einmal: »Könnt ihr mich hören?«

Eine Stimme hallte leise, aber deutlich und nicht menschlich zu ihnen herüber: »Wirrr können Sie sehrrr gut hörrren. Werr von euch sprricht da?«

»Ich heiße Flinx. Ich bin der jüngere Mann.«

In der klaren Morgenluft klang die Stimme sogar irgendwie schön. »Wirrr haben euch nichts zu sagen, jungerrr Mann.«

»Hört zu, ich will nicht wegen eines bißchen Geldes sterben.«

»Da sprichst du aber nur für dich«, grummelte Yakus, aber er ließ Flinx weitersprechen.

»Wie willst du das denn verhinderrrn?« fragte die Stimme, wobei der Anflug von Ironie nicht zu überhören war.

»Indem ich diese Mine gegen unser Leben eintausche«, antwortete Flinx. »Auf euer Wort«, und dann fügte er noch etwas in der Vogelsprache hinzu, aber so klar und scharf, daß Yakus überrascht aufsprang.

»Du sprrichst von *diesem* Eid!« rief der Ornithorp anerkennend. »Du mußt weitgereist sein, Grünschnabel!«

»Dein Wort bei diesem Schwur«, stellte Flinx mit nachdrücklicher Stimme fest, »daß wir und unsere Gefangene ...«

»Welche Gefangene?« fragte eine tiefere, menschliche Stimme.

»Das ist Michelos«, flüsterte Savaya. »Er denkt, er ist…« Sie stoppte und blickte Flinx scharf an. »Welche ›Gefangene‹?«

»Spielen Sie einfach mit«, sagte Flinx bestimmt. »Es ist besser, wenn sie denken, wir hätten etwas, was wir mitnehmen können… eben Sie. Es läßt unser Angebot einleuchtender erscheinen, wenn sie denken, daß wir außer unserer Freiheit noch etwas anderes gewinnen wollen.«

Er rief wieder in die Wüste hinaus: »Laßt uns mit dieser Frau fortgehen, die mit euch gekommen ist. Sie könnte unsere… nun, unsere Entschädigung für den ganzen Ärger hier sein. Ihr könnt die Mine haben, wenn ihr uns sicher nach Edgedune zurückgehen laßt. Ich bin nicht bereit, dafür zu kämpfen!«

»Wirrr werden dein Angebot überdenken«, antwortete die nichtmenschliche Stimme.

»Sie werden es annehmen«, sagte Flinx voller Vertrauen und ließ sich wieder hinter der schützenden Mauer nieder. »Für sie ist das doch ein gutes Geschäft.«

»Ich bin nicht sicher, ob ich es annehme«, sagte ein erstarrter Yakus. »Was hast du dir dabei gedacht?«

Flinx sah ihm fest in die Augen. »Es ist vor allem wichtig, daß wir hier herauskommen, bevor sie uns überfallen. Wir können einem Überfall nicht standhalten. Aber wenn wir erst mal draußen sind, können wir warten.«

»Auf was warten?« wollte Savaya wissen.

Flinx lächelte nicht, als er sagte: »Das werden Sie schon sehen. Vertrau mir, Knigta.«

Yakus grummelte, und dann blickte er Flinx skeptisch an. »Ich weiß nicht, was du vorhast, Junge, aber ich hoffe, du hast es dir sehr genau überlegt.«

»Wirrr nehmen das Angebot an, wenn der alte Mann sagt, daß errr ebenfalls zustimmt«, ließ sich wieder die Stimme hören.

Flinx stand auf, um zu antworten, aber Yakus kam

ihm zuvor. »Ja, ich stimme zu, Wurmfresser!« und dann fügte er noch einige weitere, noch ätzendere Komplimente hinzu.

»Gebt uns etwas Zeit, damit wir unsere Tiere beladen können«, rief Flinx, nachdem Yakus seine Tirade beendet hatte, »und dann werden wir rauskommen. Wir werden in südliche Richtung nach Edgedune ziehen.«

»So soll es sein«, antwortete der Vogel.

»Was ist mit dem Dryzam?« fragte Yakus, als die beiden Muccax für die Abreise gepackt waren.

»Sie muß hierbleiben«, sagte Flinx. »Ich glaube nicht, daß sie so kurz nach der Niederkunft schon wieder laufen kann.«

Yakus sah ihn etwas unsicher an. »Du hast einen Hintergedanken, nicht wahr? Und ich glaube, ich weiß auch, welchen.«

»Sie werden sie nicht töten«, fuhr Flinx einfach fort. »Der Dryzam und ihre Jungen sind schließlich Fleischlieferanten; außerdem sind Dryzams wertvolle Lasttiere. Sie werden sie brauchen, wenn sie die ganzen Heiligenaugen aus der Mine schleppen wollen. Und da wir gerade davon reden, sie werden mit dem Abbau zu beschäftigt sein, um an irgend etwas anderes zu denken.«

»Ich will nur hoffen, daß das funktioniert, Junge.«

Savayas Blick wanderte von dem Mann zu dem Jungen. »Ihr seid beide verrückt, aber ich habe keine andere Wahl. Ich muß mit euch gehen.«

In ihrem Versteck warteten fünf angespannte Angreifer darauf, daß sich zwei Muccax zeigten und auf sie zukamen.

»Da kommen sie.«

»Ja«, sagte Michelos mit Erleichterung. Als die Fußstapfen lauter wurden, machten er und sein Gefährte sich ebenfalls auf den Weg. Als es sich anhörte, als liefen die beiden Muccax direkt unter ihnen vorbei, sprangen die fünf aus ihren jeweiligen Verstecken. Pimbab und seine Freunde beobachteten, wie die beiden Menschen schossen.

Zwei Muccax starben in den Strahlen. Das war alles.

»Sie sind nicht da.« Verwirrt suchte Michelos zwischen den beiden Kadavern. »Sie sind nicht *da!*«

Flinx, Yakus und Savaya rannten derweil mit schwerem Gepäck auf ihren Rücken durch das ausgetrocknete Flußbett.

Sie warteten, bis die fünf Gestalten auf die Mine zugingen, dann starteten sie ihren Sprint in die entgegengesetzte Richtung.

»Miese Schweine«, brummte Yakus und ächzte unter seiner Last.

»Ich hab euch ja gesagt, daß die uns nicht einfach gehen lassen. Für die wäre es viel bequemer, uns zu töten.« Sie warf Flinx einen giftigen Blick zu. »Was ist denn mit diesem tollen Eid, den du diesen Vogel hast schwören lassen?«

»Ich bin sicher«, antwortete Flinx, »er hat sich nicht an der Schießerei beteiligt. Aber der Eid bindet nur ihn und seine Kumpane.« Er sah traurig aus. »Ich habe die Muccax nicht gerne geopfert, aber es war der einzige Weg, wie wir sicher hier herauskommen konnten. Erst mußte ich sie glauben lassen, daß wir arglos genug wären, um ohne Deckung loszuziehen. Das war der Sinn des Eids.«

»Ich wünschte, ich wüßte, was in deinem Kopf vorgeht, Flinx.« Yakus begann gerade, das Ufer an der Stelle hochzuklettern, die der Dryzam bei seinem Abstieg eingerissen hatte. »Zu Fuß werden wir nicht weit kommen. Und sie haben die Mine. Sie können sie besetzen und ein paar hinter uns herschicken.«

»Warum sollten sie das tun, Knigta? Wie du schon sagtest, wir werden nicht weit kommen. Das wissen sie auch. Sie vertrauen darauf, daß die Wüste uns umbringen wird. Abgesehen davon, glaube ich nicht, daß die sich untereinander so sehr vertrauen, daß sie sich teilen werden, um uns zu jagen. Nein, die werden uns in Ruhe lassen, und wir können in aller Sicherheit abwarten.«

»Auf *was* warten?« wollte Savaya wissen. Aber Flinx ignorierte die Frage und kletterte das Ufer hoch.

Michelos tobte vor Wut, bis Wuwit ihm mit ruhiger Autorität befahl: »Sei still, Mick.« Er sah Pimbab an. »Die haben uns reingelegt.«

»Das macht aberrr doch nichts«, meinte der große unerschütterliche Ornithorp. »Wirrr haben die Mine, und ihrrre Tierrre sind tot. Sie können wederrr lebend die Wüste verlassen, noch können sie uns angrrreifen, weil wirrr in der Überrrzahl sind. Der Sand wird Teil ihrer Körrrper werrrden. Wir müssen bloß wachsam sein, wenn wirrr die Krristalle berrrgen.«

»Die Kristalle«, sagte Michelos, und seine Aufmerksamkeit wandte sich sofort diesem neuen Ziel zu.

»Genau«, sagte Pimbab und blickte in Richtung der Mine. »Ich denke, es wird Zeit, daß wirrr sie uns mal ansehen.«

Flinx spähte an der Steinsäule, hinter der sich Pimbab und seine Gefährten vormals in den Hinterhalt gelegt hatten, vorbei über das Flußbett.

»Da sind sie … jedenfalls zwei von ihnen.«

Er konnte einen Ornithorpen und einen Menschen sehen, die es sich auf dem steinernen Absatz vor dem Eingang der Mine bequem gemacht hatten. »Die schieben immer noch Wache.«

»Vermutlich ahnen sie, daß wir noch in der Nähe sind«, murrte Yakus. »Ich bin sicher, daß die anderen in der Mine sind und meine Kristalle einsammeln.«

»Unsere Kristalle«, korrigierte Flinx ruhig.

»Wir können hier doch nicht ewig herumsitzen und warten«, drängte Yakus.

»Gib mir nur ein paar Tage.« Flinx hatte seinen Blick erhoben. »Wenn das, was ich erwarte, nicht geschehen sollte, dann können wir uns immer noch etwas anderes ausdenken.«

Sie warteten und gingen jeden der folgenden brütend heißen Tage und Nächte sparsam mit dem Wasser um. Flinx blieb zurückgezogen und enthielt sich jeden Kommentars zu der aufdringlichen Art, in der Savaya Yakus umgarnte. Der Edelsteinsucher fühlte sich offensichtlich sehr durch die Aufmerksamkeit der Frau geschmeichelt und machte keinen Versuch, sie abzuwehren. Tatsächlich waren ihm ihre Avancen sehr willkommen.

Flinx war es gewohnt, sich nicht in anderer Leute Angelegenheiten einzumischen. Wenn der alte Mann nicht wenigstens so viel gelernt hatte, um zu sehen, daß… Er zuckte im stillen die Achseln. Es gab Wichtigeres, um das er sich Sorgen machen mußte. Flinx wurde allmählich unruhig wegen der anhaltenden Abwesenheit derjenigen, auf die er wartete. Sollte er sich etwa geirrt haben? In diesem Fall hätte er sie alle in eine aussichtslose Lage gebracht.

Er würde es Yakus nicht übelnehmen, wenn er ihm das nie verzeihen würde.

Flinx hatte schon immer einen leichten Schlaf gehabt. Und das galt auch für Yakus. In dieser Nacht wachten sie gleichzeitig auf.

»Hast du das gehört?« Flinx starrte in die Finsternis.

»Ich dachte, ich hätte *was* gehört, Junge.«

»Wie hat es sich angehört? So ein summender und schwirrender Laut?«

Yakus nickte langsam. »Kann sein.«

»Was ist los?« fragte ein schläfrige Stimme.

Ein grauenhafter Schrei ließ die schlaftrunkene Savaya förmlich auf ihrem Ruheplatz explodieren. Dem Schrei folgte das Krachen eines einschlagenden Energiestrahls. Das alles kam aus der Mine.

Flinx und Yakus kletterten aus ihrem Versteck, um besser sehen zu können. Eine Frau, die immer von sich gedacht hatte, sie sei kalt und stark, drückte beide Hände auf ihre Ohren. Ihr brach der kalte Schweiß aus.

»Es wäre netter gewesen, wenn wir sie getötet hätten.« Yakus' Stimme hatte einen fast anklagenden Unterton.

»Ich weiß. Aber dann wären wir vermutlich diejenigen gewesen, die gestorben wären.«

Grüne Energieblitze brachen aus der Tiefe der Mine in alle Himmelsrichtungen aus. Sie schlugen in die Überhänge und die Felswände ein und versprühten sich über den Wüstenhimmel. Glücklicherweise schoß kein Strahl in die Richtung der verborgenen Beobachter. Aber das Feuer hörte schnell wieder auf.

»Sie sind tot«, sagte Flinx ruhig, als einige Minuten der Stille vergangen waren. »Wir können jetzt zurückgehen.«

Yakus sah ihn überrascht an: »Wie kannst du da so sicher sein?«

»Diese Schreie«, Savaya fror trotz der Wärme der Nacht immer noch. »Was ist passiert?«

»Das werden Sie in einer Minute erfahren.« Flinx blickte zum Himmel auf, an dem sich die Wolken zu lichten begannen. »Es ist fast Morgen.« Er machte sich an den Abstieg ins Flußbett.

Als sie halb durch das Bett gegangen waren, kam eine kleine geflügelte Gestalt auf sie zu, die im Licht der Morgendämmerung rosa und blau schimmerte. Savaya wollte fortrennen, aber Yakus hielt sie zurück.

Der Minidrach legte seine geschuppten Schwingen zusammen, als er auf Flinx Schultern landete. Sie wickelte sich um seinen Arm und war offensichtlich glücklich, wieder in ihrem sicheren Zuhause zu sein. Der dreieckige Kopf kuschelte sich an Flinx Hals, als das Trio seinen Weg durch das ausgetrocknete Flußbett fortsetzte.

Yakus wies flußabwärts. Einige Muccax standen frei in der Mitte des Flußbetts herum und zitterten vor Angst.

Savaya fiel zurück, und Yakus verringerte ebenfalls sein Tempo, um bei ihr zu sein. Seine Hand tastete nach seiner Waffe, als sie dem Jungen den Steinhang hoch folgten, der sie zu dem Höhleneingang führte.

Fünf Leichen lagen verstreut auf dem Boden der Mine. Zwei waren menschlich und drei nichtmenschlich; sie lagen derart verdreht da, wie es nur im Tod möglich ist. Yakus drehte eine der menschlichen Leichen um, die kurz hinter dem Höhleneingang lag.

»Das war Wuwit«, flüsterte Savaya. Die linke Wange des fettleibigen Intriganten war teilweise verschwunden, aufgefressen von dem Gift.

»Was hat ihm das angetan?«

»Das«, rief Flinx vom Boden der Ausschachtung zu ihr hoch und wies dabei auf das zusammengerollte Reptil auf seiner Schulter.

»Aber wenn sie dazu in der Lage ist«, rätselte Yakus, als er sich auf den Jungen zubewegte, »warum hatte sie sich verdrückt? Warum ist sie nicht geblieben, um uns zu helfen, statt einfach wegzufliegen?«

»Pip ist nicht dumm«, erklärte Flinx. »Wenn sie geblieben wäre, hätte sie vermutlich mich verteidigen können, aber nur mich. Bei fünf Angreifern hätte sie euch, und was noch wichtiger ist, den Dryzam und seinen Nachwuchs nicht retten können.«

Yakus grunzte: »Schon wieder dieses Vieh.«

»So hat sie sich verhalten, wie sie es auch auf Alaspin getan hätte«, fuhr Flinx fort. »Seht euch das an.«

Zögernd gingen der Edelsteinsucher und Savaya zu der hinteren Wand der Mine. Dort wuchs das orangefarbene Feuer, als würde es von der aufgehenden Sonne entfacht. Vor dieser brennenden Wand lagen der Dryzam und seine acht kleine Replikationen, die derart genaue Reproduktionen des alten Tieres waren, als hätte sie eine Maschine angefertigt.

Über den wackligen jungen Dryzams kreisten sechs kleine, blitzschnell umhersausende geflügelte Wesen.

Flinx stand daneben und streichelte Pips Kopf.

»Pip weiß, was es heißt, eine Mutter zu sein, Knigta. Sie hätte mich beschützen können, aber was wäre aus diesen Neugeborenen geworden? Es war genauso wichtig für sie, die auch zu schützen. Bloß manchmal braucht man eine Familie, um eine andere zu retten ...«

Einige Wochen später kam eine äußerst seltsame Karawane in Edgedune an. Die von der Hitze ausgelaugten Bewohner der Stadt erwachten aus ihrer Lethargie und kamen angerannt, um einen Blick auf diese Parade zu werfen.

Sie wurde von einer selten schönen jungen Frau und einem verwitterten alten Mann auf einem Muccax angeführt. Selbst der ganze Staub und Schmutz, der sie umgab, konnte weder die perfekte Figur der Frau, noch das breite Grinsen des alten Mannes verbergen.

Hinter ihnen trottete ein Gespenst mit merkwürdigen Rückenfinnen her. Ein junger Mann saß auf seinem dicken Nacken, direkt hinter fünf kleinen Augen. Eine hochgiftige fliegende Gestalt kreiste wachsam über dem verfilzten roten Haar des Jungen. In ihrer Spur folgten acht kleine Kopien des großen Wesens mit den Rückenfinnen, die ihrerseits von sechs umhersausenden Gestalten flankiert wurden, die wie kleine lederne Wespen aussahen.

Der alte Mann entdeckte ein paar betagte Gestalten, die er kannte. Ohne abzusitzen nahm er einen kleinen Sack vom Sattelgurt seines Muccax. Er griff hinein und brachte einen Stein von der Größe einer Faust zum Vorschein, der im Sonnenlicht glühte.

Nun erst stieß die Menge einen Seufzer aus ...

Einer durchfeierten Nacht folgte ein katastrophaler

Morgen. Zuerst entdeckte Flinx, daß ein Muccax fehlte, dann bemerkte er, daß Savaya nicht mehr da war, und schließlich mußte er auch noch feststellen, daß ein sehr kostbarer Beutel verschwunden war. Er beeilte sich, Yakus zu wecken.

»Ich hatte dich eigentlich für klüger gehalten, Knigta«, sagte Flinx vorwurfsvoll. »Als sie gesagt hatte, sie wollte die Edelsteine nicht mehr, hast du ihr da wirklich geglaubt? Sie hat den Beutel mitgenommen, in den du die beste Ausbeute der Mine gepackt hast. Die Steine, von denen du gesagt hast, es wären die reinsten und feinsten.« Er schüttelte traurig den Kopf. »Ich brachte es nicht über das Herz, dir zu sagen, was sie wirklich vorhatte. Ich wollte auch nicht glauben, daß du sie nicht durchschaut hast.«

»Aber, Junge, nimm's nicht so schwer.« Yakus setzte sich in seinem Bett auf und fuhr sich mit den Fingern durch das Haar. »Sie hat doch nur den einen Beutel mitgenommen, oder?«

Flinx beruhigte Pip, die nervös auf diese bedrohliche Emotion ihres Meisters reagierte. »Du siehst ja nicht gerade ärgerlich aus.«

»O Junge, für dein Alter bist du ja ganz schön schlau, aber alles weißt du auch noch nicht, jedenfalls jetzt noch nicht.« Er gähnte und schmatzte mit den Lippen. »Sie war schöner als die meisten, und ein bißchen schlauer als die meisten ... aber so schön auch wieder nicht und vor allem auch keine fünfzig Jahre klüger.«

»Aber die Steine!« flehte Flinx.

»Welche Steine?« Yakus lächelte. »Ich wußte von Anfang an, hinter was die her war, Junge. Also habe ich außer den echten Heiligenaugen noch eine hübsche Menge Linedies ausgegraben. Das ist eine andere Art Silikat, die der echten bloß ähnlich sieht. Man findet sie immer zusammen, und man muß schon ein Experte sein, um sie von den echten Edelsteinen unterscheiden zu können. Die Linedies heißen nicht umsonst falsche Heiligenaugen oder auch Entzücken des Idioten.«

»Es war natürlich riskant, aber ich hatte wirklich gehofft, aus ihr würde doch noch ein ehrlicher Mensch.« Er schüttelte enttäuscht den Kopf. »Wir brauchen sie nicht zu verfolgen, Junge. Wenn du nach Savaya suchen willst, dann wirst du sie sicher in Drallar im Gefängnis finden, weil sie Linedies als Heiligenaugen verkauft hat.«

»Nanu, du hinterlistiger, alter Dreckschaufler!« Flinx sah den Edelsteingräber fest an. »Du hast sie die ganze Zeit nur benutzt, nicht wahr? Du wußtest genau, was sie tun würde, und du hast sie nur benutzt.«

»Fair ist fair, Junge. Nach mir dreht sich schon seit Jahren keine Frau mehr um.« Er wandte sich ab und legte sich wieder hin. »Jetzt laß mich bitte in Ruhe.«

Flinx zögerte. Da war noch etwas ... o ja.

»Aber die Linedies, wenn sie in der Zusammensetzung anders sind, dann können sie doch auch nicht das emotionale Feedback der echten Heiligenaugen verursachen. Warum hat Savaya das nicht gefühlt?«

»Sie hat ihr eigenes emotionales Feedback, Flinx«, brummte Yakus zwischen den Laken hervor. »Sie war so von Gier verseucht, die konnte gar nichts anderes fühlen.«

Flinx wandte sich, um zu gehen, zögerte dann aber noch einmal. Ein kleiner Kopf tippte ihn ungeduldig an, und daher vergaß er seine restlichen Fragen.

Pip hatte recht. Sie hatten ja ein große Kinderstube, nach der sie sehen mußten.

DER BEOBACHTER

Während des World Science Fiction Konvents 1974 in Washington, D.C., faszinierte die Ausstellung der sehr fein ausgearbeiteten Airbrushbilder des vielversprechenden jungen Illustrators Rick Sternbach ausnahmslos jeden, der sie sich ansah. Rick arbeitet nicht nur für alle wichtigen Science Fiction-Magazine, sondern auch für wissenschaftliche Fachzeitschriften. Und natürlich nicht zu vergessen, seine hervorragende Arbeit für die PBS-Reihe ›Cosmos‹.

Rick war so freundlich, auf seiner Rückfahrt von Washington nach New York einen noch unbekannten jungen Science Fiction-Autor mitzunehmen. Während der Fahrt versuchte der Autor eine Szene nach Ricks Bildern zu konstruieren. Es dauerte fast den ganzen Weg durch Maryland und New Jersey, bis die beiden eine Figur ausgearbeitet hatten, und als sie mitten in der Nacht in Manhattan ankamen, hatte das Ganze bereits Form angenommen.

Ich wünschte, ich könnte Ihnen das Bild zeigen, das Rick für die folgende Geschichte gesprüht hat …

Schlaf … er war so schläfrig …

Seine Existenz war durch die Tiefe seiner Träume bewiesen, Träume von endlosen grünen Ebenen, über die er in Zeitlupentempo lief. Doch der Traum wurde schwächer. Er klammerte sich daran, als er verblaßte. Dann war der Traum verschwunden.

Er wachte auf.

Chapman seufzte, wartete bewegungslos wie ein Klotz, bis er wieder klar sehen konnte. Revitalisierende Flüssigkeiten strömten durch seine Adern. Wie zu erwarten war, hatte er einen Geschmack nach feuchter

Baumwolle in seinem Mund, als hätte er schon seit tausend Jahren nicht mehr geschluckt.

Der durchsichtige gewölbte Deckel seiner engen Kammer glitt sanft zurück. Er entriegelte eine Seite. Dann fing er vorsichtig an, sich zu bewegen, denn seine Muskeln waren von den Jahren des Eingesperrtseins erschöpft. Er stemmte sich vom Boden der Kammer in eine halbsitzende Position hoch und blickte sich in der leeren Pilotenkanzel um.

Die anderen Kammern waren leer. Er war der einzige Insasse des gigantischen Kolbenschiffes. Er ging davon aus, daß er sich im Orbit von Abraxis befände. In einer Stunde oder so, könnte die gefährdete Kolonie dort beginnen, ihre Mitglieder an Bord zu bringen. Dann würde er dem Führer der Kolonie das Kommando übergeben.

Das war der zweite Traum, der zerplatzte.

»Position?«

»Wir sind etwas mehr als fünf Standards von Abraxis entfernt«, antwortete der Bordcomputer in einer derart eintönigen Manier, als hätten sie erst gestern miteinander gesprochen, dabei lag die letzte Unterhaltung bereits drei Jahre zurück. Chapman dachte kurz über die unerwartete Neuigkeit nach und zwang seine lange nicht benutzte Zunge und den Gaumen zur Arbeit.

»Aber wieso hast du mich dann jetzt schon geweckt?« Nicht, daß ein paar wache Tage ihm schaden würden, aber es gab keinen Grund für diese frühe Wiederbelebung. Jedenfalls konnte er sich nicht daran erinnern, daß ein solcher Grund programmiert worden war.

»Wir werden gegenwärtig von einem Dhabian begleitet«, erklärte das Schiff, »und außerdem ...«

»Auf den Bildschirm«, unterbrach Chapman den Computer. Er nahm eine Kugel mit energisiertem Wasser aus dem Spender der Kammer und drückte ihn in seiner Kehle aus.

Pflichtbewußt führte das Schiff den Befehl aus. Der kleine Bildschirm in der Konsole des Nothilfepiloten flackerte auf. Dann erschien eine Traube aus orangeroten Blöcken. Die Blöcke waren in einer Konstruktion zu einem Raumschiff verbunden, die nur von Außerplanetariern als elegant empfunden werden konnte. Ein Schiff der Dhabianer.

Vor mehr als zwei Jahrzehnten hatten Menschen von der Erde die Dhabianer entdeckt. Seit dieser Zeit galt die Beziehung zwischen den beiden Rassen als unsicher. Der menschlichen Neugier begegneten die Dhabianer mit etwas, was man am besten als herzliche Gleichgültigkeit seitens der Außerplanetarier beschreiben könnte. Da die dhabianischen Schiffe trotz ihrer unbeholfenen Erscheinung schneller waren als die der Menschen, war die Privatsphäre der Außerplanetarier bis jetzt unverletzt geblieben.

Bei den seltenen Begegnungen von Schiffen der Menschen und denen der Dhabianer war es nicht selbstverständlich, daß die Außerplanetarier kommunizierten. Gelegentlich taten sie es, manchmal aber auch nicht. Sie waren nicht etwa unfreundlich, nur einfach desinteressiert. Man ging davon aus, daß sie der Menschheit viel beibringen könnten. Aber weder Bitten noch Drohen oder gespielte Gleichgültigkeit hatten sie bisher zum Reden bringen können.

Keiner hatte jemals ein dhabianisches Individuum gesehen. Chapman konnte ein leises Gefühl der Erregung nicht unterdrücken. Vielleicht würde er der erste sein.

Das Schweigen der Dhabianer war also ein bekannter Faktor. Ihre Gegenwart stellte keinen ausreichenden Grund für eine Wiederbelebung dar. Das sagte er auch dem Schiff.

Daraufhin beeilte sich das Schiff, ihm von dem neuen Flackern zu erzählen. Das Flackern war der eigentliche Grund für seine hektisch programmierte Mission. Astronomen hatten vor einigen Jahren vorhergesagt, daß die Kolonie auf Abraxis evakuiert werden müsse, weil ihre Sonne in eine Periode kurzer aber heftiger Aktivitäten übergehen würde. Diese Aktivitäten würden genug hochenergetische Strahlung verursachen, um jeden Menschen auf oder dicht unter der Oberfläche des Planeten zu töten.

Während dieser vier bis sechs Monate, in denen der Stern aktiv sein würde, müßte die Bevölkerung an Bord eines Rettungsschiffes leben. Diese Information wurde den Behörden übermittelt, und ein gut ausgerüstetes und vorbereitetes Schiff wurde rechtzeitig genug ausgesandt, um die Bevölkerung noch vor dem Einsetzen der ersten bedrohlichen Aktivitäten aufzunehmen.

Wo aber lag nun das Problem? Hatten sich die Astronomen geirrt? Nein, informierte ihn das Schiff, die Prognosen waren korrekt. Der erste starke Strahlenausbruch des Sterns würde wohl nicht vor dem errechneten Termin stattfinden. Bei diesem neuen Flackern handle es sich um eine Anomalie, die nicht in den früheren Vorhersagen auftauchen konnte. Es würde die Kolonie nicht gefährden, die sicher unter ihrem amorphen atmosphärischen Schild lag.

Aber es würde immerhin stark genug sein, um lebenswichtige Teile und Instrumente des Schiffes ernsthaft zu beschädigen. Das Kolbenschiff könnte einen so schweren Schaden erleiden, daß an die Ausführung seiner Mission nicht mehr zu denken war. Und zudem würde Chapman sterben.

»Wann?« murmelte der verwirrte Pilot.

»In vierundzwanzig bis achtundvierzig Stunden«, war die ruhige Antwort. Das Schiff war subtil genug, um die emotionale Verfassung seines Piloten in seine Berechnungen aufzunehmen und entsprechende Vocoderimpulse zu generieren.

Chapman forderte weitere Informationen an. In der Zeit, die ihm verblieb, konnte das Kolbenschiff weder weit genug fliehen, um dem lähmenden Strahlen des Energieausbruches aus dem Stern zu entkommen, noch konnte es die der Sonne abgewandte Seite der Koloniewelt erreichen.

»Berechnung überprüfen.« Das Schiff tat es, und kam zu keinem anderen als dem bereits bekannten Schluß.

»Noch mal überprüfen.«

Es nutzte nichts. Wünsche hatten keine Auswirkung auf physikalische Tatsachen. Hoffnungen konnten weder die Entfernung zu Abraxis verringern noch die Zahl der Energiepartikel, die der Stern aussenden würde. Chapman dachte intensiv nach. Die Mission würde er nicht ausführen können. Die zweitausend Siedler, Wissenschaftler und Techniker der Kolonie konnte er nicht mehr rechtzeitig retten. Sie würden sterben. Er würde etwas früher sterben. Und da fühlte er sich plötzlich verängstigt und beschämt, denn der letzte Punkt war für ihn wesentlich wichtiger.

Ein Licht blinkte in der Konsole auf: eine Anfrage von der immer noch weit entfernten Welt zu seiner Position. Da er eigentlich noch nicht wach sein sollte, würde ein automatisches Relais antworten. Der Computer fragte ihn, da er nun wach *sei*, wollte er vielleicht auch…?

Nein, rief er nachdrücklich, das wolle er nicht. Es gab nichts, was er ihnen hätte sagen können, nichts, was er überhaupt irgend jemandem hätte sagen wollen. Sollten sie doch ihre letzten Tage in Frieden und Zuversicht verbringen. Ihre Shuttlepiloten würden noch früh genug das automatisch gesteuerte Kolbenschiff in ihrem Orbit anfliegen. Früh genug, um den toten Piloten zwischen unwiederbringlich zerstörten lebenswichtigen Instrumenten in der Kanzel zu finden.

Im Hauptcomputer würde es eine Sicherungskopie geben sowie eine Sicherungskopie dieser Sicherungskopie. Am Ende all dieser Kopien stand ein Mensch, ein Nothilfepilot, ein Timothy Chapman. Ein Mensch, der für diese ewige Reise in Tiefschlaf versetzt und voller Hoffnung nur deshalb wieder aufgeweckt worden war, um dann am Ende seiner Reise von den Passagieren in einem sich selbst steuernden Sarg gefunden zu werden.

Ein echt guter Job, hatte er sich gesagt. Sicher, friedlich und einträglich. Du verlierst ein bißchen reale Zeit, reist im Tiefschlaf im leeren Bauch eines Schiffes durch das All. Hast keinen Chef, der dich anschreit, und keine alltäglichen Pflichten zu erfüllen.

Nun aber war er auferstanden. Zum ersten Mal in seiner ruhigen Laufbahn wurde von ihm das verlangt, wozu er ausgebildet worden war, und er war den Anforderungen nicht gewachsen. Es war zum Verrücktwerden. Er hätte weinen mögen.

Das Licht auf der Konsole blinkte immer noch. Vielleicht hatte das astronomische Labor unten auf Abraxis das Flackern auch bemerkt und versuchte nun, ihn zu warnen.

Er dachte darüber nach, was er jetzt tun mußte, und kam zu dem Schluß, nichts zu tun. Er konnte das Flackern nicht verhindern. Er konnte sich nicht davor in Sicherheit bringen. Es blieb ihm nichts anderes übrig, als es einfach hinzunehmen … und vielleicht in der Zwischenzeit die menschliche Neugier etwas zu befriedigen.

»Das dhabianische Schiff«, fragte er. »Können wir aufgrund unser Informationen über ihre Technologie voraussagen, ob es den Auswirkungen des Flackerns entkommen kann?«

Eine Weile Stille, dann: »Vorausgesetzt, unsere Vermutungen über die bisher nicht demonstrierte Endgeschwindigkeit sind korrekt, ist anzunehmen, daß es nicht entkommen kann.«

Also dann wäre er jedenfalls in bester Gesellschaft.

»Dann schick ihnen die Standardbitte nach Informationsaustausch, Schiff.« Es würde doch immerhin interessant sein zu erfahren, ob sie genauso verdammt waren wie er. Wenn das Schiff recht hatte, dann waren sie es, und sie schienen keine besonderen Schutzschilde zu haben. Vielleicht waren sie in das Abraxissystem gekommen, um die Aktivitäten des Hauptsterns zu beobachten und waren nun demselben unvorhersehbaren Strahlenausbruch in die Falle gegangen, der ihn töten würde.

Wie auch immer, er hatte jetzt wenigstens etwas zu tun. Der Gedanke, sich wieder in den Tiefschlaf zu versetzen und seinem Ende in Bewußtlosigkeit entgegenzudämmern, gefiel ihm gar nicht. Er erwartete nicht wirklich, daß die Außerplanetarier antworten würden. Daher war er sehr überrascht, als eine Stimme in einem schlecht modulierten Tonfall aus den Lautsprechern flüsterte: *»Wir werden uns mit dir austauschen, Mensch.«*

»Der Stern wird bald hochverdichtetes Plasma ausstoßen, das mich vermutlich töten wird.« Er dachte einen Moment nach, dann fügte er hinzu: »Mein Schiff wird ebenfalls schwer beschädigt werden.«

»Information.« Die Antwort war dhabianisch kurz. *»Keine Anfrage?«*

»Was wird mit Ihnen passieren?«

»Mit uns wird dasselbe sein wie mit dir, Mensch.«

Der erste Hinweis auf die Sterblichkeit der Dhabianer, sinnierte Chapman. Allerdings bereitete ihm diese Erkenntnis kein Hochgefühl. Niemand würde jemals erfahren, was er hier entdeckte.

»Gibt es für euch denn keine Möglichkeit, zu überleben? Ich dachte, eure Schiffe wären schnell.«

»Nicht schnell genug. Aber vielleicht gibt es einen Ausweg.« Nach einer Pause, die Chapman als Unsicherheit deutete, sprach der Dhabianer weiter: *»Hast du es nicht bemerkt?«*

»Was bemerkt?«

»Das Onu.«

»Was zum Teufel ist ein ...!« Chapman ermahnte sich, ruhig zu bleiben.

»Können Sie mir seine Position angeben?«

»Eure Konfiguration arbeitet nicht gut genug dafür, aber wir schicken euch, was wir erfahren haben.« Und dann übermittelte ihm der Dhabianer ein paar Konfigurationen.

»Schiff? Was meint er?«

»Einen Moment, Chapman.« Es kam ihm so vor, als hörte er die Maschine denken ... zu lange im Tiefschlaf, dachte er. »Verwende maximale Verstärkung zur Abtastung der Region, die vom außerplanetarischen Schiff angegeben wurde. Tatsächlich ist dort ein großes, aber undeutliches Objekt in der angegebenen Position lokalisierbar. Die Massensenoren der Außerplanetarier scheinen wesentlich stärker zu sein als unsere. Die gegenwärtige Position schließt eine visuelle Identifikation des Kometen aus unserem Beobachtungswinkel aus.«

»Komet? Frage, Schiff: *Ist er groß genug,* um ausreichend Schutz vor dem bevorstehenden Flackern zu gewähren?«

»Ja, Chapman.«

»Zweite Frage: Ist er groß genug, um *beide* Schiffe abzuschirmen?«

»Um eine gegenseitige Beschädigung der Schiffe durch die Abgaspartikel zu vermeiden, wären einige komplizierte Rangiermanöver erforderlich. Es ist möglich, aber es gibt da ein Problem.«

Chapmans Hoffnungen zerstoben wie Kinder beim Spielen. »Welches Problem?«

»Die Flugzeit zum Kernschatten des Kometen beträgt neununddreißig Stunden.«

»Wir machen uns auf den Weg, Mensch«, informierte ihn der Dhabianer. *»Sollen wir unsere Position darauf einstellen, deinem Schiff Platz zu lassen?«*

Chapman dachte sehr schnell nach. Neununddreißig

Stunden waren die absolut oberste Grenze des Zeitraumes, in dem das Sonnenflackern erwartet wurde. In neununddreißig Stunden könnte er ein gutes Stück über die Position des Kometen hinaus sein. Jetzt informierte ihn der Computer, daß er dann aber immer noch innerhalb des tödlichen Radius der Strahlung wäre.

Die Entscheidung fiel ihm nicht schwer.

»Ja, ich werde es auch versuchen.« Der Dhabianer akzeptierte ohne zu antworten.

»Schiff, angleichen der Position hinter den Kern des Kometen, aber achte auf den Dhabianer.«

»Ich werde vorsichtig sein, Chapman«, antwortete das Schiff vertrauenerweckend.

Die nächsten Stunden verstrichen voller Arbeit. Chapman studierte das Schiff der Dhabianer und zeichnete die Manöver, die es vor ihm oder hinter ihm vollführte, genau auf. Das würde für die Xenologen mehr wertvolle Erkenntnisse liefern, als diese sich träumen ließen. Außerdem hielt ihn die Arbeit davon ab, an seine hauchdünne Chance zu denken. Nachdem die Grenze von vierundzwanzig Stunden erreicht war und er wußte, daß nun jeden Moment das Flackern ausbrechen könnte, ertappte er sich dabei, daß er noch intensiver arbeitete.

Es war ein riesiger Komet. Gut und gern fünfzehn Kilometer im Durchmesser. Seit zweiunddreißig Stunden hatte er das dhabianische Schiff aus nächster Nähe beobachtet. Es war achthundert Meter lang, einhundert Meter kürzer als sein eigenes, aber es war massiver. Es schoß an ihm vorbei und raste mit maximaler Geschwindigkeit auf den schützenden Kometen zu.

In der fünfunddreißigsten Stunde erlaubte er sich, etwas Hoffnung zu fassen. In der sechsunddreißigsten plante er, einen umfassenden Bericht über sein haarscharfes Entkommen für die Kommission zu verfassen.

In der siebenunddreißigsten Stunde sagte ihm das Schiff, daß es zu spät sei.

»An der Oberfläche der Sonne zeigen sich bereits Hinweise auf eine bevorstehende Eruption, Chapman. Wenn sich die lokalen Beschaffenheiten nicht ändern, werden wir eine Stunde, zweiundzwanzig Minuten und zehn Sekunden zu spät hinter dem Kern des Kometen ankommen.«

»Wie lange können wir die Strahlung aushalten, ohne daß ein irreparabler Schaden an dem Schiff auftritt?«

Zu seiner eigenen Verwunderung hatte er nicht nach seiner eigenen Belastungsgrenze gefragt.

»Zehneinhalb Minuten.«

Das war es dann. Er würde untergehen. Das Seil, nach dem er gegriffen hatte, würde zerreißen. Er wandte sich ab und ließ sich in den Stuhl gegenüber des Hauptschirms fallen. Sein Kopf sackte nach vorne, legte sich in die Beuge seines rechten Arms, um nah bei dem kühlen Metall zu ruhen.

Er wußte, daß das Feuer seine Schwingen verbrennen würde, aber es war so schön, so sauber. Noch ein wenig näher, das war alles, bloß ein wenig näher. Durch das stille Brausen der Flammen kam es ihm so vor, als würde der Computer in einer babbelnden Stimme mit ihm sprechen. Das war absurd. Computer sprachen nicht mit Motten. Computer babbelten auch nicht. Er ignorierte das bedeutungslose Geräusch und tauchte tiefer auf den winkenden Sukkubus zu. Feurige Finger berührten seine Schwingen. Er wachte schweißgebadet auf.

Und das war unmöglich. Es konnte nicht sein. Er fühlte, daß er nicht mehr als ein paar Stunden geschlafen haben konnte. Aber selbst wenn, es gab für ihn keinen Grund, wach und lebendig zu sein. Er sollte tot sein wie eine Motte in einem Ofen, ausgeblasen in einem einzigen kurzem Aufglühen. Er blinzelte und blickte sich verstört um.

»Schiff! Das Flackern, was ...?«

»Beginne mit dem Countdown für das Eintreffen der ersten Energiepartikel«, sagte der Computer ruhig. »Zwanzig, neunzehn, achtzehn …«

Chapman starrte benommen auf den Bildschirm, aber er war zu müde, um zu begreifen, was er da sah. Auf der einen Seite schwebte ein Objekt, das wie eine Ansammlung aus Überresten eines antiken Schiffs aussah: das dhabianische Schiff, dessen untätiger Antrieb blauweiß glühte. Vor ihm befand sich eine trübgrüne Masse, die gerade die Sonne von Abraxis verfinsterte: die Rückseite des Kometen. Im reflektierten Licht seines Kolbenschiffes schien er eisiggrün und scharfumrissen zu sein. Einen Moment sah er massiv aus, im nächsten dagegen instabil.

»Vier, drei, zwei, eins …« schloß der Computer. Chapman holte tief Luft.

Das Koma, der dicke Mantel aus Gas, der die Spitze des Kometen umgab, leuchtete so hell, daß es schmerzte, es anzusehen. Das dünne Band aus Gas und Teilchen strömte um die beiden Schiffe und nahm eine vibrierende, purpurrote Farbe an. In dem Sturm, der aus der Oberfläche des Sterns zu ihnen wütete, schien die Strömung beinahe fest zu sein, wie das Seidenband einer spanischen Tänzerin.

Obwohl der Anblick aus einer Entfernung von einigen Millionen Meilen noch eindrucksvoller gewesen wäre, war es doch ein ganz besonderes Gefühl, zu wissen, daß er sich *im* Schweif des Kometen befand. Und plötzlich fühlte er sich sehr klein.

Für fünfeinhalb Stunden flogen die beiden Schiffe auf der Leeseite des Kometen. Feurige Farben tanzten um sie herum. Alleszerstörende Energie prallte gegen den Kopf des Kometen und schuf Schönheit statt Tod.

Dann gab der Computer bekannt, daß der Grad an stellarer Strahlung in rasantem Tempo abnahm. Bald war sie auf ein akzeptables Maß gesunken. Zur selben Zeit begann das dhabianische Schiff Fahrt aufzunehmen. Es flog durch den gedämpften, aber immer noch dramatischen kometenhaften Sturm, bevor Chapman sich überhaupt Gedanken darüber machen konnte, was ihm passiert war.

Sein Schiff konnte nicht aus eigener Kraft die sichere Position hinter dem Kometen erreicht haben. Also mußten die Dhabianer ihm irgendwie geholfen haben. Wieso?

»Initiiere die Bitte um Informationen, Schiff.«

Nach einem Moment, »Sie antworten nicht, Chapman.«

Das außerplanetarische Schiff setzte seine Fahrt fort.

»Versuch es noch einmal!«

Das tat der Computer auch, und zwar einige Male, bevor Chapman direkt in den Pick-up sprach.

»Dhabianer! Warum? Wieso habt ihr mich gerettet? Ich schulde euch was. Ich schulde euch tausendundeinen Gefallen.«

Stille, nur die immer kleiner werdende Kontur des Schiffes auf seinem Bildschirm.

»Wieso antwortet ihr nicht? Antwortet!«

Eine gestellte Stimme sagte: *»Zu viele Fragen unangemessen. Frage woanders nach. Nicht hier, Mensch.«*

So sehr er es auch versuchte, Chapman konnte den Außerplanetariern keine weitere Kommunikation mehr abringen.

Einige Wochen später, als die Kolonie in aller Ruhe sicher an Bord des Schiffes gebracht worden war und sie sich draußen im Abraxissystem befanden, geschah es, daß Chapman mit einem leichten Zögern seinen Computer fragte: »Schiff, die Dhabianer haben uns gerettet, und ich weiß nicht wieso. Weißt *du* denn, wie sie uns so beschleunigt haben, daß wir uns rechtzeitig hinter dem Kometen in Sicherheit bringen konnten?«

»Die Frage ist unkorrekt, Chapman.«

Er erstarrte. »Wieso?«

»Kein Hinweis darauf, daß die Dhabianer unsere Geschwindigkeit in irgendeiner Weise beeinflußt haben.«

Er fühlte sich ein wenig benommen. Das kam wohl von der Erleichterung, dachte er, und den vielen Tagen auf Stimulans, um wach zu bleiben.

»Was soll das heißen? Wenn die Dhabianer unseren Antrieb nicht modifiziert haben, wie sind wir dann hinter den Kern des Kometen gekommen?«

»Die Dhabianer waren mit ihren eigenen Manövern beschäftigt«, kam die Antwort. »Die Daten beweisen, daß der Komet seine Position veränderte, um uns in seine Umbra aufzunehmen. Die Dhabianer mußten sogar ihr Tempo drosseln und nicht beschleunigen, um sich der veränderten Position des Kometen anpassen zu können.«

»Soll das heißen, die Dhabianer haben den *Kometen* bewegt?«

»Negativ, Chapman. Kein Beweis vorhanden, der diese These stützen würde.«

»Aber der Komet hat seine Position verändert?«

»Korrekt.«

»Das ist unmöglich«, sagte er mit Bestimmtheit.

»Ist aber passiert.« Der Computer hörte sich leicht eingeschnappt an.

Chapman dachte nach. Seine Augen weiteten sich. Dann raste er durch das Schiff, bis er seinen gegenwärtigen Kommandeur, Otasu, den Führer der Kolonie, gefunden hatte. Der Kolonieführer unterhielt sich gerade in dem beengten Raum der Kanzel mit einigen anderen Offiziellen.

Chapman ging schnurstracks auf den Bildschirm zu. Der zeigte bloß eine Ansicht des sternenfunkelnden Raums und des etwas helleren Punktes der Sonne von Abraxis.

»Wir müssen zurück, Sir.«

»Zurück? Das können wir nicht Chapman, das wissen Sie doch.«

Armer Kerl, dachte er sich. Bei manchen Menschen rief der Tiefschlaf eigenartige Veränderungen hervor. »Unsere Sonne wird den Eruptionsgrad erreichen. Wir würden alle geröstet.«

Frage woanders, hatte der Dhabianer gesagt, bevor er in das Schweigen überging. *Woanders, woanders …* wo sonst hätte er schon fragen können? Der Komet hatte seine Position verändert.

»Fünfzehn Stunden«, nuschelte er, und starrte auf den Schirm.

»Fünfzehn Stunden.«

»Fünfzehn Stunden für was?« fragte der Kolonieführer freundlich nach und mußte über die enorme Hektik des Piloten lachen.

»Ich hatte genau fünfzehn Stunden Zeit, und die nutzte ich, um die Dhabianer zu beobachten und mir Notizen zu machen.«

Er hörte sich reichlich benommen an.

»Und sogar sehr nützliche Beobachtungen, wie mir berichtet wurde«, ergänzte Otasu, der sein Bestes versuchte, aufmerksam und zuvorkommend zu wirken.

»Aber verstehen Sie denn nicht?« Chapman blickte noch intensiver auf den Schirm. Der Komet war irgendwo da draußen auf einem Weg, wie ihn Kometen üblicherweise nehmen; und was wußte man schon über Kometen? Nur sehr, sehr wenig.

»Ich habe fünfzehn Stunden damit verbracht, den falschen Außerplanetarier zu studieren …«

WAS TREIBT DAS EINFACHE VOLK?

Diese Geschichte entstand im Laufe der Jahre aus einem Fernsehspiel, an dem ich während meines letzten Studienjahres an der U.C.L.A. arbeitete. Pure Science Fiction. Die Idee von interaktivem Fernsehen und einem Publikum, das den Produzenten, noch während die Sendung ausgestrahlt wird, seine Meinung darüber mitteilen kann, war damals nicht mehr als ein Ausflug ins Reich der Phantasie.

Einige Jahre später führte Warner Amex Cabel in Columbus seinen QUBE-Kanal ein. QUBE erlaubt den Zuschauern, mittels eines speziellen Kabelanschlusses an ihren Fernsehern während einer Sendung über die dort diskutierten Themen abzustimmen. Ein harmloser technischer Fortschritt, nicht wahr? Die weniger harmlose Weiterentwicklung, die eigentlich eine logische Folge darauf wäre, kann es in der Realität natürlich niemals geben. Das ist reine Science Fiction. Ein Ausflug ins Reich der Phantasie.

Und außerdem befinden wir uns hier in Amerika …

Es war einmal ein Kasten, der barg tausend Welten und brachte wie verrückt immer neue hervor.

Diese bestimmte Welt, die sich gerade in einem besonderen Kasten abspielt, ist seit langem in Gebrauch und daher vertraut. Eine Anzahl Männer in blauen Uniformen ist damit beschäftigt, eine Konstruktion aus rohbehauenen Baumstämme, wie sie allgemein als ›Fort‹ bekannt ist, zu verteidigen. Sie kämpfen mit furchteinflößendem Grimm gegen eine große Gruppe heranstürmender Eingeborener.

Was jedoch als nächstes geschieht, ist das Ergebnis

der weiterentwickelten Kastenwelt. Die Eingeborenen und die Soldaten werden durch eine hübsche blonde junge Frau ersetzt, bei der die äußeren Zeichen ihrer offensichtlichen Zugehörigkeit zur Gattung der Säugetiere vermutlich weiter entwickelt sind als irgend etwas sonst an ihr. Eine Anzahl bunter Grafiken und Fotos erscheinen an der Wand hinter ihr. Auf die bezieht sie sich, als sie sagt:

»Guten Abend, Tri-Vee-Zuschauer! Es ist wieder soweit. Sie, unser treues Publikum, können nun entscheiden, wie die heutige Episode von ›Der Komantsche‹ ausgehen wird.

Wie sie sehen konnten, haben die zahllosen Vertragsverletzungen und Landnahmen der goldsuchenden Bergleute die Komantschen unter Red Hawk, ihrem mutigen und enorm männlichen Häuptling, dazu getrieben, Fort Resolution anzugreifen. Alternativ dazu könnten Red Hawk und seine teuflischen Wilden auch einen grundlosen, grausamen Überraschungsangriff auf das Fort und seine unschuldigen, entschlossenen Insassen durchführen.

Es liegt an Ihnen zu entscheiden, wie es weitergeht! Werden der Häuptling und seine mutigen Krieger die Blauröcke besiegen? Oder werden Colonel Jepson und seine Verbündeten den barbarischen Überfall erfolgreich zurückschlagen? Wer soll die Oberhand gewinnen?«

Obwohl sich das in ähnlicher Form hunderte Male in einer Saison wiederholt, klebt die Aufmerksamkeit einer Gruppe gutgekleideter Geschäftsmänner, die an einem langen Tisch sitzen, so fest am Geschehen wie ein Blutegel. Der Tisch besteht aus handgeschnitztem Mahagoni mit Intarsien und wurde im sechzehnten Jahrhundert von einem unbekannten französischen Künstler hergestellt.

An einem Ende des Tisches sitzt ein junger Mann, der irgendwie nicht in diese Gruppe paßt. Nicht nur sein vergleichsweise junges Aussehen macht ihn zur Ausnahmeerscheinung, er findet darüber hinaus auch wenig Gefallen an dem Drama in der Kastenwelt. Vielmehr widmet er sich der genauen Betrachtung seiner eigenen Hände.

Irgendwo in der Kastenwelt hat eine Glocke geläutet. Die berühmte junge Dame, die in ein Notebook vertieft war, sieht nun auf.

»Ich fürchte, unsere Zeit ist um. Haben Sie alle Ihre Entscheidungen getroffen? Gut! Wer Red Hawk favorisiert, kann nun auf die rote Taste ihres Kinovoters drücken; das ist Taste Nummer eins. Wer aber für Colonel Jepson ist, drückt bitte Taste zwei, die grüne Taste. Wenn Sie das noch nicht getan haben, dann drücken Sie bitte jetzt.«

Das edle Gesicht des Komantschenhäuptlings erscheint auf der Bildfläche, dann sieht man die Hand der Frau im Bild, die über den Arm eines Sessels gleitet und auf eine rote Taste drückt. Nun folgen das Bild des edlen Colonel Jepsons und das Drücken der grünen Taste. Die Tasten leuchten in ihren Farben auf.

»Erinnern Sie sich, Taste eins für Red Hawk und sein Gefolge, Taste zwei für den Colonel und seine Kavallerie.«

Der junge Mann sieht kurz auf den Schirm des TriVee. Sein Name ist David Texas. Der große Glatzkopf, der zu seiner Rechten sitzt und eine fette Zigarre, aus der narkotisierende Schwaden aufsteigen, zwischen den Lippen hält, heißt Don Texas. Er ist Davids Onkel. Wenn David gekonnt hätte, hätte er das vermutlich geändert, aber in dieser Angelegenheit hatte er nichts zu sagen.

Don lehnt sich zu ihm und flüstert ihm ins Ohr:

»Die Indianer werden gewinnen. Normalerweise ist das nicht so eindeutig, aber diesmal sind Frauen und Kinder in dem Fort. Für mich ist das keine Frage.«

Eine Landkarte der Nordamerikanischen Union ist

auf dem Bildschirm aufgetaucht. Rot und grün glühende Figuren tauchen in jeder Provinz und jedem Staat auf.

»Und da kommt sie, meine Damen und Herren!« berichtet die Blonde ganz außer Atem. »Ihre Stimme, *Ihre* Entscheidung, mit blitzartiger Geschwindigkeit durch die neuste Generation der CBC-Computer ermittelt! Das Endergebnis wird nun jede Minute feststehen... jetzt...!«

Zwei Zahlen leuchten auf dem Schirm auf. Die erste ist rot und heißt: INDIANER: 32 657 894. Die zweite ist grün: KAVALLERIE: 19 543 255.

»Und hier sind die Ergebnisse, verehrte Zuschauer, ermöglicht durch CBC und Frosty-O, die Cornflakes, in denen alle Vitamine, Mineralstoffe und Tranquilizer stecken, die jeder normale, gesunde Erwachsenen täglich braucht. Nun, das aufregende Ende der heutigen Episode ist von Ihnen, dem Publikum, entschieden worden.«

Als wäre nichts geschehen, kehrt die Kastenwelt einfach zu ihrem eingefrorenen Kriegszustand zurück. Aber irgend etwas muß passiert sein, denn die Wilden haben plötzlich Verstärkung durch einen anderen Stamm bekommen, der von Red Hawks Cousine, Little Sparrow, angeführt wird. Die Kavallerie ist diesem zweiten Ansturm nicht gewachsen. Sie ist zu geschwächt, das Tor wird aufgebrochen, und aus dem Kampf wird ein sehr realistisches Abschlachten der Einwohner des Forts, bei dem die Kamera liebevoll verweilt. Das wird eine ganze Weile fortgesetzt. Beliebt und häufig angewendet werden augenblickliche Wiederholungen, Nahaufnahmen und Zeitlupe. Schließlich und unvermeidlich blitzen die Namen der Mitwirkenden auf, untermalt von dem Leitmotiv der Serie, einer aufwühlenden Melodie aus dem alten Westen.

Die Atmosphäre um den reichverzierten Tisch entspannt sich. Die Kastenwelt beginnt die Abenteuer von

Rock Steel, einem interstellaren Scout, aufzulisten, aber der verschwindet rasch aus dem strahlend hell erleuchteten Büro. Rock Steel ist ein Paria. Seine Serie ist kein Produkt von CBC, und keiner der Anwesenden sieht sie sich an.

Am Kopf des Tisches erhebt sich ein schmaler, älterer Herr. Der Blick seiner freundlichen blauen Augen wandert den Tisch entlang und erheischt sowohl von seinen Verbündeten als auch von seinen heimlichen Feinden Aufmerksamkeit. Er hat ein paar Falten und volles weißes Haar, das wie geschlagene Sahne an seinem Kopf klebt. Er hat die Gestalt eines Heiligen und das Gemüt einer Puffotter.

»Meine Herren, ich denke, wir haben einen Hit an der Hand.«

Die Versammlung murmelt Zustimmung.

»Das war die Aufzeichnung der Episode von ›Wahre Geschichten aus dem Wilden Westen‹, die in der vergangenen Woche gesendet wurde. Zum dritten Mal in Folge hat die Zahl der wählenden Zuschauer die Fünfzigmillionengrenze erreicht. Wie finden Sie das?«

»Da gibt es keinen Zweifel, R.L.«, stößt der Comptroller hervor. »Das Publikum ist ganz verrückt danach. Und wenn das so weitergeht, werden unsere Quoten noch weiter in die Höhe schnellen.«

»Dem stimme ich zu, Sam. Frosty-O denkt genauso, und sie haben verlauten lassen, daß sie an einem Dreijahresvertrag interessiert sind. Was meinen Sie dazu, Will?«

»Trotz aller Ausgaben, R.L., scheinen sich die Einnahmen leicht über dem Produktionsetat eingependelt zu haben.«

»Ausgezeichnet, Will. Marple?«

»Eine hervorragende Produktion, R.L.! Bei aller Bescheidenheit denke ich, daß jeder, der mit der Sendung zu tun hat, unser uneingeschränktes Lob für die ausgezeichnete Umsetzung der Idee verdient.«

»Eine drollige Wortwahl, Marple«, sagt David. »Wenn ich mich recht erinnere, dann sind Sie doch der Mann, der direkt dafür verantwortlich ist, daß ›Wahre Geschichten aus dem Wilden Westen‹ auf unseren Produktionsplan kam?«

»Nun ja, ich habe die Ehre«, antwortet Marple bescheiden.

»Und es stört Sie nicht, daß Dutzende Schauspieler und Schauspielerinnen verstümmelt und bestialisch ermordet werden, um Ihren Sinn für künstlerisches Bemühen sowie die Werbeabteilung eines aufgeblasenen Cornflakeherstellers zu befriedigen?«

Marple ist dieses Argument noch niemals zuvor untergekommen, und daher ist er derart von dessen Einzigartigkeit überrannt, daß er nur noch »W-wa-ass?« stottern kann.

David steht abrupt auf und blickt über den Tisch hinweg auf den überraschten Programmgestalter. »Ich habe Sie gefragt, ob Sie keine Reue empfinden, weil Sie jedes Jahr Hunderte von Darstellern kaltblütig ermorden lassen?«

»*Wirklich*, R.L.«, sagte Marple. »Da muß ich protestieren. Ich ... ich ...« Würdevoll wendet er den Kopf, um David anzusehen. »Sie müssen wissen, Mr. Texas, daß ich persönlich mit jedem Darsteller rede, der in ›Wahre Geschichten aus dem Wilden Westen‹ auftritt. Sie wissen, was sie erwartet. Wir halten uns strikt an die Regeln. CBC hat, wie ich hinzufügen möchte, die besten Autotechs und Restaurateure der Branche. Natürlich kommt in seltenen Fällen mal jemand mit einer kleinen Narbe oder Kerbe aus der Show, aber das ist nun mal Berufsrisiko.«

»Und was ist mit den psychischen Narben, Marple? Sicher, niemand wird bleibend verletzt. Aber sie *spüren* die Kugeln und Pfeile, die sich in ihr Fleisch bohren, sie fühlen die Wunde und den Schmerz, das ...«

»Nun ist es aber genug, Mr. Texas«, schnauzte R.L.,

»Wir leben nicht im zwanzigsten Jahrhundert, wie Sie wissen. Ein bißchen Schmerz gehört eben dazu. Schließlich wird niemand gezwungen, Schauspieler zu werden. Und für das Honorar, das wir ihnen bezahlen, können sie wohl mal ab und an eine kleine Verstümmelung verkraften. Haben Sie sich jemals ›Claudius von Rom‹ angesehen? Also, *das* ist eine Sendung, die man sich nur mit einem starken Magen ansehen kann! Ich denke, Sie sollten sich bei Marple entschuldigen.«

Der Würdenträger sitzt da wie der erste Märtyrer.

»Es tut mir schrecklich leid, meine Herren«, sagt David und schiebt seinen Stuhl zur Seite, »aber ich fühle mich etwas … elend.« Er schenkt der Tischrunde ein gräßliches Lächeln. »Wenn Sie mich bitte entschuldigen wollen.«

Er dreht sich um und geht auf den Ausgang zu, ohne nur im geringsten Notiz von den vierzig Pupillen zu nehmen, die sich in seinen Hinterkopf bohren.

Don Texas springt auf. »Bitte entschuldigen Sie den kleinen Ausbruch meines Neffen, meine Herren, R.L. Er hat es in letzter Zeit nicht gerade leicht. Sie wissen schon, Produktionsprobleme und so.« Er lächelt verständnisvoll. »Ah, und dann natürlich die Probleme der Jugend!«

Die Direktoren, und sogar R.L., scheinen sich ein wenig zu entspannen.

»Schon gut, Don. Aber Sie müssen mit dem Jungen reden, hmm?«

»Sicher, R.L., das werde ich sofort.«

Der Flur ist breit und wird von fluoreszierenden Röhren indirekt beleuchtet. Emsige Menschen beschleunigen Dollars und Cents. David betritt einen der zehn Fahrstühle und spricht in die Luft.

»Fünfundneunzig, bitte.«

»Fünfundneunzig, Sir«, tönt es aus dem Lautsprechergitter des Fahrstuhls zurück.

Er verläßt den Lift und geht eine Reihe von Korridoren entlang, wobei er geistesabwesend einigen Bekannten und einem seiner seltenen Freunde zunickt.

Davids Büro ist ganz in Edelstahl und Plastik gehalten. Echte Weinranken und Kletterpflanzen hängen hoffnungsvoll an durchsichtigen Skulpturen. Unmöglich, in diesem Büro eine anheimelnde Atmosphäre zu schaffen. Der Blechdschungel wird von ein paar Schränken, einem niedrigen Schreibtisch, einem Sofa und dem unvermeidlichen Computerannex ergänzt.

David flegelt sich unzufrieden hinter den leeren Tisch, auf dem sich nicht einmal das kleinste bißchen persönlicher Nippes befindet, der für Schreibtischausstattungen üblich ist. Nach ein paar Momenten seufzt er und drückt auf eine Taste. Daraufhin erscheint ein Bündel Papier, in dem er zu lesen beginnt.

Eine weitere Taste produziert ein kleines Gitternetz.

»Miss Lee, kann ich Sie mal für eine Minute sprechen, bitte.«

Als die Sekretärin hereinkommt, verschwindet das Gitternetz wieder im Tisch.

»Sir?«

»Bitte sagen Sie alle Termine ab, die ich für heute ausgemacht habe.«

»Sehr wohl, Sir.«

Sie wendet sich ab, um zu gehen, zögert aber.

»Äh ... Mr. Texas ...«

David sieht nicht einmal auf. »Hmmm?«

»Derselbe Herr, Mr ... äh ... Mr. Slappy Williams, war heute schon wieder hier.«

»Er schon wieder? Nein, keine Besucher, wer auch immer, Miss Lee.«

Sie sieht aus, als wollte sie noch etwas sagen, aber David hat sich bereits wieder in seine Unterlagen vertieft. Die pneumatische Tür schließt sich leise hinter ihr.

Er streckt die Hand aus und drückt auf eine weitere

seiner allgegenwärtigen Tasten. Ein kleines Mikro springt aus dem Tisch, dreht sich und richtet sich auf David aus. Die Worte kommen aus dem Papier.

»Gemäß der Entwicklung der neuen Serie ›Die Erschaffung eines Präsidenten‹, lassen Sie mich zunächst feststellen, daß die Kongreßkampagne vom vierten Juni es nicht ratsam erscheinen läßt, zur gegenwärtigen Zeit mit unserer Auswertung fortzufahren, wie der Artikel sieben Strich neun und ...«

Die Tür gleitet zurück und eine rundliche, ungepflegte Gestalt platzt in den Raum. Der Mann atmet schwer. Sein Gehabe ist das eines entschlossenen, aber auch verzweifelten Menschen, obwohl sein rundliches, unrasiertes Gesicht eher das Gegenteil vermuten läßt.

David legt den Papierstapel nieder, dreht sich herum und betrachtete den Eindringling.

»Speisen Sie mich nicht so ab, David. Ich versuche seit Wochen mit Ihnen zu reden!«

Eine verwirrte Miss Lee bleibt in der Tür stehen. »Tut mir leid, Mr. Texas! Er wollte nicht auf mich hören und hat einfach die Tür geöffnet!«

»Machen Sie sich keine Sorgen, Miss Lee. Würden Sie bitte den Sicherheitsdienst rufen und ihn bitten, ein paar Männer hochzuschicken?«

Sie nickt und wirft einen schnellen, unfreundlichen Blick auf Williams, bevor sie sich wieder ins Vorzimmer zurück zieht.

»Nun, Slappy. Sieht aus, als hätten Sie ein paar Minuten Zeit.«

Der Komiker geht auf den Tisch zu und legt beide Hände auf die glänzende Tischplatte.

»Dave, ich möchte, daß Sie meinen Vertrag kündigen!«

»Ist das alles?« Er lehnt sich in seinem Sessel zurück, der sich sofort an seine neue Haltung anpaßt. »Sie wissen doch, daß ich dazu nicht die Macht habe,

Slappy. Dazu braucht man eine Mehrheit im Aufsichtsrat. Die nächste Vertragssitzung findet in drei Wochen statt.«

»Sehen Sie mich doch an, Dave. Sehen Sie mich genau an.«

Er geht ein paar Schritte zurück und vollführt einen komödiantischen Clownstanz.

»Happy Slappy Williams! Fällt Ihnen irgendeine Unstimmigkeit in meinem Image auf, Dave? Wenn der Gestank von Scotch über den Tri-Vee ginge, wäre mir schon vor Monaten gekündigt worden. Wollen Sie wissen, weshalb ich so aussehe? Ein klein wenig anders als der junge, vielversprechende Komiker, mit dem Sie vor acht Monaten den Vertrag abgeschlossen haben? Gott, bloß acht Monate!«

David beobachtet ihn eingehend.

»Wissen Sie, wie die Quoten meiner Sendung waren?« murmelte er nervös. »Haben Sie die bundesweiten Quoten gesehen? Sie sind niedrig, Dave, so niedrig, daß man ein Mikroskop braucht, um sie zu sehen! Aber das ist nicht der Punkt, o nein! Die Sendung wurde ja *überarbeitet*.«

Er hält inne und beugt sich wieder über den Tisch. Seine schwitzigen Hände lassen die Politur stumpf werden.

»Überarbeitet, niedrige Quoten. Haben Sie eine Idee, auf wessen Mist das gewachsen ist?«

Er imitiert einen bestens bekannten Regisseur.

»›Wir finden, daß Ihre Sendung großes *Potential* hat, aber da ist noch ein klitzekleiner Fehler … und der …‹« Seine Stimme geht in Schluchzen über. »Ich sage Ihnen, ich kann das nicht mehr ertragen, Dave! Sie sind schon schlimm genug, diese üblen Knallfrösche, diese groben Streiche! Manche Jungs können diese Dinge ja ertragen, diese nachwachsenden Arme und Beine, aber ich kann diesen Schmerz nicht mehr aushalten, Dave. Um Himmels willen, Dave, wenn die mich aus der Serie streichen, werden die mich nach allen Regeln der Kunst malträtieren. Die werden mit mir machen können, was sie wollen, denn ich muß dann ja nicht mehr in der nächsten Woche dabei sein. Das halte ich nicht aus! Lassen Sie nicht zu ...«

»Ich weiß, was Sie meinen, verdammt noch mal!« explodiert David. »Glauben Sie, mir gefällt das? Aber Sie wußten, was auf Sie zukommt, als Sie den Vertrag unterschrieben haben! Was, zum Teufel, erwarten Sie von *mir*, Mann! Wenn ich irgend etwas tun könnte, glauben Sie nicht, daß ich es dann schon vor Wochen getan hätte, als es mit Ihnen bergab ging? Glauben Sie, ich hätte es nicht *versucht?*«

Völlig außer Atem bricht er ab. Williams Lippen fangen an zu zittern, und er weicht einen Schritt zurück.

Zwei bärenstarke junge Männer kommen herein und stellen sich neben Williams. Jeder der beiden greift ihm sanft unter einen Arm.

»Guten Tag, Mr. Williams. Möchten Sie nicht mit uns kommen? Wir werden Ihnen nicht wehtun.«

»Sie müssen etwas unternehmen, Dave!« schreit er gequält auf. »Ich werde das nicht überleben, ich weiß, daß ich das nicht kann! Ich kann diesen Schmerz nicht ertragen! Um Gottes willen, Dave!«

Es ist nur Einbildung – das Büro ist nämlich absolut schallisoliert –, aber selbst als sich die gepolsterte Tür schon längst geschlossen hat, kommt es David so vor, als hörte er immer noch die Klagen des Komikers. Er stößt einen tiefen Seufzer aus, ordnet seine Unterlagen und legt sie an ihren Platz zurück, bevor er das Büro verläßt.

Miss Lee blickt auf, als er an ihr vorbeigeht.

»Wo gehen Sie hin, Sir?«

Er bleibt stehen. »Ich gehe, Miss Lee, um über den Sinn des Lebens nachzudenken, über die Sinnlosigkeit der Existenz, über die Beziehung meines jämmerlichen Selbst zu dem großen, unermeßlich weiten Universum, von dem ich das Pech habe, ein Teil zu sein. Kurz, ich gehe in irgendeine Spelunke und lasse mich vollaufen. Bitte notieren Sie das und geben Sie es ein.«

Sie starrt ihm verständnislos nach.

SKIT-SKAT CLUB.

Die harten Konsonanten üben eine seltsame Anziehungskraft aus. Er geht hinein.

Wolken aus parfümiertem und narkotisierendem Qualm haben das meiste der atembaren Luft zwar schon verdrängt, aber instinktiv findet er den Weg zur Theke. Gebieterisch winkt er den Wirt herbei.

Der erscheint geheimnisvoll wie ein Djinn, und sein Gesicht vermittelt den Eindruck, als hätte sich seine Miene in den letzten sechstausend Jahren nicht ein einziges Mal bewegt.

»Scotch-Soda, mein guter Brutus. Aber ohne Soda.«

Er hat an der Lampe gerieben. Der Djinn verschwindet, kommt aber unmittelbar darauf mit einem Glas voller flüssigem Schimmer wieder. David nimmt es entgegen und dreht sich wie ein alter Wetterhahn, um die Menschenmenge zu überschauen.

Die meisten haben sich um einen großen Tri-Vee-Würfel versammelt, der von der Decke herabhängt. Gerade läuft ein vierstündiger Historienfilm über den Zweiten Weltkrieg. Die Kamera schwelgt im Tod, genau wie der echte Krieg.

David, der sich gerade etwas erleichtert gefühlt hat, wird wieder mürrisch. Der Wirt verwandelt Geld in Alkohol, voilà. David nippt schwermütig an seinem Scotch.

Bei einer besonders blutrünstigen Explosion stöhnt jemand aus dem Publikum auf. Benommene Rufe schallen aus der Menge.

Über alle Maßen entsetzt, dreht sich David zu der Gruppe aus Trinkern um.

»Ts, ts, ts! He, ihr Tiere!«

Durch diesen befremdlichen Ausbruch in ihrer Mitte schockiert, richten sie ihre Aufmerksamkeit auf ihn.

»Ein inspirierendes Schauspiel, meine lieben Mitprolos, nicht wahr?« plappert er los: »Trinken wir einen auf menschliches Blut, möge es immer rot sein, und möge es immer reichlich davon geben!« Er trinkt.

»Der Tod war immer schon sehr unterhaltsam, aber wir haben ihn fabelhaft kommerzialisiert, nicht wahr? Ein paar gewalttätige Momente, mit denen ihr eure ansonsten fade Existenz würzen könnt. Verstümmelung massiert das Herz!« Und dann dreht er sich plötzlich wieder weg.

Ein Kerl von beträchtlichem Umfang und karger Intelligenz läßt es dabei aber nicht bewenden. Er baut sich vor David auf.

»Wen nennst du Tier, Klugscheißer?«

David kichert. »Selektives Hören! Und ich dachte, Alkohol wirke hemmend. Heutzutage sind alle Menschen Tiere, mein fetter, einfältiger Compadre. Wir tanzen alle zu dem selben Rhythmus der Zerstörung.«

Der Mann weist mit dem Daumen auf das Tri-Vee.

»Das ist meine Lieblingssendung, die du da madig machst, Junge.«

David reagiert mit einem Ausbruch gespielter Überraschung. »Deine Lieblingssendung! Himmel, wie unhöflich von mir. Und ich schulde dir auch noch eine richtige Antwort! *Attiens!* Ich werde improvisieren.«

Er holt aus und wirft sein Glas in den Würfel. Für einen Büromenschen hat er gut gezielt. Der Bildschirm ist zersprungen. Der Mann kommt einen Schritt weiter auf David zu und hebt die Fäuste.

»Das war aber nicht nett.«

»Was? Eine Aufforderung zum Kampf? Ein Affe gegen den anderen in einem Kampf um Leben und Tod. Nach fünf kleinen Flaschen vom Management zum Rampenlicht! Es lebe die Technik! Es lebe Frosty-O!« Er dreht sich halb um und salutiert vor dem zersprungenen Tri-Vee-Würfel. »Wir, die Todgeweihten, grüßen dich!«

Ein plötzlicher Dreh, und er schlägt dem kampflustigen Riesen aufs Maul. Dem Kerl gefällt das gar nicht, er richtet sich rasch wieder auf und wirft sich auf David. Für einen Moment sind sie ineinander verkeilt.

Die anderen Besucher der Kneipe bilden in Erwartung auf eine Unterhaltung, wie sie nur das wirkliche Leben liefern kann, einen Kreis um sie.

Der Wirt mischt sich ein. Er gibt zwei Herren, die sich im hinteren Teil des Raums befinden, ein Zeichen. Mit geübter Vorsicht reißen sie die beiden Kämpfer auseinander und halten sie fest.

»Werft den Dünnen vorne und den Großen hinten raus!«

David bekommt einen proteinunterstützten Abgang, schafft es aber irgendwie, auf den Beinen zu bleiben. Er dreht sich um und wirft dem Rausschmeißer einige erlesene Schimpfwörter an den Kopf. Der Schädel des Mannes ist allerdings völlig immun gegen solche Waffen. Sie prallen ab wie Regentropfen.

Und dann fließt auch mehr Flüssigkeit in Davids Mund hinein, als aus ihm herauskommt. Die Untersuchung ergibt, daß er aus einer tiefen Wunde an der Stirn blutet. Er nimmt ein Taschentuch heraus, preßt es gegen die Stirn und sieht sich um.

Mit Hilfe der rasch wirkenden Ernüchterungspille schafft er es, eine Televidzelle auszumachen. Bloß seine Credcard zu ziehen und sie in den Schlitz zu stecken, verursacht schon Schmerzen. Den Hörer preßt er gegen die Schulter, während er darauf wartet, daß die Maschine antwortet.

»Privatnummerncode vier-sechs-zwei. Welche Nummer, bitte?«

»767-44533.« Er greift sich mit der anderen Hand an den Kopf und wimmert. Der Videoschirm vor ihm wird klar und zeigt Onkel Don Texas, der in einem seidenen Morgenrock auf einem breiten Sofa sitzt und einen Martini in der Hand hält. Aus dem Hintergrund dringt Musik durch den Lautsprecher, untermalt vom Klang einer kichernden Frauenstimme. Das Bild zoomt abrupt auf eine Nahaufnahme.

»Ist aber eine schlechte Übertragung. Bist du das, David?«

»Ja, hör zu, Onkel Don. Ich komme bei dir vorbei. Ich muß mit dir reden.«

Zwei Hände mit langen roten Fingernägeln strecken sich ins Bild. Don schlägt sie weg, was wieder ein Kichern hervorruft.

»Jetzt? Bist du verrückt?« sagt sein Onkel.

»Es ist wichtig, Onkel Don. Ich... ich denke daran zu kündigen.«

»Was? – Du *bist* verrückt!« Er stiert in das Aufnahmegerät. »Sag mal, was ist denn mit deinem Gesicht passiert?«

David berührt das gerinnende Blut an seiner Wange.

»Das ist nichts. Nur ein Schaden, der während einer Diskussion über die Gepflogenheiten der derzeitigen Programmgestaltung entstand. So was passiert Kritikern ständig.«

Onkel Don grunzt mißmutig: »Sieht aus, als hättest du selbst bei einer Sendung mitgemacht. Also gut, komm vorbei. Aber sollte das irgendein Witz sein, dann kannst du was erleben!«

Als der Onkel auflegt, ist kein Klicken zu hören. David starrt eine Weile auf den leeren Bildschirm, dann verläßt er die Zelle.

Es ist zwei Uhr morgens und eine Kaltwetterfront zieht aus Osten von der Küste heran. David wird naß.

Der Flur in Onkel Dons Hochsicherheitsgebäude ist mit künstlichem Fell und knotigem Kiefernholz ausgestattet.

David geht grinsend auf seinen Onkel zu.

»Hi, Onkel.«

Don nimmt seinen Neffen in Augenschein.

»Ts! Bist du sicher, daß sie alle Teile wieder richtig zusammengesetzt haben? Na, dann komm rein.«

Dons Appartement ist groß und luxuriös. Er bietet David einen Platz an einem niedrigen Tisch an, auf dem drei Stahlkaraffen stehen.

»Setz dich hier hin und beruhige dich, während ich mal sehe, ob ich was finde, mit dem ich deinen Schädel flicken kann.«

Er verläßt den Raum, bleibt dann aber unter dem halbkreisförmigen Durchgang stehen.

David blickt ihn an. Nach einem Moment gießt er sich einen Schluck Brandy in ein Glas und nippt daran. Er sieht sich im Appartement um.

Es hat sich nichts verändert. Die schweren, erotisch rot und purpurfarbenen Möbel stehen immer noch in einem krassen Gegensatz zu dem frühamerikanischen Tisch in der gegenüberliegenden Ecke. Papierkram türmt sich darauf, und auf einer Kante steht ein Microkassettenspieler, der auf dünne Plastikstreifen imprägnierte dünne Gedanken von sich gibt.

Don kommt zurück. »Ich hab was gefunden.« Er hält Verbandszeug und eine Sprühdose hoch.

Während David sich vor Schmerzen krümmt, reinigt Don die Wunde und besprüht die verschiedenen Prellungen.

»Bevor du stirbst, würde ich es sehr zu schätzen wissen, wenn du mir noch sagen würdest, was so dringend war, daß du die Sitzung verlassen mußtest.«

»Welche ›Sitzung‹?« fragt er grinsend. Dann, wieder ernst: »Don, seit meine Eltern tot sind, warst du immer zur Hälfte ein Vater für mich und zur anderen Hälfte …«

Don sieht verärgert aus.

»Oh, um Nielsens willen!« Er verfällt in eine hohe

Fistelstimme: »Seit Mama und Papa gegangen sind, warst du *immer* wie ein ...«

Er blickt auf David herunter.

»Wenn du bloß hergekommen bist, um mich mit deinem betrunkenen Kram vollzusabbern, dann kannst du gleich wieder gehen, Neffe!«

David lächelt. »Ist schon gut, Don, nur ruhig.«

Er starrt in sein Glas.

»Wie ich schon sagte, ich möchte das Geschäft verlassen.«

Don sieht in eindringlich an. »Sag, das *ist* tatsächlich dein Ernst, oder? Ich dachte erst, es wäre bloß der Kater.«

Nun gießt er sich selbst einen Drink ein und setzt sich.

»Also gut. *Wieso* willst du kündigen? Ich vermute, dein unpassender Ausbruch heute morgen auf der Vorstandssitzung hat etwas damit zu tun, nicht? Es hat mich eine Menge Zeit gekostet, das alte Puddinggesicht und die anderen zu beruhigen.«

»Don, ist dir noch nie in den Sinn gekommen, daß es zu einem ... na ja, einem Gewaltexzeß in unserem Tri-Vee gekommen ist?«

»Oh, also *das* ist es, was dich beschäftigt! David, hör zu! Alles, was wir machen, ist, den Menschen das zu liefern, was sie haben wollen. Ihre Kinovoters zeigen uns ihre Wünsche, und wir tun alles, was wir können, um die Art Sendung zu produzieren, die sie sehen wollen. Möchtest du, daß wir am Ende genauso mit einem kleinen ultrakonservativen Publikum dasitzen wie die Kinos? Heute geht kein Mensch mehr ins Kino. Weil die Filme nicht nur nicht live sind, es *passiert* auch nichts darin!

Und noch etwas. Warum ist wohl das moderne Tri-Vee so erfolgreich? Du weißt doch, daß es einmal eine Zeit gab, in der alles, was über den Sender ging, *aufgezeichnet* war. Kannst du dich daran erinnern?«

»Aber warum ist es nötig, Onkel Don, lebende Schauspieler und echte Munition zu verwenden?«

»Erstens«, beginnt Don sehr ernst, »weil die Menschen kultiviert genug sind, um den Unterschied zwischen Robotern und echten Menschen zu erkennen, David. Kein Roboter, wie gut er auch immer programmiert sein mag, kann sich so vor Schmerzen winden wie ein Mensch, oder so realistisch bluten, oder so schreien. Und wenn das Publikum für den Tod eines Menschen stimmt, dann muß er sterben, nicht wahr? Aber wir kriegen sie doch immer noch rechtzeitig in die Intensivstation. Die Todesrate ist wirklich erstaunlich niedrig, niedriger, als bei den Bauarbeitern. Es steht in jedem Vertrag. Oder willst du, daß uns die FCC an den Kragen geht, weil wir ein minderwertiges Produkt herstellen?«

Wie immer, wenn der Onkel seine Sichtweise darstellt, ist David verwirrt.

»Äh ... nein.«

»Natürlich nicht!« Don erhebt sich aus dem Sessel und beginnt hin und her zu laufen. »Die Menschen bekommen, was sie wollen. Oder besser gesagt, was sie brauchen. Weißt du überhaupt, daß es seit dem Start des weltweiten Tri-Vees nicht einmal mehr den kleinsten Krieg gegeben hat? Weil nämlich heute jeder in aller Sicherheit sein ganz normales und gesundes Bedürfnis nach Mord in aller Gemütlichkeit in der Privatsphäre seines eigenen Wohnzimmers durch das Tri-Vee ausleben kann. Würdest du das Tri-Vee gegen Krieg eintauschen? Kameras für Kanonen?«

»Nein«, seufzt David, und kippt den Rest seines Brandys hinunter. »Natürlich nicht.«

»Also gut.« Er gibt David die Hand und führt ihn zur Tür.

»Du gehst jetzt nach Hause, trinkst einen Quick-Nap oder ein anderes gutes Schlückchen, um warm zu werden, und morgen kannst du dann direkt mit diesen beiden neuen Serien, über die wir gesprochen haben, anfangen. Okay?«

»Ja, sicher.«

Sie stehen schon in der Tür, als Don noch etwas einfällt.

»Übrigens, hast du dir die ›Slappy Williams Stunde‹ heute nachmittag angesehen?«

»Nein. Wieso?«

»Wirklich großartig! Ein echter Hammer, der Kerl. Sie verabschiedeten ihn nach den Stimmen des Publikums. Er sollte mit den bloßen Händen einen ausgewachsenen Löwen erwürgen. Hysterisch! Der Lachindex schnellte auf fünfundachtzig hoch. Unglücklicherweise blieb von ihm nicht viel übrig, was wiederbelebt hätte werden können. Sein eigener Fehler. Er hat das nicht gut hingekriegt. Sie meinen, er hätte zu der Zeit unter Drogen gestanden. Schade.«

»Oh.«

Don schüttelt voller Bedauern den Kopf.

»Na ja, das ist eben das Showgeschäft. Bis morgen, Junge.«

Die Tür ist zu, aber David bleibt einige Minuten einfach davor stehen.

Davids Tisch hat einen dünnen Belag aus Papier erhalten. Er blickt auf, als ein Summen ertönt, dem das Erscheinen des Miniaturlautsprechers folgt. »Was gibt es denn, Miss Lee?«

»Ihr Onkel ist hier und möchte mit Ihnen sprechen, Mr. Texas. Er hat eine junge Dame dabei.«

»Schicken Sie sie herein.«

Er wendet sich wieder seinen Unterlagen zu.

»Tag, David.«

»Wo brennt es denn heute morgen, Onkel Don?« fragt er, sieht aber nicht von seinen Papieren auf.

»Ich denke, Junge, daß wir das richtige Mädchen für

unsere neue Agentenserie gefunden haben. Sag Guten Tag zu Oriel Vanity.«

David sieht sie an.

Das Mädchen hat das Gesicht einer Madonna und den Körper einer Teufelin. Das unschuldige Gesicht wird von einem Bogen aus roten Haaren umrahmt. Er starrt sie lange an, bevor er irritiert aufspringt.

»Ich weiß, was du fühlst, mein Junge. Unser kleines Mädchen hat immer diese Wirkung auf Männer.«

»Wie geht es Ihnen, Mr. Texas«, sagt sie und streckt ihm die Hand entgegen. Er nimmt sie und dann fällt ihm ein, daß er sie auch schütteln sollte. Ihre Berührung reicht aus, um ihn vollends wachzurütteln.

»Danke, gut.«

Don hat die Szene mit sichtlichem Gefallen betrachtet.

»Dann laß ich euch beide jetzt mal allein. Aber halt sie nicht zu lange fest, David. Sie hat in dreißig Minuten eine Kameraprobe.«

David deutet in die Richtung seines verschwindenden Onkels.

»Möchten Sie sich nicht setzen?«

»Danke sehr.«

»Uh, weswegen genau hat mein Onkel Sie zu mir geschickt?«

Sie zündet sich ein pastellfarbenes Narkostäbchen an.

»Er sagte, Sie wären für die Besetzungsverträge für die Serie zuständig … Dave.«

»Das stimmt tatsächlich. In der Tat …« Er fängt an, in einer Schublade herumzuwühlen. Aber dann läßt sein Bemühen nach, und er sieht sie an.

»Und?« fragt sie.

»Sind Sie denn genau über alles informiert?«

Sie schüttelt den Kopf.

»Nein? Gut, dann werde ich mir etwas Zeit nehmen, um mit Ihnen darüber zu reden. Wie wäre es beim Abendessen?«

Sie beugt sich vor und lächelt kokett.

»Das hört sich gut an.«

»Sieben Uhr dreißig?«

»Toll. Ich bin sicher, es wird alles zu Ihrer Zufriedenheit sein.«

Wenn irgendeiner hätte sehen wollen, wie David sich vor der Sendung entspannt, hätte das Licht dazu gerade gereicht. Er liegt nackt auf seinem rahmgefüllten Wasserbett.

»Wie spät ist es?«

Zu seiner Linken gerät etwas in Bewegung, und eine Aphrodite mit flammenden Haaren rollt an seine Seite. Sie ist halbwach.

»Uuuu. Wen kümmert das?«

»Das ist wichtig.«

Sie grunzt beleidigt: »Nicht für mich.«

»Doch, wirklich. Wenn dein Vertrag nicht bis zwölf Uhr mittags ratifiziert und genehmigt ist, darf die Vereinigung eine andere Schauspielerin aussuchen, die sich an der Rolle versuchen kann.«

Er lächelt und wendet sich zu ihr. Er krault ihr Haar, blickt dabei aber über sie hinweg.

»Weißt du, ein Vertrag über eine Serie ist heutzutage ein unvorstellbar lebenswichtiges Dokument. Wie ein Ausbildungsvertrag für Dienstboten vor hundert Jahren.«

»Laß doch den Vertrag. Wie wäre es mit was anderem?«

Sie bringt ihn mit einem Kuß zum Schweigen und er erwidert ihn begeistert. Aber dann löst er sich aus der Umarmung und findet wieder irgend etwas Faszinierendes an der Zimmerdecke.

»Oriel, ich kann dich den Vertrag nicht unterschreiben lassen.«

»Also gut«, murmelt sie desinteressiert, »und warum nicht? Weißt du, du kannst mich ohnehin nicht daran hindern.«

Er blickt ihr ins Gesicht.

»Verdammt, Oriel«, ruft er ärgerlich, »du hast keine Vorstellung davon, wozu die dich zwingen können, wenn du erst den Vertrag unterschrieben hast! Da könntest du dich auch gleich an den Teufel verkaufen.«

»Nun hör mir mal zu!« sagt sie streng. »Ich bin mir absolut bewußt, was die von mir wollen. Ich weiß auch, daß es nur ein Dreijahresvertrag ist. Wenn ich den am Ende dieser Periode kündige, habe ich mehr Geld verdient, als ich für den Rest meines Lebens ausgeben kann. Ich habe keine Angst vor dem, was mich erwartet. So schlimm, wie du es hinstellst, kann es gar nicht sein.«

Er wendet sich enttäuscht ab. »Es wäre alles viel leichter für mich, wenn ich mich nicht in dich verliebt hätte.«

»Du bist süß.« Sie beugt sich über ihn und küßt ihn wieder. Einige mal wieder.

»Ich kann das nicht zulassen, Oriel. Ich kann nicht...« Er rollt sich zur Seite und setzt sich auf. »Warte eine Sekunde. Warte nur eine einzige Sekunde!«

Er dreht sich um und fängt an, in der Schublade eines kleinen Nachttischchens zu wühlen. Er schiebt Papier und Filmrollen zur Seite, schließlich hat er ein dickes Dokument und einen Stift hervorgeholt. Er fängt hastig an zu schreiben.

Sie setzt sich ebenfalls auf. Ihr Blick wandert zwischen dem Papier zu Davids gespanntem Gesicht hin und her.

»Was hast du denn jetzt vor?«

Er schreibt weiter und nimmt sich gelegentlich ein neues Blatt. Eine letzte Zeile, dann hält er inne, sieht aber nicht auf.

»Hier. Es ist zwar noch nicht so ausgearbeitet, wie ich möchte, aber das ist eine Kleinigkeit. Ich werde daraus einen speziellen, kurzfristigen Vertrag machen. Mit einer ›Fluchtklausel‹, sozusagen. Es ist nicht hieb-

und stichfest, aber in dem Fall einer plötzlichen radikalen Änderung in einer unserer Sendungen wird es dich vor dem schützen, was sich der Regisseur oder der Drehbuchautor an extremen Dingen für dich ausdenken könnte.«

Er denkt noch mal nach und bringt noch eine letzte Korrektur an. Nach dieser letzten Durchsicht seiner Arbeit überreicht er sie ihr.

»Hier! Gib das morgen dem Vorstandsmenschen, wer immer das sein wird, beim symbolischen Händeschütteln. Wenn wir Glück haben, wird es keiner lesen, bis es unterschrieben ist. Keiner wird davon ausgehen, daß der Vertrag geändert wurde.«

Sie nimmt das Dokument und legt es zur Seite, ohne auch nur einen flüchtigen Blick darauf geworfen zu haben. Dann legt sie ihre Arme um seine Schultern.

»Oriel ...«

»Ummmm?«

»Oriel?«

»Ummm?«

»Du redest zuviel.«

Der Raum ist voller Leute. Es herrscht Partystimmung, und einige der Kostüme, die die Frauen tragen, würden tatsächlich besser zu einer Abendgesellschaft passen. In Eleganz stehen ihnen die Männer kaum nach. Rauch bildet trotz aller Bemühungen der Klimaanlage fragezeichenartige Formen in der Luft.

Eine Frau überstrahlt alle Anwesenden.

Zwei Herren flankieren sie. Einer ist kahl und eindeutig zu fett. Es ist Onkel Don Texas. Der andere ist viel jünger, groß, mit einem Ziegenbart und melancholischen Zügen. Er spricht nicht, aber er lächelt viel. Oriel ist eine Pracht in Juwelen, Silberstaub und Pelz. Ihr koboldartiges Gesicht ist dasselbe, aber da ist noch etwas anderes, das nicht Ergebnis der Kosmetik ist. Sie ist ein Star.

David betritt den Raum durch die gegenüberliegende Tür und blickt sich um. Onkel Don sieht ihn als erster.

»David, mein Junge! Hier sind wir!«

Dave erkennt seinen Onkel am anderen Ende des Raumes.

»Hallo, Onkel Don. Johannsson.«

Oriel wird ein wenig nervös, als sie ihn sieht, hat sich aber schnell wieder unter Kontrolle.

»David, Schatz. Wie schön, dich hier zu sehen! Du hast gar nichts gesagt.«

»Ich bin erst vor ein paar Stunden aus Nizza zurückgekommen. Man hat mir gesagt, du wärst hier.«

»Nun, und da bin ich«, sagt sie freundlich. »Lieber David, wie geht es dir?«

»Da bin ich mir jetzt nicht mehr so sicher.«

Er nimmt sie am Arm und zieht sie von den anderen fort. Don räuspert sich leise und Johansson lächelt.

»Das ist die erste Gelegenheit, dich seit jener Nacht zu sehen«, flüstert er. »Ist auf der Vertragssitzung alles gut gelaufen?«

»Vertragssitzung?«

»Erinnerst du dich nicht an den Vertrag, den ich für dich vorbereitet hatte? Den mußt du doch inzwischen unterschrieben haben. Du hast ihn doch mitgenommen.«

Sie kichert. »Oh, *den!* David. Wie du gesagt hast, habe ich ihn mit zu der Sitzung genommen. Aber dein Onkel Don – der ist wirklich ein Schatz – und dieser nette Mr. Pelligrini haben mir einen viel besseren Vertrag gegeben. Ob du es glaubst oder nicht, *viel* mehr Geld und dazu *Top*-Konditionen!«

»Oriel«, stöhnt er, und packt sie fest bei den Schultern.

»Weißt du überhaupt, was du da getan hast? Du hast für die Dauer des Vertrages dein Leben weggeworfen! Warum hast du nicht auf mich gehört, Oriel? Warum? *Warum?*«

»David, du tust mir weh!«

Don und der große junge Mann kommen auf die beiden zu.

»Sag mal, was soll denn das?« fragt Don. »Das sollte eigentlich ein fröhliches Wiedersehen sein! Und du, mein junger Neffe, du siehst aus, als wärst du auf einer Beerdigung.«

»Komm mal eine Minute mit, *Onkel*.« David nimmt den älteren Mann beiseite. »Wieso hast du sie einen anderen Vertrag unterzeichnen lassen, als den, den ich ihr mitgegeben hatte?« fragt er leise.

»Einen anderen ...? Oh, du meinst diesen Wisch, den sie uns zur Unterschrift vorgelegt hat? Zur Hölle, David, du hättest wissen müssen, daß die Jungs in der Rechtsabteilung niemals so etwas Unklares durchgehen lassen würden. Besonders bei neuen Talenten nicht. Und ganz bestimmt nicht bei solchen hübschen Neulingen. Mir war es ja egal, aber Pelligrini und das alte Moosgesicht sind beinahe übergekocht. Nebenbei gesagt, alles, was sie taten, war, ihr einen Standardvertrag zu geben. Was stört dich daran?«

David seufzt resigniert.

»Nichts, nichts. Du hast bloß getan, was du für richtig hieltest, Onkel Don. Und jeder und alles scheint mit dir einer Meinung zu sein. Ich bin bloß ... oh, entschuldige!«

»David!«

»Vergiß es.« Er geht zu dem Tisch mit dem Punsch rüber.

»Hör zu, Oriel. Wir werden heute beim Abendessen darüber reden.«

»O David, tut *mir* leid! Aber ich habe dich nicht erwartet. Leif und ich gehen heute abend aus. Weißt du, er wird die männliche Hauptrolle in der Serie spielen. Das Studio schmeißt später eine große Publicityparty.«

Leif läßt sich herab, »Tschuldigung, alter Junge« zu sagen.

»Sind wir das nicht alle?« Er wendet sich ab und geht zur Tür.

»Außergewöhnlich«, sagt der Hauptdarsteller und nippt an seinem Punsch.

»O Liebling«, wispert Oriel, »glaubst du, er war wütend, als er ging? Ich wollte ihn nicht aufregen.«

Von mehr als nur einem Punsch beflügelt, bemerkt Don ernsthaft: »Nein, trotz unserer Auseinandersetzung ist er ganz munter.« Er lächelt, und das kostbare Mädchen vergißt ihre Bedenken.

»Noch einen Martini, Liebes?«

Auf Davids Tisch sind zwei Dinge hinzugekommen: ein kleiner Kalender und ein flacher Glasteller. In dem Teller befindet sich Wasser, ein Stein und eine Plastikpflanze, sowie eine grüne Schildkröte. Alles paßt zusammen. Der schöne Metalltisch schimmert in gedämpftem Licht. Im Panzer der Schildkröte erkennt man zahlreiche Schaltungen.

Das kleine Gitternetz, ein abstrakter Springteufel, kündigt sein Erscheinen an. Es summt.

»Ja, Miss Lee?«

»Hier ist eine junge Dame, die sie sprechen möchte, Mr. Texas. Oriel Vanity.«

Er grinst traurig. »*Die* Oriel Vanity?«

»Ja, Sir.«

»Schicken Sie sie …« Die Tür fliegt auf.

»Nun, Oriel. Wir haben uns seit Monaten nicht mehr gesehen. Was macht die Serie?«

Sie sieht ausgezehrt und abgespannt aus, ihr Haar ist schlecht frisiert. Die Schönheit scheint äußerlich unbeeinträchtigt. Aber der Krebs sitzt innen. Er weiß es. Er hat es längst bemerkt.

»David, du mußt mir helfen!«

»Ach?«

»Die Quoten schwanken seit Wochen wie verrückt! Einen Freitag sind sie unter den Top Fünf, und am nächsten nur noch knapp unter den ersten Fünfzig. Aber das ist es nicht, was mir Sorgen macht, David. Sie haben vergangene Woche einen neuen Co-Star ausgesucht. Ein Mädchen!«

»Ich kenne sie. Sehr attraktiv.«

»Ihr Talent sind ihre Titten. David, ich habe Angst, daß ... ich durch sie ersetzt werden könnte.«

Er blickt die Schildkröte an und denkt nach. Sollte das kleine amphibische Wesen irgendeinen Vorschlag haben, so behält es den für sich. Oriel schnieft. Die Hysterie wird gleich durchbrechen.

Er streckt sich über den Tisch und faßt ihre beiden Hände. »Ich werde alles tun, was ich kann, Oriel.«

Sie bricht in Tränen aus und sinkt ihm in die Arme. Sie umarmen sich, aber nicht so, wie früher, nein, nicht so.

Die Schildkröte blinzelt in die plötzliche Lichtveränderung.

Das Gebäude hat hundertsechzig Etagen und fünfzehn Untergeschosse, die Parketagen nicht mitgezählt. Die Entscheidungsträger besetzen einen großen Teil davon, die Machthaber etwas weniger. David redet mit den meisten von ihnen. Er fleht. Er argumentiert und lockt. Er droht und verspricht.

Er erntet viel Kopfschütteln.

Und dann betritt er ein Büro, das ihm vertrauter ist als die anderen. Er argumentiert leidenschaftslos, ohne Hoffnung. Das ist realistisch.

»Aber *wieso,* Don, wieso? Warum kannst du nichts tun? Du weißt doch, was geschehen wird, wenn die Einschaltquoten nicht stabil werden.«

Don hört seinem Neffen mit bemerkenswerter Geduld zu. Er hat sich von David schon mehr gefallen lassen, als von jedem anderen. Er ist entgegenkommend, aber entschlossen.

»Kommt nicht in Frage, David. Es ist ja nicht nur, weil sie die Hauptrolle spielt. Man kann so einen Vertrag einfach nicht anfechten. Das würde das Fundament der gesamten Industrie erschüttern. Ein Präzedenzfall, verstehst du. Wenn ich etwas tun könnte, glaub mir, dann würd ich es tun. Aber ich bin noch nicht für den Märtyrerstuhl bereit.« Er hebt die Schultern.

»Du warst meine letzte Hoffnung?« seufzt David, und sackt in seinem Sessel zusammen.

»Sieh mal, so schlimm ist es doch gar nicht!« fängt sein Onkel in einem Ton an, der ihn aufrichten soll. »Sicher, sie haben ein neues Weib für diese Serie engagiert. Das machen sie doch immer. Wenn die Zuschauer sie in den nächsten Wochen lieber sehen wollen, was soll's?! Dann kann sich Oriel den Rest der Saison schön zu Hause ausruhen. Nimm es nicht so schwer und mach dir nicht so viele Sorgen. Jesus, Kind! Die Leute haben nun mal Appetit auf frisches Fleisch. Es gibt andere Dinge, über die man grübeln kann.«

Davids Wohnung ist angenehm eingerichtet, obwohl sie nicht zu seinem hohen Einkommen paßt. Das Wohnzimmer ist fast nur in natürlichem Holz möbliert und mit indirekt beleuchteten Holzplastiken geschmückt. Im Moment unterhält sich David mit einem jungen Mann seines Alters und einer Frau, die neben ihm sitzt. Sie ist halbwegs hübsch und Dave gegenüber ein bißchen schüchtern. Der Mann sieht auf seine Uhr, dann blickt er seine Frau an.

»Sag mal, wir sollten besser nach Hause gehen, Liebling. Die Kinder müßten schon längst im Bett sein. Und morgen müssen wir nach Madrid.« Er steht auf.

»Bleib, wo du bist, Nick. Ich hole sie.« Nick entspannt sich, während David aufsteht und in ein anderes Zimmer geht.

Das Schlafzimmer ist in demselben Stil mit warmen Farben wie das Wohnzimmer eingerichtet. Die Zwillinge, die sieben Jahre alten Jamie und Jodie, sehen Tri-Vee.

David bleibt stehen und blickt auf den großen Bildschirm. Eine beliebte Zeichentrickserie läuft in einem der kleineren Kanäle. Der gegenwärtige Superheld ist eifrig damit beschäftigt, die Armee des Bösen zu dezimieren. David geht zu ihnen und berührt sie an den Schultern.

»Zeit, zu gehen, Kinder.«

»Och, Onkel Davy!«

»Bitte, nur noch eine Minute, Onkel Davy!« fleht Jodie und wischt sich die Locken aus dem Gesicht. »Wir haben gerade gewählt!«

»Also gut«, sagt er und sieht auf die Uhr. »Aber nur noch eine Minute.«

Sie widmen sich wieder dem Tri-Vee.

Die Multiplankamera fährt über die blutbespritzten Ruinen des Schlosses, in dem das böse Alien haust. Der Superheld und sein treuer Hund, der an seiner Seite fliegt, steigen zu den heroischen Klängen des Chors, der aus dem Personal einer Cornflakesfabrik besteht, über dem Horizont auf. Dann beginnt der Abspann.

»Okay ...«

»... Onkel Davy!«

Sie klettern vom Bett herunter und rennen ins Wohnzimmer. David folgt ihnen nachdenklich.

Nick und Willa warten am Eingang. Ihre Mäntel haben sie bereits an. Die Kinder schlüpfen in ihre Jacken.

»Gute Nacht, Nick«, sagt David, als die beiden sich die Hand geben. »Und gute Reise. Viel Glück in Madrid. Wenn ihr den Sportredakteur Hector Rodriguez trefft, grüßt ihn bitte von mir.«

»Da mache ich, Dave. Es war ein schöner Abend.«

»Ihr seid jederzeit willkommen. Du und Willa, ihr solltet öfter mal vorbeischauen.«

»Das werden wir, versprochen. Gute Nacht.«
»Gute Nacht, Dave.« Willa lächelt. Sie küssen sich.
»Nacht, Schwester.«

Er beugt sich hinab und küßt jedes der beiden Kinder. Sie gehen durchs Foyer, die Kinder winken und rufen Auf Wiedersehen.

Der Küchenautomat gibt ein Glas Bier aus und einige etwas ungewöhnlich belegte Brote, die er sorgfältig programmiert hatte. Er trägt sein Essen ins Schlafzimmer und stellt es auf den Nachttisch.

Er schaltet den Tri-Vee wieder an und beginnt sich auszuziehen. Als er im Bett liegt, nimmt er einen langen Schluck aus dem Glas und wechselt den Kanal.

Er versucht es immer wieder, stop, schaltet wieder zurück, bis das Set erscheint, an dem er gerade vorbeigezappt hatte. Ein umsichtretendes, schreiendes halbnacktes Mädchen wird von zwei Männer eine nasse Steintreppe hinuntergezerrt. Die Herren sehen alles andere als geschniegelt aus. Das Mädchen ist Oriel.

Er stellt das Glas ab.

Sie wird in einem kellerähnlichen Raum, der mit mittelalterlichen Folterinstrumenten bestückt ist, auf einen langen Tisch gefesselt. Die Kamera fährt sanft über jedes Foltergerät, während einer der Männer die Zuschauer über deren Geschichte und Verwendungszweck informiert. Die Einstellung wechselt und zeigt einen muskelbepackten Kerl, der mit einem juwelenbesetzten Lendenschurz bekleidet ist. Er steht neben einem Becken voll glühender Kohlen und stochert mit einem Schürhaken in der Kohle herum. Oriels Wimmern und Jammern ist ergreifend.

Plötzlich erscheint eine hübsche Brünette auf der Szene.

»Nun, Tri-Vee-Zuschauer! Ist das nicht aufregend? Wie wir heute abend gesehen haben, hat es die Geheimagentin Jade Green abgelehnt, dem bösen Diktator Generalissimo Bohr den geheimen Ort der Zentrale der Widerstandskämpfer zu verraten. Nun liegt es an Ihnen, über ihr Schicksal zu entscheiden. Werden der Agent Mark Craig und die Guerillas noch rechtzeitig eintreffen, um die schöne Jade vor einem schrecklichen Schicksal zu bewahren?«

Eine Nahaufnahme von Oriels tränenüberströmtem Gesicht wird zur Entscheidungshilfe eingeblendet.

»Oder werden der böse Diktator und seine Männer ihr die Information brutal entreißen?«

»Wenn Sie möchten, daß die schöne Jade gerettet wird, drücken Sie bitte die erste Taste auf ihrem Kinovoter; das ist die Taste Eins, die rote. Wenn sie aber möchten, daß Genaralissimo Bohr und seine Männer ihr ruchloses Treiben erfolgreich fortsetzen, drücken Sie die grüne Taste, Nummer zwei. Die Wahl liegt bei Ihnen, Afficionados!« Sie vollführt eine dramatische Wende, um auf die Karte an der Wand zu blicken.

David starrt unbeweglich auf den Schirm. Das Licht aus dem Tri-Vee hüllt seine Gestalt in einen hellen Glanz. Der Ausdruck seines Gesichts ist unergründlich.

Seine Hand gleitet langsam zu einer Seite des Bettes. Direkt am Bettrahmen ist ein kleines rosafarbenes Kästchen angebracht. Außer zwei kleinen Tasten, einer roten und einer grünen, ist nichts Besonderes an dem Kasten zu erkennen.

Seine Hand fährt über die Tasten. Er hat noch jede Menge Zeit...

DAS GESCHENK EINES NUTZLOSEN MANNES

Was würden Sie geben, wenn Sie nichts mehr zu verschenken hätten? Wenn Sie Freunden, denen Sie etwas schulden, nichts anbieten könnten, weil Sie gerade in mehr als nur einer Hinsicht bankrott gegangen sind?

In diesem Land haben wir das Glück, unsere Nebenprodukte, unseren persönlichen Abfall, loswerden zu können. Aber wie definiert man eigentlich ›Abfall‹? Es könnte doch sein, daß das, was wir als Müll bezeichnen, für jemand anderen kostbar ist. Manchmal ist es aber so schwer, ›wertvoll‹ zu definieren, daß es jeglicher Analyse spottet.

Wenn man es genau nimmt, ist mein Körper, Ihr Körper, jeder Körper, nichts anderes als eine wunderbar effiziente und komplexe chemische Maschine, die nicht einmal DuPont duplizieren könnte. Besser leben durch Chemie.

Und meistens sind wir uns nicht einmal bewußt, daß diese unersetzliche Maschine ständig etwas produziert …

Pearson und das Schiff waren total verrottet.

Als er es mietete, hatte er das nicht gewußt (er hatte allerdings auch weder vor, es zurückzubringen, noch machte er sich sonst irgendwelche Gedanken darüber, denn sowohl seine Credcard, die er benutzt hatte, um es zu bezahlen, als auch seine entsprechende Identifikation waren gefälscht), und vor allem hatte er es auch viel zu eilig gehabt, um sich das Schiff genauer anzusehen.

Das Schiff hatte den Sprung in einem Stück durchgehalten; aber als es wieder in den normalen Raum überging, hatte er entdeckt, daß einige kleine, aber kritische Teile den Geist aufgegeben hatten.

Alles, was von dem Schiff schließlich noch übrig war, bestand aus geschmolzenem Metall und einer Rauchsäule, die in einen blaßblauen Himmel aufstieg. Er konnte das Schiff nicht einmal dafür verfluchen, denn es hatte ihn in Sicherheit gebracht und hinausgeschleudert. Er lebte, und das war nicht gerade viel. Alles, was er jetzt spürte, war eine überwältigende Müdigkeit, eine Erschöpfung des Geistes. Eine Taubheit der Seele.

Überraschenderweise aber keinen Schmerz. Pearson funktionierte wieder. Er konnte Augen und Lippen bewegen, die Nase rümpfen, und – unter enormer Anstrengung – seinen Arm vom flachen sandigen Boden heben. Sein Gesicht war nun nicht mehr bloß ein kleiner Teil eines sich ausdrückenden Selbst: es war alles, was noch übrig war. Wie der Rest seines Körpers, der in seinem Raumanzug eingezwängt war, aussah, konnte er sich nur vorstellen. Doch das wollte er nicht. Er wußte, daß sein rechter Arm intakt war, weil er ihn bewegen konnte. Alles weitere war morbide Spekulation.

Wenn er Glück hatte, sehr viel Glück, dann könnte er den Arm vielleicht benutzen, um sich auf die Seite zu drehen. Aber dann versuchte er es doch nicht. Es gab keine Illusionen mehr, jedenfalls keine, die in Worten durch Pearsons Bewußtsein hätten kreisen können. Vor dem Abgrund des Todes war er Realist geworden.

Die Welt, der er sich aufgedrängt hatte, war winzig, kaum größer als ein größerer Asteroid. Im stillen entschuldigte er sich bei ihr für den Schaden, den er durch seinen Absturz verursacht hatte. Er entschuldigte sich immer, wenn er etwas zerstört hatte.

Er atmete, also war die Atmosphäre nicht so dünn, wie sie aussah. Hier würde ihn niemand finden. Selbst die Polizei, die hinter ihm her war, würde hier bestimmt nicht nach ihm suchen. Pearson war ein unbedeutender, ja nicht mal ein wirklicher Krimineller. Um sich für diesen Titel zu qualifizieren, hätte er etwas Schlimmeres tun müssen. ›Kriminell‹ implizierte etwas Gefährliches, Bedrohliches. Pearson dagegen war nur eine Art Irritation der Gesellschaft, ein kleiner Juckreiz.

Nun gut, er hatte sich schließlich gekratzt, dachte er, und war überrascht zu entdecken, daß er die Kraft und die Fähigkeit hatte, zu lachen.

Aber er wurde davon ohnmächtig.

Als er wieder zu sich kam, wurde es gerade hell. Er wußte nicht, wie lang ein Tag in dieser Miniaturwelt dauerte. Also konnte er auch nicht wissen, wie lange er bewußtlos gewesen war. Es hätte ein Tag, oder eine Woche menschlicher Zeit sein können. Die Paralyse der Muskeln, bis auf die seines Gesichts und eines Arms, hatte aus ihm einen lebenden Kadaver gemacht. Er konnte sich nicht bewegen, nicht die Konzentrate erreichen, die sich in dem beschädigten Überlebenspack befanden, der möglicherweise noch in der Tasche am Hosenbein seines Raumanzugs steckte. Er konnte kaum mehr tun, als die dünne Atmosphäre einzuatmen, die ihn für einige Zeit noch am Leben erhalten würde. Er wünschte sich, er wäre mit dem Schiff hochgegangen.

Wenigstens würde er nicht verhungern. Er würde verdursten. Pearson, der lebende Kadaver, das Gehirn in der Flasche. Er hatte jede Menge Zeit, um über sein Leben nachzudenken.

Tatsächlich war er ja immer so etwas wie ein lebender Leichnam gewesen. Er hatte nie viel für jemanden oder etwas empfunden, nicht einmal für sich selbst. Er hatte keinem je etwas Gutes getan, hatte aber auch nicht die Fähigkeit, jemandem etwas wirklich Böses zu tun, er hatte einfach so vor sich hingewurstelt und den Raum und die Luft anderer Leute eingenommen.

Ich wäre besser ein Baum geworden, sinnierte er. Pearson fragte sich, ob er wohl einen guten Baum abgegeben hätte. Sicher wäre er als Baum besser gewesen denn als Mensch. Er sah sich, wie er als Junge gewesen war. Fast rührend in seiner anmaßenden Art. Er sah sich, wie er zu einem weicheren, etwas professionelleren Kriminellen heranwuchs, der hoffte, sich einen Weg in die Gesellschaft der Unterwelt bahnen zu können.

Na ja, er hatte es nicht einmal geschafft, ein guter Speichellecker zu werden. Doch ein bürgerliches Leben konnte er auch nicht führen, obwohl er es immer wieder versucht hatte. Die reale, legale Welt hatte ihn mit der selben resignierenden Verachtung betrachtet, die auch die weniger rechtschaffene für ihn übrig hatte. So lebte er in dem düsteren, schleimigen Vakuum seiner Erfindungsgabe, die im geistigen Sinne nicht wirklich funktionierte, und auch nur knapp im körperlichen.

Wenn doch bloß ... aber nein, er hielt inne. Er würde sterben. Da konnte er genauso gut sich selbst gegenüber mal ehrlich sein. Das Unglück, an dem er zu leiden hatte, war seine eigene Schuld, war immer seine Schuld gewesen, nicht die Fehler anderer, wie er sich das immer vorgemacht hatte. Es hatte zwar auch einige Menschen gegeben, die ihm helfen wollten, aber irgendwie hatte er es immer geschafft, die Dinge zu verdrehen. Wenn er schon sonst nichts erreicht hatte, dann würde er jetzt vielleicht wenigstens in Ehrlichkeit zu sich selbst sterben.

Er hatte gehört, daß der Tod durch Verdursten sehr unangenehm war. Die Sonne ging unter, aber es ging kein Mond auf. Natürlich nicht, denn diese Welt war zu klein, um sich den Luxus eines Mondes leisten zu können. Es war schon ein Wunder, daß sie eine atembare Atmosphäre halten konnte. Pearson fragte sich, ob es in dieser zerbrechlichen flachen Umgebung wohl Leben gab. Vielleicht Pflanzen. Er war zu schnell und zu konfus hinabgestürzt, um Zeit für solche Details zu haben. Doch seit er nicht einmal mehr in der Lage war, seinen Kopf zu drehen, konnte er nichts anderes mehr tun, als sich Fragen zu stellen.

Eine kühle Nachtbrise, die nach der Hitze des Tages sehr angenehm war, wehte über ihn hinweg. Er fühlte, wie sie leicht über sein Gesicht strich. Die Nervenrezeptoren am Rest seines Körpers waren schon tot. Es war durchaus möglich, daß er sich schwere Verbrennungen zugezogen hatte. Wenn das so sein sollte, dann konnte er nicht einmal darauf reagieren. In diesem Fall aber war die Lähmung eine Art äußerer Verletzung. Er wußte, daß einige Teile seines Körpers noch funktionierten. Er konnte es riechen.

Als die Sonne wieder aufging, war er immer noch wach. Er stellte fest, daß die Tage und Nächte dieser Welt jeweils drei oder vier Stunden lang waren. Diese Information hatte an sich keinen praktischen Nutzen, aber die Spekulation hielt seinen Geist in Gang. Er gewöhnte sich langsam an seine Situation. Es wird gesagt, daß Menschen sich an alles gewöhnen können.

Nach einer Weile entdeckte er, daß der Gedanke an den Tod ihn nicht mehr kümmerte. Er würde eine Art Erleichterung sein. Nicht mehr davonlaufen zu müssen: vor anderen und vor seinem kümmerlichen Selbst. Niemand würde um ihn trauern, keiner würde ihn vermissen. Durch seine Abwesenheit würde er anderen die Ansteckung mit seiner Gegenwart ersparen. Die ersten Anzeichen von Durst nahmen schwach, aber unmißverständlich ihren Platz in der Kehle ein.

Kurze Tage vergingen, und ein paar Wolken tauchten auf. Bisher hatte er Wolken nicht gerade viel Aufmerksamkeit entgegengebracht, wie er sich überhaupt nur wenig mit dem Wetter beschäftigt hatte. Jetzt aber hatte er Zeit und Grund, beides zu beobachten. Sonst konnte er ja auch nichts sehen. Es kam ihm in den Sinn, seinen einen funktionierenden Arm zu benutzen, um den Kopf zu wenden und damit sein Blickfeld zu ändern. Aber als er es versuchte, stellte er fest, daß sein

Arm nicht verläßlich genug reagierte, um ein solches komplexes Manöver ausführen zu können.

Übel, dieses Gefühl. Er entdeckte, daß der Verdacht, sein einziges lebendiges Körperteil könnte auch irgendwann gelähmt sein, ihm mehr Angst machte, als die sichere Aussicht auf den Tod.

Über ihm ballten sich die Wolken zusammen. Er registrierte sie halbbewußt. Der Regen würde sein Leben ein paar Erdentage verlängern, aber dann würde er vermutlich verhungern. Die Konzentrate in seiner Anzugtasche hätten ihn Monate am Leben erhalten können, vermutlich sogar länger, wenn man seinen Mangel an Bewegung bedachte. Aber sie hätten auch genauso gut mit dem Schiff verdampfen können, denn er konnte sie nicht erreichen.

Sein Geist spielte mit allen möglichen Selbstmordvarianten.

Wenn sein Arm gehorchen, und ein scharfer Metallgegenstand, etwa ein Splitter des Schiffes, in der Nähe liegen würde, dann hätte er sich die Kehle durchschneiden können.

Wenn ... wenn ...

Es regnete. Etwa einen halben Tag lang sanft und gleichmäßig. Mit offenem Mund bekam er genug, um seinen Durst zu stillen. Die Wolken zogen vorbei und verteilten sich, und die Sonne kam wieder hervor. Er spürte, wie sie sein Gesicht austrocknete, und nahm an, daß sie das auch mit dem Rest seines Körpers tun würde. Er schuf ein neues Bewußtsein für das Wunder Regen und den Vorgang, wie er sich in Blut, Lymphe und Zellen verwandelte. Ein wunderbares, erstaunliches Werk; und er hatte es eine kurze Zeit seines Lebens für selbstverständlich gehalten. Er wünschte sich, sterben zu können.

Ich werde philosophisch, dachte er. Oder ich falle ins Delirium.

Kurze Tage wechselten sich mit kurzen Nächten ab.

Als ihn der erste Käfer fand, hatte er jegliches Zeitgefühl verloren.

Pearson fühlte ihn lange, bevor er ihn sehen konnte. Er krabbelte seine Wange hoch. Es war zum Verrücktwerden, daß er sich nicht kratzen, oder ihn einfach wegwischen konnte. Er lief über sein Gesicht, hielt an, und tappte in sein rechtes Auge. Er blinzelte.

Das Trippeln kam wieder. Er hatte ihn also nicht erwischt. Jetzt war er auf seiner Stirn. Nachdem er dort eine Weile geparkt hatte, lief er über seine linke Wange, den Weg, den er gekommen war, wieder zurück.

Aus dem Winkel seines linken Auges sah er, wie er auf seine Schulter plumpste. Er war blauschwarz und zu klein, als daß er einzelne Details hätte ausmachen können. Aber er sah absolut wie ein Insekt aus.

Der Käfer blieb ruhig auf seiner Schulter sitzen, und schien die Umgebung zu betrachten.

Vielleicht war es so das beste, dachte er. Es würde jedenfalls schneller gehen, wenn die Käfer ihn fressen würden. Sobald er anfing, zu bluten, würde er sterben. Und wenn sie unterhalb seines Kopfes anfangen sollten, würde er noch nicht einmal etwas davon spüren. Schweigend versuchte er, das Insekt zu ermutigen. Los, Junge. Bring deine Tanten, Onkel und Nichten mit und gönn dir ein Festessen. Geht auf Pearsons Rechnung. Es wäre eine Erlösung.

»Nein, das können wir nicht machen.«

Das ist das Delirium, dachte er, und fügte instinktiv hinzu: *Warum nicht?*

»Du bist ein Wunder. Wir können kein Wunder essen. Wir sind nicht hungrig genug.«

Ich bin kein Wunder, dachte er nachdrücklich. *Ich bin Abfall, ein Fehler, ein schrecklicher Fehler der Natur. Und nicht nur das,* fügte er hinzu, *ich liege zudem noch hier herum und halte eine telepathische Konversation mit einem Käfer.*

»Ich bin Yirn, einer von dem Volk hier«, teilte ihm

ein sanfter Gedanke mit. »Ich bin kein Käfer. Sag mir, Wunder, wie kann etwas so Großes leben?«

Pearson erklärte es ihm. Er nannte dem Käfer seinen Namen, und erzählte ihm von der Menschheit, von seiner kranken, traurigen Existenz, die nun sehr bald zu Ende sein würde, und er sprach über seine Lähmung.

»Das tut mir aber leid für dich«, sagte Yirn von dem Volk schließlich. »Wir können dir auch nicht helfen. Wir sind nur ein kleiner armer Stamm von vielen, und das Gesetz verbietet es uns, mehr zu reproduzieren. Außerdem verstehe ich diese seltsamen Dinge nicht, die du mir vom Weltraum, der Zeit und der Größe erzählt hast. Mir fällt es schon schwer zu glauben, daß sich der Berg, in dem du liegst, bewegt haben soll. Aber du hast das behauptet und ich muß dir glauben.«

Da kam Pearson plötzlich ein beunruhigender Gedanke. He, *sieh mal, Yirn. Denk jetzt nicht, ich bin irgendein Gott oder so etwas. Ich bin bloß größer als du, das ist alles. Ich bin wirklich weniger wert als du. Ich war noch nicht einmal ein guter Zuhälter.*

»Das kann ich nicht übersetzen.« Yirn vermittelte den Eindruck von Überanstrengung. »Du bist ein Wunder der Natur.«

Blödsinn. Sag mal ... wieso kann ich mit dir ›reden‹, wo du doch so viel kleiner bist?

»Bei uns gibt es ein Sprichwort, das besagt, die Größe des Intellekts ist wichtig, nicht die Größe des Körpers.«

Ja, vermutlich. Es tut mir leid, daß du zu so einem armen Stamm gehörst, Yirn; und ich weiß es zu würdigen, daß du Mitleid mit mir hast. Niemand außer mir selbst hat jemals Mitleid mit mir gehabt. Da ist selbst die Sympathie eines Käfers schon ein Fortschritt.

Er lag eine Weile ganz still da und betrachtete den Käfer, der seine Fühler putzte.

Ich ... ich wünschte, ich könnte etwas für dich und deinen

Stamm tun, versicherte er schließlich, *aber ich kann nicht einmal mir selbst helfen. Ich werde bald verhungern.*

»Wir würden dir helfen, wenn wir könnten«, ›sagte‹ der Käfer. Pearson spürte ein Gefühl der Trauer, das von der kleinen Kreatur ausging. »Aber alles, was wir sammeln könnten, würde dich nicht einmal für einen Tag sättigen.«

Schon, aber in meiner Tasche ist Essen, bloß …

Er brach ab. Dann: *Yirn, sag mir, ob irgendwo am unteren Teil meines Körpers Metall schimmert?*

Einige Zeit verging, in der das Insekt eine Reise zu dem Vorgebirge seines Körpers und wieder zurück unternahm.

»Ich habe gefunden, was du beschrieben hast. Pearson.«

Wie viele Leute hat dein Stamm?

»Was hast du vor, Pearson?«

Pearson erklärte es ihm und Yirn von den Leuten antwortet: »Genug.«

Es dauerte Tage, lokale Tage, bis der Stamm von Yirn die Lasche der Anzugtasche geöffnet hatte. Aber dann konnten die Leute das menschliche Essen tatsächlich verdauen. Eine enorme mentale Freude erfüllte Pearsons Gehirn; und er war ebenfalls glücklich.

Es war ein wirklich demütiger Yirn, der später kam, um mit ihm zu kommunizieren.

»Zum ersten Mal seit vielen, vielen Generationen hat mein Stamm genug zu essen. Nun können wir uns über die gesetzliche Vorschrift für jene, die nicht genug haben, hinaus multiplizieren. Einer dieser großen Klumpen, die du Konzentrate nennst, könnte den Stamm lange ernähren. Wir haben das natürliche Essen, das sich, wie du sagst, in dem größeren Paket unter dir befindet, noch nicht probiert, aber das werden wir noch tun.

Jetzt können wir ein echter Stamm werden und brauchen keine Angst mehr vor den Stämmen zu haben, die die Armen unterdrücken. Und das haben wir dir zu verdanken, großer Pearson.«

Pearson reicht, verstehst du? Wenn du mich noch einmal ›groß‹ nennst, dann … Er brach ab. *Nein, ich werde nichts tun. Selbst wenn ich es könnte. Ich habe die Nase voll von Gewalt. Nur einfach Pearson, bitte. Und ich habe das nicht für euch getan. Ihr habt euch das Essen ganz allein geholt. Zum ersten Mal halte ich was von Konzentraten.*

»Wir haben eine Überraschung für dich, Pearson.«

Etwas kroch unendlich langsam seine Wange hoch. Es war schwerer als die Leute. Er sah, wie es den Rand seines Blickfeldes erreichte. Ein kleiner brauner Klumpen. Dutzende kleiner blauschwarzer Gestalten umgaben ihn. In seinem Geist konnte er ihre Anstrengung hören.

Der Klumpen erreichte seine Lippen, und er öffnete sie. Einige der Leute erschreckte die Nähe dieser zähnebewehrten dunklen Kluft. Sie wandten sich um und flohen. Yirn und ein anderer Anführer des Stammes nahmen ihren Platz ein.

Der Klumpen wurde über seine Unterlippe geschoben. Die Leute strengten sich noch einmal gewaltig an. Einige von ihnen waren total entkräftet. Der Klumpen fiel in die Kluft.

Pearson spürte Speichel fließen, aber er zögerte.

Ich weiß nicht, was das noch nützen soll, Yirn, aber … danke. Du solltest deine Leute besser von meinem Gesicht runterholen. Da wird es gleich so etwas wie ein Erdbeben geben … nein, ein Pearsonbeben.

Als sie sich in Sicherheit gebracht hatten, begann er zu kauen.

Am nächsten Morgen regnete es. Die Regentropfen waren genauso groß wie die auf der Erde. Für den Stamm stellten sie eine schreckliche Gefahr dar, denn nur einige wenige Tropfen hätten jemanden von Yirns Größe töten können. Aber der unermüdliche Stamm hatte unter Pearsons rechtem Arm genügend Schutz.

Viele Wochen später saß Yirn auf Pearsons Nase und blickte in die ozeanischen Augen. »Das Konzentrat wird nicht ewig reichen, und das echte Essen, das wir in dem Paket unter dir fanden, wird noch schneller verbraucht sein.«

Mach dir nichts daraus. Von dem möchte ich nichts essen. Ich denke, da sind einige Karotten, und auf einem alten Sandwich müßten noch Tomatenstückchen, Salat und, glaube ich, Pilze sein. Dann noch Pocyas, das sind kleine Nüsse. Das Fleisch und das Brot könnt ihr auch haben. Aber bewahrt etwas von dem Brot auf, vielleicht könnt ihr den Schimmelpilz essen.

»Das verstehe ich nicht, Pearson.«

Wie findest du Essen, Yirn? Du sammelst es, nicht wahr?

»So ist es.«

Also möchte ich, daß ihr die Karotten, die Tomaten und das andere – ich werde es euch erklären – und auch die lokalen Pflanzen, die dein Volk ißt, sammelt.

»Und was sollen wir damit machen, Pearson?«

Versammle die Ältesten deines Stammes. Wir beginnen mit einem Bewässerungskonzept …

Pearson war kein Agrarexperte. Aber er wußte auf eine sehr primitive Art, daß Nahrung wächst, wenn man Pflanzen in die Erde steckt, und sie gießt und düngt. Die Leute lernten rasch. Es war das Konzept, seßhaft zu werden und Ackerbau zu treiben. Das war neu für sie.

Es kostete einige hundert kleine Leben, bis das Sammelbecken ausgehoben war. Aber das Konzentrat verlieh den Leuten eine enorme Energie. Winzige Bäche schlängelten sich außerhalb des Beckens von der schützenden Masse Pearsons fort. Als es regnete, füllten sich die dünnen Kanäle und das Becken, und die winzigen Dämme enthüllten ihren Zweck. Ein zweites Becken wurde ausgehoben und dann noch ein drittes.

Etwas von dem menschlichen Essen wuchs und

etwas von dem lokalen auch. Das Volk blühte auf. Pearson erklärte den Leuten die Idee, feste Gebäude zu errichten. Daran hatten die Leute noch nie gedacht, weil sie sich keine künstliche Konstruktion vorstellen konnten, die den Regen abhalten würde. Pearson lehrte sie alles, was er über Architektur wußte.

Dann kam der Tag, an dem die Konzentrate aufgebraucht waren. Pearson hatte das vorausgesehen und war nicht einmal entsetzt. Er hatte mehr, weit mehr getan, als er sich in seinen ersten einsamen Tagen, in denen er im Sand gelegen hatte, hätte träumen lassen. Er hatte geholfen, und zum Dank dafür hatte er zum ersten Mal in seinem Leben echte Freundschaft erfahren.

Das macht nichts, Yirn. Ich bin nur froh darüber, daß ich dir und deinen Leuten von Nutzen sein konnte.

»Yirn ist tot«, sagte der Käfer, »Ich bin Yurn, einer seiner Nachkommen, dem die Ehre zuteil wurde, mit dir reden zu dürfen.«

Yirn ist tot? Aber das ist noch nicht lange her ... oder?

Pearsons Zeitgefühl war verschwommen. Aber schließlich war die Lebensspanne der Leute auch wesentlich kürzer als die von Menschen.

Was soll's? Der Stamm hat jetzt doch genug zu essen.

»Uns macht es schon etwas aus«, antwortete Yurn. »Öffne den Mund, Pearson.«

Etwas kroch seine Wange hoch. Es bewegte sich mit überraschend hoher Geschwindigkeit. Winzige hölzerne Rollen wurden von langen Seile bewegt, die aus Pearsons Haaren hergestellt worden waren. Mehrere Dutzend scharfer Kieferwerkzeuge der Leute hatten eine Schneise durch Pearsons Bart geschnitten, auf der sie rollen konnten.

Es fiel in seinen Mund. Es war blättrig und halbwegs vertraut. Ein Stück Spinat.

»Iß, Pearson. Die Reste deines alten ›Sandwiches‹ haben sich vermehrt ...«

Kurz nach der dritten Ernte erhielt Pearson Besuch von einem Trio der Ältesten. Sie setzten sich vorsichtig auf seine Nasenspitze und blickten ihn düster an.

»Das Getreide wächst nicht gut«, sagte einer.

Beschreibt es mir.

Das taten sie, und er suchte in den verborgensten Winkeln seines Gehirns nach langverschollenem Schulwissen.

Wenn sie genug Wasser bekommen haben, und es die gesamte Ernte betrifft, dann kann es nur einen Grund dafür geben. Der Boden ist ausgelaugt. Ihr müßt woanders pflanzen.

»Viele Meilen liegen zwischen hier und der äußersten Farm«, sagte einer der Ältesten. »Es hat Überfälle gegeben. Andere Stämme sind nämlich neidisch auf uns. Das Volk hat Angst, zu weit von dir entfernt Felder zu bestellen. Deine Gegenwart flößt ihm Vertrauen ein.«

Dann gibt es nur noch eine Möglichkeit. Er leckte die Lippen. Das Volk hatte Salz für ihn gefunden.

Was habt ihr mit dem Abfall meines Körpers gemacht?

»Wir haben ihn fortgeräumt und vergraben, wie du es uns gesagt hast«, berichtete einer, »und wir haben ständig die Region unter dir mit frischer Erde und Sand erneuert.«

Der Boden hier ist ausgelaugt, erklärte er ihnen. Er benötigt das, was wir Dünger nennen. *Das Volk muß folgendes tun …*

Viele Jahre später bekam Pearson Besuch von einem neuen Rat. Das war nach dem großen Krieg. Einige große, mächtige Stämme hatten sich zusammengeschlossen, um das Volk anzugreifen. Sie hatten sie bis zu der Befestigung, die um Pearson errichtet worden war, zurückgetrieben. Als die Schlacht um ihn herum tobte, hatten die Anführer der drei angreifenden Stämme einen mächtigen Ansturm durchgeführt, um den lebenden Gottberg zu erobern, als der Pearson ihnen bekannt war.

Unter enormer Anstrengung hatte Pearson die letzten verbleibenden Nerven seines Körpers mobilisiert, den rechten Arm erhoben und die Anführer mit ihrem gesamten Generalstab, sowie einige Hundertschaften, mit einem einzigen Hieb zermalmt. Das Volk nutzte den Vorteil, den ihm das Gemetzel in den Reihen der Feinde verschafft hatte, zu einem Gegenangriff. Die Eindringlinge wurden mit schweren Verlusten zurückgetrieben, und danach wurde das Land des Volkes nie wieder angegriffen. Viele Felder waren zerstört. Aber mit großzügigen Mengen an Dünger, der von Pearson geliefert wurde, gedieh die nächste Ernte noch besser als die früheren.

Nun saß der neue Rat auf seinem Ehrenplatz auf Pearsons Nase und blickte in die großen klugen Augen. Yeen, der achte Sohn in Folge von Yirn, dem Legendären, saß in der Mitte.

»Wir haben ein Geschenk für dich, Pearson. Du hast uns vor ein paar Monaten von einem Ereignis erzählt, daß du ›Geburtstag‹ nennst und von dessen Bedeutung und Art, es zu feiern, du uns viel gelehrt hast. Wir haben uns Gedanken über ein geeignetes Geschenk gemacht.«

Ich fürchte bloß, ich kann es nicht öffnen, wenn ihr es eingepackt habt, sagte er schwach. *Ihr müßt es mir zeigen. Ich wünschte, ich könnte euch auch eins machen. Ihr habt mich schließlich am Leben erhalten.*

»Du hast uns viel mehr als Leben gegeben. Sieh nach links, Pearson.«

Er bewegte die Augen. Ein krachendes und mahlendes Geräusch begann, und er sah in den leeren Himmel und wartete. Die Gedanken von Tausenden der Leute erreichten ihn.

Ein Objekt erschien langsam in seinem Blickfeld. Es war ein Kreis, der auf einem perfekten Gitternetz aus

Holz lag. Er war alt und an manchen Stellen zerkratzt, aber das Metall schimmerte immer noch: ein Handspiegel, der irgendwo in seinem Rucksack oder der Anzugtasche verborgen gewesen sein mußte. Er wurde in einem spitzen Winkel auf seiner Brust befestigt.

Zum ersten Mal seit vielen Jahren konnte er den Boden sehen. Aber bevor er seinen Dank für das wunderbare, unglaubliche Geschenk ausdrücken konnte, wurden seine Gedanken durch das, was er sah, erschüttert.

Kleine Reihen kultivierter Felder erstreckten sich bis zum Horizont. Anordnungen kleiner Häuser lagen in den Feldern verstreut, viele waren schon zu Dörfern zusammengewachsen. Brücken, die aus seinen Haaren und Fasern seines Anzuges hergestellt worden war, überspannten an drei Stellen einen winzigen Fluß. Am anderen Ufer des kleinen Flusses lag eine kleine Stadt.

Die Gruppe drehte den Spiegel mittels eines sinnreichen Systems aus Rollen und Seilen. In der Nähe war eine Fabrik, in der, wie man ihm sagte, Holzbalken und andere Produkte aus den Pflanzen hergestellt wurden. Unter den Werkzeugen, mit denen die Balken geglättet wurden, befanden sich auch scharfe Klingen, die aus Pearsons Fingernägeln hergestellt worden waren. In hohen Zelten, die aus der bearbeiteten Haut gemacht worden waren, die sich regelmäßig von Pearsons sonnenverbrannter Haut gepellt hatte, waren noch mehr Werkstätten untergebracht. Werkzeuge bewegten sich sanft, und Wagen und Rollen, die mit dem Fett aus Pearsons Poren geschmiert wurden, trugen Leute von hier nach dort.

»Du willst uns im Gegenzug etwas schenken?« fragte Yeen rhetorisch. »Du hast uns das größte Geschenk von allen gegeben: dich selbst. Jeden Tag finden wir neue Verwendung für die Informationen, die du uns gibst. Jeden Tag finden wir eine neue Verwendung, für das, was du produzierst.

Die anderen Stämme, gegen die wir kämpften, haben sich mit uns verbündet, so daß nun alle von dir profitieren können. Wir werden zu dem, was du einmal eine Nation genannt hast.«

Paßt … paßt auf, warnte Pearson im Geiste, überwältigt von Yeens Worten und dem, was er mit Hilfe des Spiegels gesehen hatte. *Eine Nation bedeutet, daß ihr früher oder später Politiker brauchen werdet.*

»Was ist das?« fragte einer aus dem Rat plötzlich und zeigte nach unten.

»Ein weiteres Geschenk?« mutmaßte sein Nachbar, der ebenfalls den großen Abhang an Pearsons Nase heruntersah. »Für was ist das gut, Pearson?«

Für nichts. Ich habe schon vor langer Zeit gelernt, daß Tränen zu nichts zu gebrauchen sind, Freunde …

Yusec, der einhundertzwölfte Sohn in Folge von Yirn dem Legendären, saß auf Pearsons Wange, und genoß den Schatten, den der Wald aus Haaren dort spendete. Pearson hatte gerade einen Happen von dieser wunderbaren neuen Frucht gekostete, die die Leute auf einer entfernten Farm angebaut und nur für ihn geerntet hatten. Pearson konnte Yusec mit Hilfe einer der vielen Spiegel sehen, die um sein Gesicht herum aufgebaut worden waren, und ihm verschiedene Blickwinkel über seine Umgebung erlaubten.

Eine Gruppe von Jungen reiste um seine Hüftregion und eine andere um sein Ohr. Wieder andere kamen und stiegen auf Rolltreppen oder eine der vielen riesigen Freitreppen, die ihn von allen Seiten umgaben, über ihn hinweg. Gruppen aus Archivaren standen in der Nähe, um jeden Gedanken aufzuzeichnen, den Pearson hervorbringen würde. Sie konnten sogar seine Träume aufnehmen.

Yusec, das neue Essen war ausgezeichnet.

»Die Bauern werden stolz sein, das zu hören.«

Dann herrschte eine Weile Schweigen, bevor Pearson von neuem zu sprechen begann.

Yusec, ich werde sterben.

Sofort erhob sich das Insekt auf seine Füße und starrte an Pearsons riesigem Kinn empor.

»Was soll das heißen? Pearson kann nicht sterben.«

Blödsinn, Yusec. Welche Farbe hat mein Haar?

»Weiß, Pearson. So ist es schon seit vielen Jahrzehnten.«

Sind die Gräben in meinem Gesicht tief?

»Ja, aber nicht tiefer als zu Zeiten meines Ururgroßvaters.«

Dann waren sie damals schon tief. Ich sterbe, Yusec. Ich weiß nicht, wie alt ich bin, weil ich schon vor langer Zeit meinen Zeitsinn verloren habe, und ich ohnehin schon immer Schwierigkeiten hatte, mich in eurer Zeit zurechtzufinden. Mich hat das nie gestört. Das tut es auch heute nicht, aber ich sterbe.

Ich werde glücklicher sterben, als ich gedacht hatte. Seit ich gelähmt bin, habe ich mehr bewegt, als zu der Zeit, in der ich noch mobil war. Das gibt mir ein gutes Gefühl.

»Du kannst nicht sterben, Pearson.« Yusec wiederholte sein Flehen, und sendete einen Notruf an das Ärzteteam, das vor vielen Jahren eigens für Pearson aufgebaut worden war.

Ich kann und ich will und ich werde, war die Antwort, und ein verängstigter Yusec sah den Tod nahen, der sich wie ein Schatten über Pearsons Gedanken legte.

Eure Ärzte sind gut. Sie haben eine Menge über mich und sich selbst gelernt. Aber es gibt nichts, was sie tun können. Ich werde sterben.

»Aber … was sollen wir ohne dich machen?«

Alles, was ihr getan habt, habt ihr ohne mich getan, Yusec. Ich habe euch lediglich die Anweisungen gegeben, aber die Arbeit hat das Volk gemacht. Ihr werdet mich nicht vermissen.

»Wir werden dich vermissen, Pearson.« Yusec fand

sich mit der Unabwendbarkeit von Pearsons Sterben ab. »Ich bin traurig.«

Ja, ich auch. Komisch, aber ich fing gerade an, das Leben zu genießen. O ja.

Seine Gedanken waren schon sehr schwach und verschwanden in der Ferne wie die Sonne hinter der Welt.

Ein letzter Gedanke noch, Yusec.

»Ja, Pearson?«

Ich dachte, ihr würdet meinen Körper, meine Haut, meine Knochen und meine Organe erst benutzen, wenn ich gegangen bin. Aber ihr seid wesentlich weiter gegangen. Diese letzten Bronzen, die du mir gezeigt hast, waren wirklich gut. Ihr braucht die Pearsonfabrik nicht mehr. Verrückter Gedanke, aber …

Yusec konnte Pearsons letzten Gedanken nur noch schwer erfassen, bevor seine Gegenwart das Volk für immer verließ …

»Das sind intelligente Wesen, Sir! Ich weiß, daß sie nicht größer als Wimpern sind, aber sie haben Straßen und Höfe und Fabriken und Schulen und wer weiß was sonst noch. Die erste nichtmenschliche intelligente Rasse, Sir!«

»Klar, Nanforth«, sagte der Captain, »das sehe ich selbst.«

Er stand vor dem Lander. Sie waren in einem großen See gelandet, um die komplizierte Metropole nicht zu beschädigen, die fast den gesamten Planetoiden bedeckte.

»Unglaublich ist das richtige Wort dafür. Irgend etwas an der Fundstelle des Wracks?«

»Nein, Sir. Das ist zu alt. Hunderte von Jahren vermutlich. Die Detektoren haben nur Fragmente des ehemaligen Schiffs gefunden.«

»Die Delegation der Eingeborenen, Sir.«

»Ja?«

»Sie wollen uns etwas zeigen. Sie sagen, daß einige

ihrer Hauptstraßen breit genug für uns wären, um sicher darauf zu reisen. Sie haben den Verkehr umgeleitet.«

»Ich denke, wir sollten höflich bleiben, obwohl ich mich besser dabei fühlen würde, die Untersuchungen von hier aus fortzusetzen, damit wir niemanden gefährden.«

Sie liefen einige Stunden. Dann kamen sie in einem Gebiet nahe des Kraters an, den der Aufprall des Schiffes hinterlassen hatte. Sie sahen das Objekt, das sich hoch über dem nahen Horizont erhob, und glaubten dem, was sie sahen, um so weniger, je näher sie kamen.

Nun standen sie an seiner Basis. Es war ein Monolith aus Metall, der fünfzehn Meter in den wäßrigblauen Himmel ragte, und sich zu einem entfernten spitzen Punkt hin verjüngte.

»Ich kann mir vorstellen, weshalb sie wollten, daß wir es sehen.«

Der Captain konnte es immer noch nicht fassen. »Wenn die uns beeindrucken wollten, dann haben sie es geschafft. Ein Ding wie das hier zu bauen, noch dazu für Wesen ihrer Größe ... das ist nicht zu glauben.« Er zuckte plötzlich zusammen.

»Was ist, Sir?« Hanforth hatte den Kopf in den Nacken gelegt, um sich die Spitze anzusehen.

»Seltsam ... es erinnert mich an etwas, das ich schon mal gesehen habe.«

»Und an was, Sir?«

»An die Markierung eines Grabes ...«

MONSTRÖS

Vor vielen Jahren lebte ich an der Santa Monica-Pier in Los Angeles. Sie haben die Santa Monica-Pier sicherlich schon in Dutzenden Filmen und Fernsehsendungen gesehen, vor allem dieses alte Karussell, das am Strand steht. (Erinnern Sie sich an den Film The Sting?*)*

Unterhalb der Pier täuschen jeden Tag junge Männer und Frauen Harakiri vor, indem sie zwischen seinen verkrusteten Pfeilern hindurchsurfen. Man nennt das ›den Zwischenraum schießen‹ oder ›die Pier schießen‹. Sie machen das jeden Tag, und man muß schon ganz schön verrückt sein, um es überhaupt zu versuchen.

Ich traute mich das nicht, sondern ritt auf den Wellen außerhalb der gefährlichen Pfähle. Nun lebe ich in Arizona, wo hohe Wellen mehr als selten sind. Aber die Erinnerungen an das Salz auf den Lippen und den Sand unter dem Wetsuit, an die stürmischen Tage, wenn die Big Ones den ganzen Weg von Japan angerollt kamen und nur die mutigen oder die Dummen ins zornig aufgewühlte Wasser gingen, kehren immer wieder zurück.

Und so wie es mit allen Erinnerungen an frühere Freuden ist, werden die Wellen jedesmal, wenn man davon erzählt, immer etwas höher …

Das Ungeheuer bestand nur aus einem Maul ohne Körper, und man konnte es hören, lang bevor man es sehen konnte.

Joao Acorizal wußte davon, ohne es selbst jemals gehört oder gesehen zu haben. Er wußte es durch die Geschichten und Legenden, die viel anschaulicher waren, als die Sinne es sein konnten. Er studierte die

Geschichte des Ungeheuers, seine Launen und Gewohnheiten, seine Farben und Stimmungen.

Seit der Zeit, da er ein Junge auf Thalia Major war und zum ersten Mal vom Ungeheuer auf Dis gehört hatte, wußte er, daß er es eines Tages zum Kampf herausfordern würde. Das war vorherbestimmt.

Seine Eltern und Freunde hatten seinen düsteren Tagträumen zugehört und über ihn gelacht. Selbst wenn er es eines Tages schaffen sollte, genug Geld zusammenzubringen, um zu dem weit entfernten Dis zu reisen, dann würde er garantiert voller Angst vor dem Ungeheuer davonlaufen, weil er viel zu schwach sein würde, um sich ihm in den Weg zu stellen. Ein paar seiner Freunde hatten tatsächlich Aufnahmen des Monsters gesehen, und sie versicherten Joao, daß es für einen Mann aus Thalia zu schwierig sei, damit fertig zu werden. Es wäre besser, die ganze Sache zu vergessen und sich ein leichteres Ziel zu setzen.

Kirsi war nun schon seit zwanzig Jahren seine Ehefrau, und selbst ihr war es nicht gelungen, ihn seinen Traum vergessen zu machen.

Als sie durch das Wohnzimmer stürmte, wobei ihre Sandalen jedesmal ein klickendes Geräusch verursachten, wenn sie von den dicken Teppichen auf die sanft erdfarbenen Steinfliesen wechselte, sagte sie: »Ich kann dich einfach nicht begreifen, Joao.« Sie streckte ihm die Hände entgegen, eine kleine Geste, die genauso erregt war wie das Geschrei der Makaken, die in den Bäumen des Gartens hinter dem Haus herumtobten. »Du und ich, wir haben unser ganzes Leben lang hart gearbeitet.« Sie schwieg und blickte auf die geschmackvolle Einrichtung des Zimmers.

»Wir sind zwar nicht reich, aber wir müssen auch nicht gerade betteln gehen. Wir führen ein gutes Leben. Wir haben zwei nette Kinder, die jetzt gerade alt genug sind, um zu begreifen, daß ihr Vater verrückt ist. Alles, wofür wir gearbeitet haben, alles, was wir zusammen aufgebaut haben, willst du wegen eines närrischen Kindheitstraums fortwerfen?«

Sie schüttelte mitleidig den Kopf und ihr langes schwarzes Haar wirbelte über den Rücken des weißbedruckten Kleides. »Gatte meines Lebens, ich verstehe dich nicht.«

Joao seufzte und wandte den Blick von ihr ab. Er sah durch das große Fenster auf den Strand hinunter. Die Sonne ging über dem Atlantik auf. Ruhige Wellen zerbrachen wie Eierschalen im Sand. Thalias Sonne, die etwas gelber und kleiner als Sol war, verwandelte das Wasser in Topas. Thalia Minor, die Schwesterwelt, war nicht zu sehen. Sie verbarg sich auf der anderen Seite des Globus.

»Geld haben wir mehr als genug. Die Reise wird unsere gewohnten Annehmlichkeiten nicht beeinträchtigen.«

»Geld? Glaubst du, mir geht es um Geld?«

Sie stand hinter ihm, schlang die Arme besitzergreifend um seine Taille und lehnte den Kopf an seinen Rücken. Ihr warmer Geruch ließ ihn innerlich noch genauso zittern, wie in jener ersten Nacht vor zwanzig Jahren.

»Geld ist nichts, mein Schatz. Du bist alles.«

Sie drehte ihn herum, blickte ihm geradeheraus ins Gesicht und versuchte den Schlüssel zu dem zu finden, was ihn antrieb, damit sie ihn irgendwie aus seinem Geist ziehen und ihn ins Meer werfen konnte.

»Ich will nicht, daß du stirbst, Joao.«

Er lächelte, obwohl sie es nicht sehen konnte. »Das will ich auch nicht, Kirsi.«

Sie schob ihn von sich weg. »Warum hast du es dann so eilig, dein Leben fortzuwerfen? Gott weiß, du bist noch kein alter Mann, aber du bist auch kein professioneller Athlet.«

Er wandte sich ihr zu und beugte sich herab, um ihr

einen Kuß zu geben. Sie tat, als würde sie zurückschrecken.

»Und das ist genau der Grund, meine Liebe, weshalb ich jetzt nach Dis muß, bevor es zu spät ist…«

Inzwischen lagen diese Unterhaltung und Kirsi sehr weit hinter ihm. Er war endlich auf Dis, und bald würde er sich dem Monster und dessen Verwandten stellen. Seit dreißig Jahren hatte er von dieser Herausforderung geträumt. Dreißig Jahre der Übung, dreißig Jahre der Ausbildung seiner Fähigkeiten, dreißig Jahre des Träumens, und das alles sollte nun Wirklichkeit werden.

Und würde es trotzdem nur dann werden, wenn er an einem ganz bestimmten bedeutenden Tag den Mut dazu aufbringen konnte.

Seine Augen versuchten den salzigen Nebel zu durchdringen, als er und seine Begleiter sich auf den Weg über die feuchten, kahlen Steine machten. Ein paar Sträucher krallten sich hartnäckig auf der felsigen Oberfläche fest. Meereskrustentiere krabbelten unruhig von Spalte zu Spalte.

Es waren vierunddreißig Wettbewerbsteilnehmer in der Gruppe. Achtzehn Männer und sechzehn Frauen, in den Altersstufen von achtzehn bis zweiundvierzig. Joao war dankbar dafür, daß er nicht der Älteste war. Er war nur der zweitälteste.

Aber nicht in seinem Geist, und nicht in seinem Herzen, sagte er sich im stillen.

Salzgischt umschloß sie wie Nebel. Das rauhe Gekrächze der Seevögel, vermischt mit dem zischenden Laut der Ichthyornithen, erfüllte die feuchte Morgenluft.

Der Lauf war ein ritueller Teil des Wettbewerbs. Zuschauern war die Anwesenheit dabei genauso verwehrt, wie der Jury oder Medienreportern. Die erste Begegnung mit dem Ungeheuer fand nur zwischen ihm und der Gruppe statt. Dann würden sie zu dem Sammelpunkt und der Ablegestation zurückkehren, damit sich jeder einzelne auf seine Begegnung mit dem Ungeheuer vorbereiten konnte.

Während ihres Laufs bestand die Unterhaltung lediglich aus geflüsterten Ausrufen; geflüsterte Respektbekundungen für ihren Gegner, manchmal lauter geäußert, damit sie das periodische Gebrüll des Ungeheuers übertönten. Sie waren nun schon nah am Ende der Halbinsel angekommen, und das Brüllen, das von vorne kam, erschütterte den soliden Granitfelsen, als wollte das Ungeheuer eine subtile Warnung durch die nackten Füße der Teilnehmer senden. Das Ungeheuer selbst konnten sie noch nicht sehen, aber es zischte sie durch die Felsen hindurch an.

»Erstes Mal?«

»Was?« Joao wischte sich die Gischt von der Stirn und aus den Augen und blickte den Fragesteller an.

»Ich fragte, ob es dein erstes Mal ist.« Der Mann war klein, aber extrem muskulös. Nicht von der gestylten Muskulatur eines Bodybuilders, sondern er zeigte die quadratischen, dicken Gebilde echter Kraft. Er hatte strahlend blaue Augen, und sein Haar war sehr kurz geschnitten. Eine blonde Bürste, die ihm einen kriegerischen Ausdruck verlieh, der weder zu seinem Auftreten noch zu seiner Ausstrahlung paßte. Sein Wetsuit war vorne rot und blau kariert und hinten einheitlich rot.

»Ja.« Joao stieg über ein dösiges senffarbenes Krebstier mit vier Zangen hinweg. Es zuckte zurück, floh aber nicht vor ihm. »Ist das so offensichtlich?«

»Nicht wirklich, aber wenn du das schon mal gemacht hättest, könnten wir darüber reden.«

Sie trabten weiter.

»Wie oft hast du es schon gemacht?« fragte Joao neugierig.

»Das wird mein drittes Mal sein.« Der Mann grinste.

»Es ist hart, weil der Wettbewerb nur alle drei Jahre ausgetragen wird. Wenn ich mir nicht das Bein gebrochen hätte, wäre es jetzt schon das vierte Mal.«

»Du brauchst mich nicht zu warnen. Ich habe während der letzten dreißig Jahre alles darüber gelesen.«

Der Mann lachte. »Ich habe es mir nicht während des Wettkampfes gebrochen. Ich bin zwei Tage vor dem Wettbewerb vor meiner Haustür ausgerutscht und – *rumms* –, das war es dann für die nächsten drei Jahre. Ich konnte dem Wettkampf bloß zusehen.«

Joao schaffte es, mit ihm zu lachen. Dann liefen sie einige Minuten schweigend weiter. Der Seedunst wurde dichter und war von einer steifen Brise begleitet. Der Rest der Teilnehmer schloß sich ihrem Tempo an.

»Mein Name ist Janwin.« Der Mann streckte die Hand aus. Joao schüttelte sie. Sie war nicht so hart, wie er vermutet hatte, sondern eher weich. Der Griff allerdings war fest und zielstrebig. »Ich bin von hier.«

»Joao Acorizal, von Thalia Major. Ich bin Architekt, Privathäuser.«

»Kreislaufchirurg, Dis Krankenhauskomplex. Erfreut, dich kennenzulernen. Das wichtigste ist, sich selbst zu vertrauen. Sei wachsam, achte mit einem Auge immer auf deinen Weg und mit dem anderen auf die Jäger. Schrecke nicht davor zurück, den Balpole zu benutzen, und wenn alles drunter und drüber geht, dann benutze deine Raketen und schieß dich raus. Jeder tut das. Riskantes Handeln beeindruckt die Richter, aber Punkte haben keine Bedeutung, wenn es um Leben und Tod geht.

Während des Wettkampfs bekommst du drei Chancen, aber du hast nur ein Leben. Du brauchst dich auch nicht zu schämen, auszusteigen. Mein erster Wettbewerb bestand nur aus fünfzehn Ritten bei fünfundvierzig Versuchen, und keinen habe ich zu Ende gebracht.

Ich selbst habe nie bis zum Schluß durchgehalten und habe es auch nur wenige schaffen sehen.«

Er schwieg und musterte Joao professionell. Vor ihnen hörten sie das felserschütternde Grollen des Ungeheuers, das nun schon sehr nahe zu sein schien.

»Du hast gute Beine, echt gute. Irgendwelche Zerrungen oder Stauchungen in den vergangenen sechs Monaten? Wenn du das hier durchziehen willst, kannst du dir nicht mal die leichteste Beeinträchtigung leisten.«

Joao schüttelte den Kopf. »Das weiß ich. Ich habe dreißig Jahre lang meine Hausaufgaben gemacht und mich gründlich auf diesen Tag vorbereitet. Ich war noch nie in besserer Form.«

»Das sagt dir ein Geist. Gut, ich sollte vielleicht besser den Mund halten, schließlich bin ich ja auch kein Frischling mehr. Erfahrung zählt hier eine Menge.« Er sah nach vorne. »Wir sind bald an der Spitze. Ich bin sicher, du hast Aufnahmen davon gesehen. Wenn man persönlich so nah davorsteht, ist es dann doch etwas anderes. Erinnere dich daran, achte auf die Jäger und bleib entspannt.«

»Das hört sich zwar nach einem Gegensatz an, aber ich werde es versuchen. Danke für den Rat.« Dann fügte er impulsiv hinzu: »Wenn ich nicht gewinne, hoffe ich, daß du gewinnst.«

Janwin zuckte die Achseln. »Ich bin nie weiter als bis zum siebten Platz gekommen. Aber das macht nichts. Für mich ist es das Wichtigste, daß ich immer noch dabei bin. Und zwar in einem Stück. Das mußt du immer im Kopf behalten, wenn du da draußen bist und glaubst, dein Glück noch etwas mehr strapazieren zu können. Alle Punkte dieser Welt können dir keinen Arm oder ein Auge ersetzen.«

Er sah ein wenig unsicher aus, als er schließlich fragte: »Hast du Familie?«

Joao nickte.

»Sind sie hier?«

»Nein. Ich wollte nicht, daß sie mitkommt.«

Der Chirurg nickte zustimmend. »Gut. Wenn irgend etwas passieren sollte, dann werde ich dafür sorgen, daß alles ordentlich geregelt wird. Du kannst dasselbe für mich tun, obwohl ich mit Freunden hier bin.«

»Einverstanden!« Joao mußte schreien, weil sie bereits auf der leichten Anhöhe angekommen waren, die die Spitze der schmalen Halbinsel markierte.

Dann wurden sie langsamer, drängten sich etwas verunsichert zusammen, und er konnte das Ungeheuer sehen.

Hoch über ihnen, wie dunkle Augen in einem blaßblauen Himmel, den die Gischt verschleierte, hingen Zerberus, Charontes und Pluto, drei der vier großen Monde, die um den Planeten Dis kreisten. Sie standen so eng beieinander, daß sie fast den gesamten Morgenhimmel ausfüllten. Dis' Sonne war gerade über dem Horizont unterhalb der Monde aufgegangen. Die drei Satelliten fanden sich auf ihren Bahnen einmal alle drei Jahre zu dieser Konstellation zusammen. Bald würde die Sonne hinter ihnen stehen, und für eine Weile würden sie das Land mit einem verwirrenden unwirklichen Schattenspiel berühren.

Darunter befand sich das Ungeheuer, das sich nur mit Hilfe dieser Zusammenballung der Himmelskörper erheben konnte.

Die Welle war höher als alle anderen, die Joao jemals zuvor gesehen hatte, aber damit hatte er gerechnet. Er musterte sie ruhig, analytisch und schwankte nicht. Die Welle erhob sich zum Himmel, war aber immer noch weit draußen im Meer. Weißer Schaum begann sich wie eine Reihe abgebrochener Zähne auf ihrem Kamm, dem Curl, zu bilden. Sie suchte hungrig nach dem Vorgebirge. Sie krümmte sich.

Der Curl der überstürzenden Welle setzte sich beständig nach Süden fort, und schickte sein Brüllen voraus, ein Brüllen, daß einem das Blut in den Adern gefror. Die düsteren Träume der Kindheit, der Schrecken des Ertrinkens und des Erdrücktwerdens, waren in dieser monströsen Welle verkörpert.

Und als sie sich im Süden brach, wuchs sie zu einem immensen graugrünen Tuch an, das den Horizont zudeckte, wobei der Donner ihres scharfgeschnittenen Brechers jedes andere Geräusch übertönte. Aus der Sicherheit des salzüberspülten Aussichtspunktes beobachteten die Teilnehmer Curl und Welle, wie sie an ihnen vorbeifloß, und zuckten nur zusammen, als die hinterherkriechende Rückströmung ihren grünen Hammerschädel gegen den Felsen schlug, um sie alle zu durchnässen.

Draußen auf dem Meer, gerade noch durch den Nebel zu sehen, ließen die besondere Neigung des Meeresbodens, Dis Gravitation, sowie der Gezeitenfluß der Sonne und der drei massigen Monde, das nächste Ungeheuer auferstehen.

Die Teilnehmer standen zusammen und unterhielten sich schreiend, um überhaupt gehört zu werden, aber alle Augen waren auf das Wasser gerichtet.

»Etwa achtundzwanzig Meter«, sagte Janwin nachdenklich.

»Normal sind siebzehn, bei Sturm schon mal zwanzig bis vierundzwanzig. Nur alle drei Jahre, wenn die Monde in einer Reihe stehen, haben wir diese wirklich hohen Wellen, denn dann ist die Gravitationswirkung der Monde am größten. Ich denke, das werden ein paar spannende Tage.«

Drei Teilnehmer verabschiedeten sich bereits auf dem Weg zum Sammelpunkt. Niemand zog sie auf oder verspottete sie. Niemand hatte das Recht, Spaß auf Kosten der Gesundheit zu treiben. Die Richter strichen die Aussteiger einfach schweigend aus der Liste.

Es wurden Assistenten bereitgestellt, die bei der Vorbereitung halfen. Acorizal wandte sich von ihren eifrigen Gesichtern ab. Er lebte seit fünf Jahren mit seinem Board. Er hatte es zerbrochen und es voller Liebe mit eigenen Händen wieder repariert. Er kannte jeden Millimeter, jede einzelne Linie in seiner Maserung. Er brauchte keine Hilfe. Aber er achtete darauf, neben dem hilfsbereiten Janwin zu arbeiten, und beobachtete ihn, bis er fertig war, damit er ihm einige Fragen stellen konnte.

Dann kam einer der Wettbewerbsleiter auf den Chirurgen zu und flüsterte ihm etwas ins Ohr, bevor er zu dem nächsten Teilnehmer ging. Janwin hatte zugehört und genickt, dann kam er zu Acorizal rüber, der gerade die Auslösegurte von seinem Notrucksack überprüfte und sicherstellte, daß die bruchsicheren Brennstoffbehälter gefüllt und betriebsbereit waren.

»Der Wetterbericht ist gerade reingekommen. Die Wolken lösen sich auf, Windstärke fünf bis zehn. Windrichtung Südwest. Das wird sich nicht auf die Balance oder den Curl auswirken. Denn da draußen weht ein tropischer Zyklon. Wir dürften ordentlich Wind abbekommen, aber du weißt ja, was du bei Blähungen tun mußt.« Er zwinkerte.

»Ich bin noch nie auf einer Fünfunddreißiger geritten. Wenn also eine ordentliche Blähung kommt, dann geh mir besser aus dem Weg.«

»Ich werde mit dir um die Wette laufen«, erwiderte Acorizal mit einem Grinsen.

Janwin entfernte sich, und der Architekt widmete sich wieder seiner Vorbereitung. Er verdrängte den Gedanken an eine fünfunddreißig Meter hohe Welle. Das konnte man nur mit der Entfernung zwischen zwei Sternen vergleichen, oder einer gedanklichen Kluft, wie sie die Zahl 1 Milliarde darstellte. Es war nur ein physikalisches Abstraktum, ohne einen Bezug zur Realität. Dies und das Überleben.

Sein Board war aus tripoxidem Bienenharz. Es war fünf Meter zweiundzwanzig lang, bei einer Breite von einem Meter vierzig und leicht genug, um von einem Menschen allein getragen zu werden. An der Unterseite des Boards waren doppelte Haifinnenstabilisatoren angebracht, die sich von der Spitze über ein Drittel des Boards erstreckten, ein weiteres Paar befand sich am hinteren Teil, nahe des stumpfen Hecks. Über dem Heck waren zusätzlich zu der verstellbaren Tragfläche, zwei Luftstabilisatoren angebracht.

Auf der Oberfläche des Boards verbanden dünne Duralumkontrolldrähte Fußpedale mit den vier Stabilisatoren und der Tragflächen. Man konnte die Pedale nicht mit den Händen berühren, nur mit den Füßen.

Er nahm seinen Balpole auf. Bis auf die beiden Stacheln, die zu beiden Seiten abstanden, war er aus dem selben Material wie das Board gefertigt. Die Stange konnte genauso für das Halten des Gleichgewichts verwendet werden, wie auch für den Kampf mit jedem Fleischfresser, der sich möglicherweise in den Turbulenzen einer Welle verbarg. Auf Dis waren einige dieser Räuber heimisch. Bis auf die beiden winzigen Festbrennstofftanks waren keine Energiewaffen oder Hilfsmittel anderer Art erlaubt.

Der Rucksack ist dein Leben. Ein Reiter, der vom Board geworfen wurde oder die Kontrolle über die Welle verlor, hatte drei Möglichkeiten sich zu retten: Er konnte in den Körper der Welle eintauchen und hoffen, durch sie hindurchtauchen zu können. Er konnte sich zu einer fetalen Kugel zusammenrollen und hoffen, die Welle auszureiten. Oder er konnte den Pack zünden und hoffen, über die Welle hinwegzuschießen, um hinter ihr im Wasser zu landen. Wenn das möglich war, war das die sicherste Methode.

Er überprüfte seinen Wetsuit auf Lecks. Bei Druck oder einem Schlag ab einer bestimmten Stärke blähte sich der gummierte Anzug automatisch auf, damit der Reiter auf der Wasseroberfläche tanzte. Der Anzug konnte auch vor Prellungen und Schürfwunden schützen. Aber das Leben retten konnte er nicht unbedingt. Joao zog die Kapuze über den Kopf. Nur sein Gesicht war noch frei. Sein Anzug war leuchtend orange mit roten Streifen. Eine Hand legte sich auf seine Schulter. Janwin war da, aber jetzt lächelte er nicht. Sein Gesicht war von einer leuchtend orangefarbenen Kapuze umgeben. »Fertig? Wir müssen los.«

Acorizal nickte und nahm sein Board. Nun gab es nichts mehr zu tun, außer es zu tun.

Als sie an Bord des Skimmers gingen, machte ein weiterer Reiter einen Rückzieher. Eine Frau. Aus dem abhebenden Skimmer konnte Acorizal beobachten, wie sie vorgebeugt auf ihrem Board saß. Er winkte ihr voller Verständnis zu, aber sie winkte nicht zurück. Das Ungeheuer hatte sie bereits besiegt, so wie es viele besiegt hatte. Deswegen brauchte sich niemand zu schämen.

Acorizal hatte nicht einmal ans Aufgeben gedacht. Jetzt ohnehin noch nicht. Schließlich würde er ja bloß naß werden. Der Skimmer erhob sich und bildete mit zwei weiteren eine Formation. Der Applaus der Zuschauer, die sich eingefunden hatten, um den Teilnehmern bei den Vorbereitungen zuzusehen, hielt immer noch an.

Tridi-Übertragungsboote wendeten, um den Skimmern zu folgen, die in westliche Richtung davonsurrten.

Acorizal fragte sich, ob unglaublich weit entfernt Kirsi und die Kinder zuschauen mochten. Kirsi hatte ihm vor seiner Abreise noch gesagt, daß sie sich die Übertragung unter keinen Umständen ansehen würde, und es auch den Kindern nicht erlauben würde, aber er konnte ihr das nicht so ganz glauben.

Die Skimmer beschleunigten und verließen den Sammelplatz. Schon bald waren die Klippen, die die Westküste des größten Kontinents auf Dis umgaben, unter ihnen zurückgefallen. Farbige Linien markierten die Stellen auf den Klippen, an denen Zuschauer wie undurchsichtige Glasperlen aufgereiht standen. Unter ihnen ging eine Welle vorbei. Von so hoch oben war der Blickwinkel ein ganz anderer als wenn man ihr gegenüberstand. Der weiße Kamm erinnerte ihn jetzt nicht an Zähne, sondern an Spitzen, die den fließenden, sich kräuselnden Saum eines Rockes umgaben. Die Spitzen zogen eine weiche Linie nach Süden, wobei sich die Woge in Richtung der entfernten Scratch Bay hin brach.

Acorizal beobachtete die Welle, bis sie außer Sicht war.

Bald darauf wurde das Brummen der Maschinen des Skimmers leiser und das kleine Flugzeug sank nach unten. Hier draußen, in dem weiten, offenen Ozean waren die Wellen nicht mehr als Kokons aus denen die Ungeheuer schlüpfen würden. Jetzt hatte das Monster noch einen Rücken und ein Gesicht, und die Skimmer konnten auf seiner wogenden Wirbelsäule landen. Die Maschinen rasten wieder, als die Skimmer auf dem Wasser aufsetzten. Reiter und Boards ließen sich an den Seiten herausfallen, um die dunkelgrüne Oberfläche zu pfeffern.

In dem Augenblick, als er ins Wasser stürzte, fühlte sich Acorizal stärker. Er glitt leicht dahin. Sein Board war durch ein Reißkabel an seinem Fußgelenk befestigt. Er zog den Kopf ein und schwamm neben ihm her. Das Wasser war hier draußen ziemlich kalt. Die Kälte fegte die letzten Spinnweben der Unsicherheit aus seinem Gehirn.

Um ihn herum kletterten die Reiter auf ihre Boards. Durch die leuchtenden Farben ihrer Wetsuits sahen sie aus wie Konfetti, das jemand über das Wasser gestreut hatte.

Acorizal fühlte, wie ihn etwas anhob und dem Himmel entgegen hievte. Es zog ihn, sein Board und seine Kameraden erst drei Meter, dann sechs Meter weiter in die Höhe, bloß um sie dann langsam wieder abzusenken. Eine Welle voller Macht und aufkommender Drohung war gerade unter ihnen durchgezogen.

Sie ließ ihn ohne Angst oder Hast zurück. Das, dachte er, das allein war es schon wert. Wenn ich nichts anderes täte, selbst wenn ich keine Welle schaffen sollte, dann hat sich der ganze Weg schon allein dafür gelohnt, dieses Anschwellen zu spüren.

Ein Board kam leicht wie eine Feder über das Wasser auf ihn zu. Janwin hörte auf zu paddeln und sah zu ihm herüber.

»Schon deine Beine und kletter rauf, Mann.«

Acorizal spuckte Salzwasser. »Es fühlt sich aber gut an.«

»Sicher, aber du solltest keine Energie vergeuden. Du bist voller Adrenalin gepumpt. Steig aufs Board, entspann dich und laß es einfach geschehen.«

Acorizal beschloß, den Rat anzunehmen, kletterte mit der Leichtigkeit vieler Jahre Übung auf sein Board und saß einfach nur da, während die Sonne sein Gesicht trocknete.

»Wann starten wir?«

Er beobachtete den Überwachungsskimmer, der in der Nähe auf der Welle tanzte.

»Wir sind bereits gestartet.« Janwin mußte grinsen, als er sein überraschtes Gesicht sah.

»Manche können es eben nicht abwarten. Zwei sind schon mit der ersten Welle los.« Er schüttelte den Kopf. »Es bringt zwar keinen Vorteil, als erster zu gehen, aber manche Leute kann man eben nicht davon überzeugen.«

»Ich habe sie gar nicht losziehen sehen«, murmelte Acorizal. »So schnell schon? Ist es nicht besser, auf eine Welle zu warten, die sich richtig anfühlt?«

Janwin zuckte die Achseln. »Für manche Leute fühlt sich eben die erste Welle richtig an.«

»Gut, ich laß mir Zeit. Ich hab's nicht eilig. Ich habe

so lange gebraucht, um hierher zu kommen, da werde ich es doch jetzt nicht übers Knie brechen.«

»Gut für dich.« Janwin nickte zustimmend. »Du bekommst nicht viele Gelegenheiten. Ich ziehe es auch vor, zu warten.«

Stunden verstrichen. Einer nach dem anderen machte sich auf den Weg nach Süden. Einmal erschien etwas Großes Weißes mit einem Maul voller Zähne, aber ein Schuß von dem Beobachtungsposten im Skimmer vertrieb es wieder. Berichte von denen, die losritten, wurden über das Verstärkersystem des Skimmers für jene übertragen, die noch zurückblieben.

»Meswith Brookings... vier Stunden, zwanzig Minuten. Sauber ausgesprungen. Harlkit Romm... drei Stunden, fünfundvierzig Minuten. Ausgefallen, erschöpft, aber ansonsten okay.« Acorizal wußte, daß Romm höher punkten würde als Brookings, der sich mit dem Rucksack gerettet hatte.

»Eryl-cith al Hazram... vier Stunden und zweiunddreißig Minuten.« Dann gab es eine Pause und schließlich fügte die Stimme sanft hinzu: »Absprungfehler; ausgelöscht. Er wurde noch nicht gefunden.« Für eine Weile herrschte wieder Stille, bevor die Stimme mechanisch fortfuhr: »El Tolst, fünf Stunden, sechsundfünfzig Minuten. Rausgeschwommen, Lungenkollaps, Nackenstauchung, ansonsten okay. Jewel Parquella, fünf Stunden, zehn Minuten...«

Während der Wartezeit zogen sich noch ein paar Reiter zurück, und wurden vom Überwachungsskimmer aufgenommen. Die Sonne stieg höher, während sich neben ihr die drei Monde zusammenballten. Janwin und Acorizal redeten über das Wasser.

»Normalerweise könnte das ein doppeltes Set geben«, erklärte der Chirurg, und beobachte das Anschwellen der Welle, auf der sie lagen, sehr kritisch. »Drei große Wellen gefolgt von drei kleineren. Der Sturm kann das aber verändern. Dann haben wir drei große, drei kleine und drei oder vier Sturmwellen, die zwar immer noch groß sind, aber stark variieren.« Er blickte zu seinem Kameraden hinüber.

»Natürlich möchtest du eine der letzteren kriegen, aber die sind hinterhältig. Du könntest eine doppelte Welle bekommen, bei der sich ein Curl über den anderen schiebt, und das würde zu einem frühen Absprung führen. Du hast dann zwar deinen Ritt gehabt, aber viel zu kurz, um Punkte zu sammeln.«

Das Geräusch eines ankommenden Skimmers unterbrach ihre Unterhaltung. Außer dem Chirurgen und Acorizal warteten noch zwei weitere Reiter auf eine Welle. Einer folgte der Schwellung, die unter ihnen hindurchrollte, als der Skimmer landete.

Ein Board erschien an seiner Flanke, drehte sich auf die Seite. Es wurde von einem Reiter begleitet. Der Mann stieg auf, paddelte zu den drei wartenden Teilnehmern. Es war Brookings. Er war schmal, viel jünger als Janwin oder Acorizal. Sein Gesicht war gerötet und aufgescheuert, aber er atmete nicht schwer und seine Bewegungen waren gelassen und sicher.

»Hallo, Brookings. Auf zum zweiten Versuch?« fragte Janwin. Der junge Mann nickte und sah zufrieden mit sich aus. »Ich hatte einen sechsundzwanziger erwischt«, erzählte er ihnen. Er lehnte sich auf seinem Board zurück und atmete tief durch. »Die ersten paar Stunden waren leicht. Danach fängst du an, es in den Beinen zu spüren, und dann wird deine Sicht trügerisch. Ich bin abgesprungen, als ich plötzlich zwei Tubes sah.«

»Guter Ritt«, sagte Janwin. »Wir haben deinen Bericht gehört. Du hattest einen guten Ritt auf einer guten Welle. Haben sie al Hazram schon gefunden?«

Brookings sah an ihnen vorbei auf die unsichtbare Küste. »Noch nicht. Sie fürchten, daß sein Anzug vielleicht versagt hat. Sie erzählten mir, er hätte eine Sturmwelle erwischt, die fast siebenunddreißig Meter hoch wurde. Er machte sich ganz gut, wurde dann aber leichtsinnig. Er war zu niedrig in der Welle, zu nah am Curl. Als der Tube zusammenbrach, hat ihn der Wind einfach vom Board gefegt.«

»Was war mit seinem Pack?« fragte Acorizal.

»Die Zündung war okay, aber er war zu tief, da hat ihn der Curl erwischt. Er kam nicht raus, und die Welle brach genau über ihm zusammen.« Er schwieg einen Moment, dann setzte er sich auf seinem Board gerade hin und begann zu paddeln. Sie wurden wieder gegen den Himmel gehoben.

»Ich mag diese hier … ich seh euch später.« Dann packte ihn die Woge, und er war fort.

»Wir sollten auch mal los«, meinte Acorizal. »Wenn er auf der zweiten Welle ist …«

Janwin schüttelte den Kopf. »Der Wettbewerb kommt erst an zweiter Stelle, hast du das vergessen? An erster Stelle steht das Überleben. Du mußt dich bequem auf der Welle fühlen, die du dir ausgesucht hast, sonst kannst du gleich aufgeben.«

Also warteten sie weiter. Janwin zog fünfzehn Minuten darauf los. Damit blieben nur noch Acorizal und ein weiterer Reiter zurück. Wellen kamen und gingen, während sie auf ihren Brettern saßen.

Kirsi … ich bin froh, daß du nicht hier bist, und ich wünsche mir, oh, wie sehr wünsche ich mir, daß du hier wärst! Sein Gesicht wurde von der Mittagssonne erhitzt.

Der Klang eines zurückkehrenden Skimmers drang zu den beiden wartenden Reitern. Er blinzelte und konnte die beiden Zinken der Nasen zweier Bretter erkennen, die aus der Seite des kleinen Skimmers herausragten. Zwei weitere erfolgreiche Reiter kehrten für ihre zweite Welle zurück. Er konnte nun auch nicht mehr länger warten, oder es würde zu spät sein, um die drei Ritte in Anspruch zu nehmen. Es gab nur noch diesen Nachmittag und den kommenden Vormittag, und er wollte morgen nicht unbedingt zweimal rausgehen, und nicht einmal ein Heiliger würde versuchen, nachts das Monster zu reiten.

Dann sah er einen Wellenberg, der hoch hinter seiner rechten Schulter derart grün aufleuchtete, daß er aus Glas zu sein schien. Er war riesig, so breit wie der Himmel und erhob sich wie der Atem von etwas Unermeßlichem und Geduldigem. Aber er war nicht allein und da war Vorsicht angebracht.

Er blickte besorgt zu dem anderen wartenden Reiter hinüber und sah, daß der Mann die Welle ebenfalls beobachtete. Sie stieg immer noch an, und ragte sich wie ein startbereites Raumschiff über ihnen auf. Acorizal mußte sich zwingen, zu warten.

Plötzlich schrie der andere Reiter wie in verzweifelter Agonie und begann auf den Überwachungsskimmer zuzupaddeln, um sich aus dem Rennen streichen zu lassen, und damit aus dem Tag und dem gesamten Wettbewerb. Acorizal wandte den Kopf nach Osten und begann wie ein Wilder zu paddeln, wobei sein Balpole der Länge nach zwischen seinen Knien lag.

Er befürchtete, er hätte vielleicht schon zu lange gewartet. Einen Moment lang schwebte er oben auf dem Wellenberg. Dann wurden seine Bewegungen immer müheloser. Er hörte auf zu paddeln und bewegte sich immer noch, nahm an Geschwindigkeit zu und begann, leicht abwärts zu gleiten. Die Welle bildete eine gigantische grünschwarze Hand, die sich in Richtung Himmel erstreckte. Nun konnte er die undeutliche, weit entfernte Linie der Klippen erkennen, die das Land markierten.

Er wechselte von der Bauchlage in den Kniestand, und beschleunigte gleichmäßig. Seine Zehen tasteten die fast unverwüstliche Oberfläche seines Boards ab. Er stand, verlagerte sein Gewicht leicht auf das hintere Bein und bewegte vorsichtig das vordere, bis er sein Gleichgewicht gefunden hatte. Die Finger seiner linken

Hand schlossen sich um die Reißleine seines Rucksacks.

Er fühlte sich ausgezeichnet. Der Ritt war weich und leicht, das Board reagierte auf jede minimale Gewichtsverlagerung oder sanfte Berührung des Kontrollpedals. Den Balpole hielt er fest in der rechten Hand. Nun hatte der Anstieg aufgehört, und er schwebte in der Luft.

Dann sah er nach unten. Seine Finger klammerten sich fester um den Auslöser seines Rucksacks, und sein Instinkt stand kurz davor, ihn zu betrügen.

Tief, sehr tief unter ihm war die flache Oberfläche des Wassers, die wie Stahl in der aufgehenden Sonne schimmerte. Luft riß an seinem Gesicht; Salz verklebte ihm die Augen. Der Wind flüsterte ihm etwas zu. Sein Geist war durch den vierunddreißig Meter tiefen Abgrund unter ihm betäubt, aber zwanzig Jahre der Übung gewannen die Oberhand und übernahmen seinen Körper.

Dann schrie er in das Gesicht der gigantischen Welle, drei, sechs, neun Meter. Er behielt die Höhe bei, verlagerte sein Gewicht nach hinten, hielt aber trotzdem seine Mitte und justierte die Tragfläche, um den voraussichtlichen Abstieg zu mildern. Die Stabilisatoren hielten die Höhe, als ein Meter seines Boards über der Leere hing und durch die Luft glitt.

Ein unglaublicher Gefühlsansturm durchzuckte ihn. Es war eine unbeschreibliche Mischung aus blankem Terror und purer Ekstase. Zu seiner Rechten befand sich eine rasende grüne Klippe, die sich über seinem Kopf türmte. Tausende Tonnen lebenden Wassers. Zu seiner Linken war nichts.

Er wurde sich des ständigen gleichmäßigen Brüllens seines Ungeheuers bewußt, doch war es nicht entsetzlich, sondern einfach ehrfurchtgebietend. Er stand auf seinem Board und war ein Teil davon geworden. Er riskierte einen Blick nach hinten.

Dort stürzten endlose Wasserkaskaden vornüber dem mitreißenden Wasser entgegen, das vierundzwanzig Meter unter ihm lag. Die Wassermassen bildeten einen unendlich langen gläsernen grünen Tunnel, den das Sonnenlicht in einen langgestreckten Smaragd verwandelte: den Tube. Wind kam auf, als das schäumende Wasser die Luft vor dem zusammenbrechenden Bogen hertrieb. Das ergab einen ganz eigenen, höheren Ton als das gewaltige Brüllen des Ungeheuers.

Er hielt sich mit beiden Händen an dem Balpole fest, ließ dabei den Auslöser seines Rucksacks los und suchte sein Gleichgewicht. Dann fiel ihm ein, daß er seinen Anzugchronometer überprüfen sollte.

Er war seit dreißig Minuten auf der Welle.

Er beugte sich leicht nach hinten, um das Gefühl dieses unschlagbaren Ritts zu genießen, behielt dabei aber den Bogen und den Curl hoch über sich im Blick, um sicher zu sein, daß es keine Überraschung entwickelte, die auf ihn niederstürzen und ihn zermalmen würde. Für gewöhnlich behielten die Wellen ihre Form in einer bemerkenswerten Konstanz, aber gelegentlich konnte eine unerwartet zusammenbrechen, und der Tube so unvermutet verschwinden, daß allzu vertrauensselige Reiter unter Tausenden von Tonnen Wasser begraben wurden.

Aber Acorizals Welle rollte weiter und weiter, wie eine Maschine, der Bogen wanderte hinter seinem Board her wie ein Freund, der beflissen hinter ihm hereilte.

Sein Vertrauen wuchs. Er testete die Welle aus, indem er das Board an der grünen Wand hochgleiten ließ, um sich dann, als er sicher war, daß er durch den Curl gebrochen war, wieder zurückfallen und, leicht benommen, bis fast auf den Grund des Tubes absinken zu lassen, von wo aus er die fast achtundzwanzig Meter hohe flüssige Klippe, die über ihm aufragte, anstarrte.

Als er sich sicher genug fühlte, und schon drei Stunden auf der Welle geritten war, ließ er sich nach hinten, zurück in den Tube gleiten. Hier drin war es fast friedlich, so betäubend war das Brüllen des brechenden Bogens. Der Tube, in dem er ritt, war breit und hoch, und der Wind stand mächtig hinter ihm. Er mußte vorsichtig sein. Er wollte nicht durch den zusammenbrechenden Tube vom Board geblasen, um dann von dem stürzenden Curl verschluckt zu werden.

Etwas materialisierte sich vor seinem Gesicht, genau außerhalb des Tubes. Er erstarrte, dann ließ er die Spitze des Boards vorstoßen. Das eine Gespenst verwandelte sich in viele.

Er hatte von den Trintaglias gehört. Sie trieben genau vor ihm her, ihre blauen Augen neugierig auf die fremde Gestalt gerichtet, die nun in ihrer Mitte auftauchte. Ihre Luftblasen waren vollständig aufgepumpt, und die straffe gelbrosa Haut war so gespannt, daß sie dünn wie Papier wirkte. Ihre Größe schwankte von ein paar bis zu dreißig Zentimetern im Durchmesser, und sie ritten auf ihren dünnen Rückenflossen, die sie wie zwei Flügel hielten, durch den Luftstrom, der dem Tube voranging.

Ab und zu tauchte einer von ihnen ins Wasser, um nach etwas Freßbarem zu fischen. Einige würden ihre Luftblasen zusammendrücken und in der Wasserwand verschwinden; andere wieder würden je nach Druckverhältnis, nach oben oder nach unten driften. Einmal streckte er die Hand aus und berührte eines der Tiere. Es schnellte erst von ihm fort, machte dann aber kehrt, um neben ihn zu kommen, und sah ihn vorwurfsvoll aus weitgeöffneten Augen an.

Er überprüfte seine Zeit. Fünf Stunden und fünfunddreißig Minuten. Er hatte also schon die zweitbeste Zeit des Tages erreicht. Seine Beine pochten und seine Magennerven begannen sich zu verkrampfen. Seine Augen waren durch die salzige Gischt gerötet, während sein Mund paradoxerweise durch den Mangel an Wasser trocken war.

Als er sich vorsichtig aus dem Tube herausbewegte, konnte er links von sich den hohen Rücken des Kontinents sehen. Vor ihm, wie immer, war nur das endlose Donnern des Wassers.

Noch dreißig Minuten, versprach er sich. Noch dreißig Minuten und ich habe den längsten Ritt des heutigen Tages geschafft. Er konnte sich jetzt nicht einfach hinausschießen, obwohl seine Beine drohten, zu versagen, und seine Arme sich wie welkes Unkraut anfühlten. Bis jetzt hatte alles so gut geklappt. Die Welle hielt immer noch Höhe und Tempo und zeigte kein Anzeichen, schwächer zu werden. Er fragte sich, wie weit sie wohl auslaufen würde? Er hatte sich nie um solche Fragen gekümmert, weil ihm nie in den Sinn gekommen war, daß er sich das einmal fragen würde. Könnte man auf einer Welle um den Kontinent reiten? Oder vielleicht sogar von Pol zu Pol?

Noch dreißig Minuten. Und noch mal dreißig Minuten in der nassen Hölle, und er konnte sich herausschießen.

Die Vaxials hätten ihn fast erwischt.

Einzig die Tatsache, daß einer der Fleischfresser fälschlicherweise das eine Ende des Balpole für ein Teil des Reiters hielt, rettete ihm das Leben. Der schmale Kopf schoß aus der Wasserwand hervor und schnappte mit seinen grausamen Zähnen nach dem scharfen Metall. Alle sechs längsgerichteten Flossen waren ausgestreckt, um das Gleichgewicht auszutarieren, und die dunkelroten Kiemenschlitze hinter dem Kiefer pulsierten vor Aufregung. Ein Auge von der Größe einer Hand starrte bösartig aus der Welle heraus, während er Acorizal angriff.

Irgendwie konnte der sein Gleichgewicht auf dem Brett halten, aber als er instinktiv versuchte, den dünnen, nadelspitzen Zähnen auszuweichen, wurde es kritisch.

Doch das Ausweichmanöver rettete ihn. Der Vaxial

ließ den ungenießbaren Balpole zwar los, zerfetzte mit seinen scharfen Zähnen aber lediglich die Luft an der Stelle, an der noch einen Bruchteil einer Sekunde zuvor Acorizals Schulter gewesen war. Das Board schoß am Gesicht der Welle nach oben, wobei der Curl in erschreckendem Tempo näher kam.

Acorizal löste seine Füße von den Pedalen und warf sich nach vorn. Runter, verdammtes Ding, nimm die Nase *runter!*

Das Board gehorchte, kippte nach vorn, um wie ein Pfeil nach unten zu schießen. Das war ganz schön knapp gewesen. Acorizal wäre beinahe über den Curl der Welle hinausgeschossen. Wenn das der Fall gewesen wäre, hätte seine beste Chance lediglich darin bestanden, durch den Gischt zu fliegen und auf dem Rücken der Welle den Ritt fortzusetzen. Dann aber hätten ihn die Vaxials eingekreist und vom Board gezogen. Am schlimmsten wäre es allerdings gewesen, wenn er den Curl mit der Nase des Boardes erwischt hätte, weil es ihn dann zurückgeworfen hätte, und er hilflos kopfüber gefallen wäre, bis das enorme Gewicht der Welle ihn zwischen der Wasseroberfläche und dem Tube zerquetscht hätte.

Er setzte das Rennen an der Front der Welle hinunter fort. Hinter ihm glitt ein Paar dieser stumpfen zähnebewehrten Schnauzen, die auf einem fast sieben Meter langen schlangenähnlichen Körper saßen, wachsam durch die Welle. Möglicherweise würden die Vaxials ihn einholen. Sie lebten in den Wellen und brauchten sich keine Sorgen um ihr Gleichgewicht zu machen.

Als er sich niederkniete, machte er den Balpole bereit, und versuchte abzuschätzen, wie er zuschlagen könnte, ohne dabei die Balance und das Brett zu verlieren.

Ein häßlicher Kopf stieß aus dem Wasser. Acorizal lehnte sich nach vorn, und schwang das spitze Ende des Balpole nach schräg unten. Er traf ein flaches glasiges Auge und Blut spritzte. Der Vaxial verschwand.

Glück gehabt, sagte sich Acorizal grimmig. Er war müde, und seine Hände zitterten. Er suchte die grüne Wand nach Zeichen des anderen Fleischfressers ab. Vielleicht, so dachte er, ist es auch verschwunden, um dem anderen zu helfen. Vielleicht sind sie Gefährten. Er musterte aufmerksam die Wasserwand, aber erblickte nur Wellenfische und andere Wesen, aber keinen Hinweis auf den Vaxial.

Dann spürte er einen schrecklichen Druck auf seinem Rücken und hörte ein reißendes Geräusch.

Er fiel nach vorn und versuchte verzweifelt trotz des zusätzlichen Gewichts auf seinem Rücken, das Gleichgewicht zu halten. Er spürte, wie sich lange, nadelähnliche Zähne in seinen Nacken gruben, sich durch das Metall des Anzugs, seine Haut und seine Wirbelsäule bohrten. Er schrie auf.

Plötzlich war der Druck weg. Er hatte weder den Angriff des Vaxials gesehen, noch sein Verschwinden, aber er schien nicht noch einmal anzugreifen. Was auch kein Wunder war, wenn er tatsächlich den Rucksack verschlungen haben sollte.

Als er sich flach auf das Board legte, hielt er in der einen zittrigen Hand den Balpole, während er mit der anderen Hand seinen Rücken abtastete. Das Pack war verschwunden. Der Vaxial hatte es mit seinen kräftigen Zähnen einfach von den Schnallen am Anzug gerissen. Er musterte das Wasser, doch dieses Wesen tauchte nicht wieder auf. Nach einer Weile kamen die Trintaglias allein oder in Zweiergruppen zurück, und er wertete ihre Gegenwart als ein gutes Zeichen.

Er konnte die einzelnen Prellungen und Bißwunden nicht mehr voneinander unterscheiden. Sein Körper war ein einziger Schmerz. Jetzt, wo sein Rucksack verloren war, würde es schwer sein, davonzukommen. Er konnte bis zum Curl aufsteigen und hoffen, sauber bis auf die Rückseite der Welle durchzubrechen, oder er konnte in die Wand eintauchen und wie ein Verrückter schwimmen, und dann seinen Anzug aufblasen, um an die Oberfläche zu kommen – wenn der Vaxial nicht seinen Anzug und die Luftkammer zerrissen hatte.

Wenn er sich bei dem ersten Versuch verschätzen sollte, würde er mit Sicherheit ertrinken, sollte es ihn nicht schon vorher im Innern der Welle erschlagen.

In einem Punkt war er sich absolut sicher, er würde nicht wieder auf die Beine kommen. Sie waren nicht mehr zu gebrauchen. Er ließ den Balpole los und umklammerte das Board mit beiden Armen. Ihm war es egal, ob irgendein schwimmender Räuber seine Finger verspeisen wollte.

Es war ein toller Ritt gewesen, einer der besten an diesem Tag. Irgendwie müßten ihn nun seine gequälten Muskeln eng am Board halten, bis jemand an der Küste seine Situation erkannte, und einen Skimmer ausschickte, um ihn zu retten.

Bitte, Gott, laß es bald sein, denn ich habe keine Kraft mehr.

Er zwang sich, bei Bewußtsein zu bleiben. Wenn er einschlafen würde, dann wäre alles innerhalb einiger weniger Sekunden vorbei. Das Brett würde in den Curl aufsteigen, bis sein Gewicht es wieder hinabzöge, und er würde über dreißig Meter in die Tiefe geschleudert. Nun ja, das wäre wenigstens ein schneller Tod. Unerträglicher Druck, Bewußtlosigkeit und Tod.

Er schüttelte sich und zog sich auf dem Board nach vorn. Er hatte sich in einem Tagtraum verfangen und war dabei um drei Meter weiter aufgestiegen. Er drückte die Nase des Boards wieder runter, zurück in die Sicherheit des mittleren Teils des Tubes. Der tiefe Bogen des Tubes folgte ihm wieder geduldig auf den Fersen.

Gott, bin ich müde, dachte er. Laß es endlich vorbei sein. Ich habe getan, weswegen ich hierher gekommen bin, und sogar noch mehr. Aber jetzt möchte ich, daß es vorbei ist. Wo, zum Teufel, blieb der Rettungsskimmer? Merkten sie denn nicht, was los war?

Er wußte, daß er etwas tun mußte. Wie sollte er das Board richtig lenken, wenn er so auf dem Brett hing? Gehirn und Körper waren ausgebrannt. Einzig die schiere Sturheit hatte ihn so lange durchhalten lassen.

Mit dem Eintauchen in die Welle war es nun auch vorbei. Ihm fehlte die Kraft, um auch nur einen halben Meter zu schwimmen und seinen Körper dann bis zur Wasseroberfläche zu treiben. Also mußte er den Curl durchbrechen.

Er steuerte das Board nach oben. Eine Hand tastete über die glatte Seite seines Anzuges bis sie den Knopf zum Aufblasen gefunden hatte. Sobald er durch den Gischt gebrochen war, würde er den Anzug aufblasen und hoffen, daß der Überwachungsskimmer ihn aufsammeln würde, bevor die nächste Welle kam. Er hoffte, er konnte solange bei Bewußtsein bleiben, bis der richtige Moment für das Aufblasen des Anzugs gekommen war. Vor seinen salzverkrusteten Augen schien alles nur noch ein nasser Schleier zu sein. Himmel und Wasser verschwammen ineinander. War er nun am Curl? Wenn er zu lange wartete, würde er abstürzen.

Dann wischte Weiß über ihn hinweg, und er hustete schwach. Die Welle hatte nicht darauf gewartet, bis er eine Entscheidung traf. Er erinnerte sich an Janwins Warnung vor unüberlegten Manövern in Sturmwellen.

Der Tube verschwand, und alles begann zusammenzubrechen, als die Welle ihre Form verlor und über ihm zusammenstürzte.

Es war dunkel und naß, und sein Board war fort. Schon halb bewußtlos drückte er auf den Knopf an seinem Anzug, und wußte, daß die Welle ihn entweder mit rasender Geschwindigkeit auf die Wasseroberfläche oder auf den Sand schleudern würde. Aber wie auch immer, sie würden wenigstens seinen Leichnam finden.

Tut mir leid, Kirsi. Auf Wiedersehen.

Dann war er wieder oben, konnte aber weder seine Arme noch seine Beine bewegen, denn das Wasser hatte ihn umschlossen. Zu früh, es war zu früh! Er wendete und drehte seinen Bauchballon auf.

Zwei Männer kamen auf ihn zu. Das überraschte ihn. Die zweite, noch größere Überraschung war, daß sie nicht schwammen. Sie wateten. Verwirrt versuchte Acorizal sie durch seine brennenden Augen zu erkennen. Dann hörte er ein zischendes Geräusch. Einer der Männer hatte die Luft aus dem Anzug gelassen. Er versuchte, den Mann anzuschreien, aber sein Mund arbeitete ebensowenig wie sein Gehirn. Er dachte, er hätte Menschen rufen gehört.

Dann war die Luft aus dem Anzug, und er war wieder im Wasser. Aber diesmal war es nicht das Salzwasser, das ihn trug, sondern es waren die Arme der beiden Männer, die ihn aufrecht hielten. Das mußten sie auch, denn er hatte keine Kraft mehr, um allein zu stehen.

»Was …?« Zunge und Kiefer wollten nicht zusammenarbeiten. »Was …?«

Einer der Männer, jung und groß, sah ihn mit einer Mischung aus Bewunderung und Verwirrung an.

»Das wissen Sie nicht?«

»Ich weiß … nichts«, nuschelte Acorizal und hustete.

»Das ist die Scratch Bay. Hier sterben die Wellen, Reiter.« Der Mann sprach die letzten Worte mit Begeisterung aus. »Sie haben Ihre Welle bis zum Schluß geritten. Den ganzen Weg.«

»Wie … wie groß war sie, als ich durchging?«

»Och, das? Wir dachten alle, Sie machen das bloß, um in letzter Minuten die Richter noch zu beeindrukken. War das nicht so?«

»Die Richter sind mir scheißegal. Keine Ahnung. Wie hoch?«

»Etwa drei Meter«, sagte der andere Mann, der sich Acorizals rechten Arm über die Schulter gelegt hatte. »Sie sind einfach rübergerollt.« Er zeigte mit einem Kopfnicken nach vorne. »Ihr Board ist oben am Strand sichergestellt.«

»Drei Meter.« Acorizals Mund verzog sich.

Ein vertrautes Gesicht begrüßte ihn, als sie durch das flache Wasser wateten. Es blickte ihn sorgenvoll an, als er auf eine große Matratze, die am Strand lag, gebettet wurde. Applaus erfüllte die Luft wie eine Parodie von dem, was in Acorizals Geist erklang. Er vermischte sich mit den Glückwünschen der Offiziellen, die die beinahe hysterische Menge vom Strand fernhielten.

»Hallo, Joao«, sagte Janwin, während er den Puls seines Freundes kontrollierte. »Wie geht es dir?«

Acorizal blinzelte seinen Freund durch das Salz in den Augen an.

»Ausgelaugt«, seufzte er. »Ausgelaugt und ausgespuckt wie ein alter Kaugummi.«

Er sah, daß der Chirurg eine Bandage um den Kopf trug und eine Plastikschiene mit Gurten seinen linken Arm hielt, und er stellte mit den Augen eine Frage.

»Oh, das?« sagte Janwin lächelnd und hob seinen bandagierten Arm. »Ich wollte aus meiner Welle schwimmen, da es zu spät war, den Pack zu benutzen. Das hat mir die Schulter ausgekugelt. Ich fürchte, für dieses Jahr ist es aus mit dem Surfen. Aber was, zum Teufel, ist mit deinem Pack passiert?«

»Vaxial«, erklärte Acorizal. Ein Anfall von Schüttelfrost hielt ihn für ein paar Momente davon ab, weiterzusprechen. »Es wollte mich fressen. Ich hoffe, es ist erstickt. Wie lange war ich draußen? Ich kann nicht so gut sehen.«

»Acht Stunden und fünf Minuten. Die letzte Stunde

hast du an deinem Board geklebt, wurde mir gesagt. Du hast einen Stabilisator verloren. Sie reparieren ihn gerade.«

»Das ist nett.«

»Der erste vollständige Ritt seit zwölf Jahren«. fuhr Janwin bewundernd fort. »Bis auf Nuotuan im Jahr vierundzwanzig, und die war tot, als man sie fand. Du bist nicht tot.«

»Nein, bin ich nicht.«

Janwin zögerte. »Ich schätze, ich sollte dich jetzt erst mal ausruhen lassen, aber ich muß es wissen.« Er beugte sich vor, so dicht, daß die Reporter ihn nicht hören konnten. »Wie war es?«

Aber Acorizal hatte bereits das Bewußtsein verloren.

Er bekam Punkte, weil er im Tube geritten war. Er bekam Punkte für den Kampf mit den Vaxials. Er bekam Punkte für Stil, und Punkte für die Länge des Ritts. Brookings hatte mehr Zeitpunkte gesammelt, aber weniger Punkte für den Stil bekommen. Aufgrund dieses einzigen Rittes wurde Acorizal zum Sieger erklärt. Sie erzählten es ihm zwei Tage später, als er wieder zu Bewußtsein kam.

Einer der Juroren, ein Medienstar von Terra, war anwesend, um ihm die Trophäe und das Preisgeld zu überreichen. Medienreporter umschwärmten den Mann, der in seinem ganzen Leben nie mehr als hundert Meter an einem Stück geschwommen war. Der Mann war sehr groß, sah gut aus und war nicht einmal ein schlechter Schauspieler. Seine Stimme war wohlklingend tief, und er war für die Präsentation genau richtig gekleidet.

Aber sie konnten Acorizal nicht finden. Er war weder in seinem Hotelzimmer noch sonst irgendwo in Scratch Bay Towne zu finden. Sie suchten ihn am Strand, weil sie vermuteten, er würde vielleicht ein Bad in der ihn bewundernden Menge nehmen, aber da war er auch nicht.

Wen sie schließlich fanden, war Janwin, der in der Werkstatt hing und einem jungen Reiter dabei half, einen neuen Stabilisator anzubringen.

»Ich hab zu tun und außerdem hab ich heute abend Spätdienst im Krankenhaus«, sagte der Chirurg dem ängstlichen Bündel aus Reportern und Offiziellen.

»Wissen Sie denn, wo er ist?«

»Sicher weiß ich, wo er ist.«

Der Medienstar wirkte ziemlich empört.

»Ich stehe hier unter Vertrag.« Und er sah auf sein juwelenbesetzees Chronometer. »Ich gebe dem Ganzen noch zehn Minuten, und dann werde ich gehen, um mein Shuttle zu meinem Schiff zu erreichen.«

»Dann werden Sie es wohl verpassen«, sagte Janwin.

»Aber, zum Teufel, wo steckt er denn?« fragte einer der sehr irritierten Ehrenoffiziellen, ein Mann mit sehr viel Geld und wenig sonst.

Janwin schüttelte den Kopf. »Wo, vermuten Sie, könnte er denn wohl sein?« Er deutete nach Nordwesten. »Er nahm den Skimmer und eine Mannschaft mit.«

»Verrückt«, maulte der Offizielle. »Will der denn die Trophäe und das Geld nicht haben?«

»Ich denke schon, daß er das möchte«, sagte der Chirurg verbindlich. »Aber er sagte mir, er müsse morgen wieder nach Hause zurück. Ich bin sicher, er wird für den Preis und das Bargeld dankbar sein.«

»Aber erst muß er mal eine geeignete Welle finden...«

DAS LETZTE RENNEN

Meistens basieren Science Fiction-Geschichten auf aktuellen Entwicklungen in der Wissenschaft oder anderen gegenwärtigen Ereignissen. Bekannte Themen werden als Sprungbrett für die Geschichten verwendet, die up-to-date-Entwicklungen in der Medizin, der Unterhaltungselektronik und so weiter, in den Weltraum versetzen.

Viel seltener dagegen kommt es vor, daß Fantasygeschichten auf aktuellen Ereignissen basieren. Oder wenigstens waren solche Geschichten eher selten. Doch das Genre verändert sich, bewegt sich fort von den Trollen und Elfen und den Inspirationen aus mittelalterlichen europäischen Volkssagen, hin zu intimeren und vertrauteren Halluzinationen. Stephen King und Fritz Leiber extrahieren dunkle und verwirrende Phantasien aus unserer urbanen geistigen Müllhalde.

Das Hobby, welches in dieser Geschichte beschrieben wird, ist real genug, so wie auch die Menschen, die es pflegen. Darüber zu richten, ob es auch moralisch ist, liegt nicht an mir. Andere mögen willens sein, das zu tun …

Banzaifahrer kennt keine andere Macht
als leere Straßen kurz nach Mitternacht
Benzin in seinen Adern
Öl läuft durch sein Hirn,
ein Mann, der bietet dem Tod die Stirn.

Jeder wußte, Bill Switch scherte sich einen Dreck um den Tod. Kein Mensch, der wie er dieser speziellen Art des Straßenrennens frönte, konnte es sich leisten, ans Sterben zu denken. Nicht, daß er und seine Kontrahenten *wirklich* verrückt gewesen wären, ihnen war der Tod bloß gleichgültig.

Mit fünfzehn Jahren hatte sich Switch den alten Willys Jeep seines Vaters geschnappt und ihn zu einem konkurrenzfähigen Straßenrenner getrimmt. Nun, um zu verstehen, was das bedeutete, muß man etwas über den Aufbau eines Willys Jeeps wissen. Bills Leistung entsprach etwa der, die man aufbringen muß, um einen mexikanischen Plastikeimer in einen Benvenuto Cellini zu verwandeln.

Als sie ihn nach Nam schickten, zeigte die Einberufungsbehörde ausnahmsweise mal ein Gespür dafür, wo einer am sinnvollsten einzusetzen war. Sie steckten ihn in den Maschinenpark. Bill verbrachte einen glücklichen Krieg, weil er ausschließlich mit gepanzerten Personenfahrzeugen und Lastwagen spielen durfte. Lange bevor die Forscher des Pentagons und Chrysler Corporation entschieden, Panzer mit Turboladern aufzurüsten, hatte Bill das bereits an einem ausprobiert.

Als er zurückkam, eröffnete er seine eigene kleine Werkstatt. Spezialanfertigungen. Er hätte reich werden können. Gott weiß wie viele professionelle Rennteams sich bemühten, den Magier von San Bernardino für die Feinabstimmung ihrer Formel-1-Boliden zu gewinnen.

Aber Bill lehnte das ab. Das war nicht sein Stil. Er ging völlig darin auf, Straßenwagen aufzumotzen und dann ihre Besitzer mit einer seiner eigenen Rennmaschinen zu schlagen. Die Straßen von Südkalifornien wurden zu seinen Rennstrecken, das Autobahnnetz sein Indianapolis 500.

Es gab noch einige andere, die wie Bill über Straßenrennen dachten. Die meisten von ihnen kannten Bill, oder hatten schon einmal von ihm gehört. Wenn sie ihn nicht kannten, dann fanden sie schnell genug heraus, wer dieser ruhige, große Mann war, der ihnen in einer Nacht auf irgendeiner Autobahn die Schlußlichter zeigte.

Sehen Sie, Bill Switch und diese paar anderen, das waren keine gewöhnlichen Raser. Sie steuerten keine hochgezüchteten Fords durch das Tal von Kester, oder tiefergelegte Chevys an der Ostküste entlang. Für diese kleine Gruppe galt es als reine Benzinverschwendung, einen Straßenwagen bloß auf schlappe zweihundertfünfzig Kilometer pro Stunde hochzutunen. Am frühen Morgen, wenn die Autobahnen nur wenig befahren waren und die Highway-Patrol damit beschäftigt war, gestrandete Camper und betrunkene Jugendliche aufzuwecken, die nach dem Bumsen eingeschlafen waren, hielten sie ihre Straßenrennen auf dem Autobahnring ab, der Los Angeles umgab.

Bei den Rennen wurden Strecken von dreißig bis zu einhundertundsechzig Kilometern und mehr zurückgelegt. Die Männer und Frauen, die an den Rennen teilnahmen, waren im allgemeinen sehr reich. Das mußten sie auch sein, um sich die Autos leisten zu können. Man konnte sie wirklich nicht einfach Hot Roaders oder Raser nennen.

Sogar die Polizei nannte sie Banzaifahrer.

Banzaifahrer, sei auf der Hut
werf 'nen Blick in den Spiegel
und bring Smokey in Wut
Er wird versuchen, dich zu bezwingen
wenn du nicht gut bist, wird's ihm gelingen.

Ich kannte Bill, weil er sich ab und zu bereit erklärte, an meiner Corvette zu arbeiten, einem schönen, aber kraftlosen '69er Modell, das zwar zwei seitliche Auspuffrohre hatte, aber bloß als Schmuck. Ein netter kleiner Wagen für Pendler, geeignet für alte Damen und Herren mit Größenwahn. Bills Werkstatt lag in San Berdoo, und ich kam eines Tages ahnungslos vorbei, weil einer der Auspufftöpfe ausgetauscht werden mußte.

Nun gut, ich tat Bill leid, und er reparierte den Auspufftopf. Was er sonst noch unter der Motorhaube anstellte, konnte ich nicht sehen, aber es strich gut und gern fünf Jahre und vierundzwanzigtausend Kilometer aus dem Leben dieses Veteranen. Durch diese zufällige Begegnung wurden wir Freunde. Nicht wirklich enge Freunde, nur ›Tag‹, ›Wie geht's‹, lächeln und winken. Diese Art eben. Bill fragte mich aus, und ich gewährte ihm das freiwillig, dafür ließ er mich wissen, wann das nächste Rennen stattfinden würde.

Ich werde diese Nacht nie vergessen. Es war eine schwüle Septembernacht in Südkalifornien, und die grauen Umrisse waren in einen tropischen Dunst gehüllt. Bill hatte zwei Herausforderer. Allerdings war es unüblich, mehr als einen Konkurrenten pro Rennen zu haben. Bill nutzte also die Gelegenheit.

Der eine Herausforderer war ein prominenter Schauspieler. Da Sie bestimmt seinen Namen kennen, werde ich ihn hier besser nicht erwähnen. Nur für den Fall, ich bin nämlich nicht gerade prozeßsüchtig.

Er fuhr einen Ferrari Boxer. Ein anständiges Auto, weich auf der Linie und so feuerwehrrot lackiert wie die Fingernägel einer Hure. Der Schauspieler polierte ihn liebevoll, wobei er jedem, der es wissen wollte, erklärte, wie er Wisps Hintern einseifen würde. Wisp war Bills Spitzname. Der Wisp. Wie in Will-o'-the.

In seiner Begeisterung vergaß der Schauspieler den anderen Fahrer. Als sich der aber zeigte, wurde der Schauspieler plötzlich ganz still.

Der Mann, der vom Fahrersitz kletterte, war nicht mehr als ein Meter vierundsiebzig groß. Er war Arzt, Spezialist für Plastische Chirurgie, der den ganzen Weg von Beverly Hills bis hierher auf sich genommen hatte, bloß um an dem Rennen teilzunehmen. So, wie er in den einteiligen beigefarbenen Rennanzug gequetscht war, mußte er so fett sein wie ein französisches Steak. Darüber hinaus mochte er gut und gern sechzig Jahre alt sein.

Er fuhr einen Lambourghini Countach, silber, aufgemotzt mit speziellen Front- und Heckspoilern, besonders breiten Reifen und einer Aufhängung, die niedrig genug war, um jede Raupe zu köpfen, die sich nicht schnell genug ducken konnte. Als er den Motor anließ, hörte er sich an wie eine der Turbinen des Hoover-Damms, an dem ich mal einen Sommertag vertrödelt habe.

Der Schauspieler wurde leicht blaß, streckte sich dann aber wieder und stieg in seinen Wagen. Der Ferrari war perfekt getuned. Sein Fahrer war vielleicht eingeschüchtert, der Boxer war es garantiert nicht.

Dann erschien Bill. Der Startpunkt lag beim Kaiser Stahlwerk in Fontana. Das Rennen würde kurz sein, nur ein paar Kilometer bis zur Ausfahrt ins Hochland. Der Chirurg und der Schauspieler sahen nun zum ersten Mal Bills berühmtes Wispauto. Sie begannen zu lachen, dachten dann noch einmal darüber nach und sahen schließlich total verwirrt aus.

Bill fuhr etwas, das aussah wie ein Stock Plymouth Combiwagen, in Puderblau lackiert, mit blauen Vorhängen an den Fenstern. Wenn er nicht die niedrigen Frontstoßdämpfer und die übergroßen Reifen gehabt hätte, hätte er wie einer dieser typischen Familienwagen ausgesehen, die man vor jedem Supermarkt auf dem Parkplatz finden konnte.

Der Schauspieler und der Chirurg verdrängten ihre Verwirrung und wurden wieder unnahbar. Jeder von ihnen, einschließlich Bill, hatten zehntausend Mäuse aufgebracht, der Sieger würde alles bekommen. Die drei Wagen bogen in die Autobahn ein. Zu dieser frühen Morgenstunde war das ohnehin wenig befahrene Stück Beton leer.

Der Starter feuerte seine Pistole ab. Der Lambourghini brüllte auf, und der Ferrari grollte. Von Bills Motor war kaum etwas zu hören.

Als die drei Wagen beschleunigten, bildete sich eine weiche, aufsteigende Rauchwolke. Ich und noch ein paar warteten an dem Punkt, der die Hälfte der Distanz markierte. Unsere eigenen Wagen hatten wir unauffällig am Randstreifen geparkt.

Als die drei auf uns zukamen, sahen wir, daß der Countach leicht in Führung lag, dicht gefolgt von dem Boxer, der aber an Boden zu verlieren schien, während Bill den Schluß bildete. Ich versuchte, durch mein Nachtsichtgerät das Gesicht des Chirurgen zu erkennen. In diesem Moment hatte er nicht den Ausdruck eines Mannes, von dem ich an mir hätte herumschnippeln lassen.

Plötzlich erklang über dem stetigen Brüllen ein neuer Ton, ein tiefkehliges *Vrroooamm*, als würde eine Fünfhundertpfundbombe hochgehen. Der Wisp materialisierte aus der Dunkelheit. Als sie an uns vorbeirasten, stoppte ich bei dem Countach dreihundertsiebzig Kilometer pro Stunde. Und der Wisp zog an ihm vorbei, wie eine Harley an einem Übungsrad. Ich wünschte, ich hätte hören können, was der Chirurg in diesem Moment dachte.

Bald darauf gab es eine echte Explosion, als die überforderte Maschine des Countachs hochging. Wir rannten los, um dem Doktor dabei zu helfen, aus seinem Wagen zu klettern. Jemand kam mit einem Feuerlöscher. Fünfzigtausend Mäuse, einfach in Rauch aufgegangen.

Der Schauspieler hielt noch etwa eine Minute länger durch, fuhr aber zu schnell in die Autobahnausfahrt ein, konnte nicht mehr rechtzeitig bremsen und verlor die Kontrolle. Der Boxer endete in einem Weinberg. Er kam geschüttelt heraus, mehr besorgt um sein Gesicht als um den Wagen.

Ich war der einzige, der zu Bill hinausfuhr. Er bog die Abfahrt zum Hochland ein, und hier war die Straße genauso leer wie die Autobahn. Er lag unter seinem Wagen und richtete eine Taschenlampe auf irgend etwas. Er paßte gerade so unter sein Auto. Bill Switch war ein Meter achtundneunzig groß, wog um die fünfundachtzig Kilo und konnte nicht einmal dann böse aussehen, wenn er es mußte.

»Hallo«, sagte er zu meinen Füßen. »Wie waren die anderen?«

»Ganz gut. Der Chirurg hatte Mut. Er gab alles, was er hatte.«

»Ja«, antwortete Bill unter seinem Combi, »gib einigen von diesen respektierlichen Stadttypen einen echten Wagen, und die verwandeln sich in Sekunden von Jekyll in Hyde.«

Bill hatte einen 454 Chevy unter der Haube seines Wagens. Aber das war nur für gewöhnliche Rennen, oder um zum Einkaufen zu fahren. Dieser Motor trieb nur die Vorderräder an. Die hinteren wurden von einem 900-hp-Pratt-und-Whitney-Flugzeugmotor angetrieben, der fast das ganze Heck des Wagens einnahm. Dieser Motor war für kleine Sportflugzeuge konstruiert, mit denen waghalsige Piloten um Markierungspfeiler zischten und schnurrten. Bill verwendete den 454er bloß, um mit seinen Gegnern zu spielen, und dann, wenn es Ernst wurde, weckte er den Flugzeugmotor auf. Der Turbolader blies die Kraft des Motors auf über eintausend Pferdestärken auf. Der Combi sah aus wie ein Stockcar, hatte aber mehr Verstrebungen im Innern als die Brooklyn Bridge.

Aber Bill war nicht zufrieden. Er erzählte mir, daß er eines Tages einen Jetmotor in den Combi einbauen wollte, sobald er herausgefunden hätte, wie man das Ding stabilisieren konnte.

Wir standen allein zwischen den Weinreben und Grillen. Die anderen waren noch damit beschäftigt, den Countach des Doktors von der Straße und den Boxer aus dem Weinberg zu ziehen, als der Fremde erschien.

Er rollte langsam aus dem dunkeln Loch der Unterführung und parkte hinter Wisps Combi. Er war in dem schwärzesten Schwarz lackiert, das ich jemals gesehen habe. Es war so schwarz, daß es beinahe Purpur schien. Das mußten mindestens dreißig Schichten lichtsaugenden Lacks gewesen sein. Die Scheinwerfer glühten rot hinter den dichten Steinschutzgittern.

Ich erkannte die Marke des Autos nicht, allerdings war ich auch nicht unbedingt ein Experte. Es war kein Indytyp, kein Formelwagen. Er sah nicht aus wie ein Lotus oder Mazda. Er sah eigentlich überhaupt nicht nach irgend etwas Bekanntem aus. Die Windschutzscheibe war knapp fünfzehn Zentimeter hoch.

Der Fahrer, der aus dem Wagen stieg, war in Kampfschwarz gekleidet, eine Mode, die viele Rennfahrer mitmachten (Bill bevorzugte Jeans und ein weißes Sweatshirt). Er war genauso groß wie Bill aber viel dünner. Ich schätzte ihn auf gut vierzig Jahre und fragte mich, womit er wohl seinen Lebensunterhalt verdienen mochte. Die Berufe vieler Banzaifahrer waren genauso interessant wie ihre Autos.

Er lehnte sich gegen den Combi und lächelte mich unangenehm an, während er darauf wartete, daß Bill auftauchte. Als dieser endlich unter dem Wagen hervorkam, sah er kurz den Neuankömmling an, stand auf und wischte sich die Hände an einem ölverschmierten Lappen ab. Sein Blick war sofort an ihm vorbei zu dem ebenholzschwarzen Wagen geschnellt.

»Ich hörte, Sie mögen Rennen«, sagte der Fremde. Er wies mit dem Kopf Richtung Autobahn. »Sie haben gerade bewiesen, daß Sie es auch können. Würden Sie auch gegen mich fahren?«

Bill rieb sich die Nase. »Ich weiß nicht. Kenne Ihr Auto nicht. Hab so einen noch nie gesehen.«

Der Fremde grinste breit. »Ist ein Import. Aber weder Italiener, noch Franzose.«

»Israeli? Ich habe gehört, die machen da drüben ein paar ganz interessante Sachen.«

Der Mann schüttelte den Kopf.

»Und auch nicht aus Japan. Es ist eine Art Hybrid nach meinem eigenen Entwurf. Macht das was?«

»Nö. Mir nicht. Ich war bloß neugierig.«

»Man sagt, Sie wären der Beste.«

Nun war es an Bill, zu lächeln. »Das stimmt.«

»Ich habe hier fünfhunderttausend in nichtmarkierten Hundertdollarscheinen. Damit könnten Sie sich den Jetmotor, den Sie haben möchten, kaufen und außerdem viel Zeit, um damit zu spielen. Und Sie brauchen nie wieder die Autos alter Damen zu reparieren.«

Bill schielte nach dem Geld.

»So viel könnte ich aber nicht mal dann dagegensetzen, wenn ich meine Werkstatt mit in den Topf werfen würde.«

»Ich hätte auch keine Verwendung für Ihr Geschäft«, sagte der Fremde.

»Und was soll ich dann setzen?«

Der Fremde legte einen Arm um Bills Schulter, und die beiden gingen hinaus in den Weinberg. Meine Haut begann zu jucken und mir lief trotz der Hitze der Nacht ein kalter Schauer über den Rücken. Ich mochte diesen Kerl nicht. Ich mochte weder sein Lächeln, noch sein Benehmen, oder das seltsame leise Heulen, das sein schwarzer Bolide von sich gab.

Nichts von all dem schien Bill zu berühren. Sie zuckelten zur Straße runter, und ich sah, wie sie sich die Hand gaben. Ich hatte ein schlechtes Gefühl dabei, aber ich konnte schließlich keine Entscheidung für ihn treffen.

»Um fair zu sein, sollten wir die Belastung und die Geschwindigkeit testen«, sagte der Fremde. »Sowohl die der Fahrer als auch die der Boliden.«

»Einverstanden«, sagte Bill nachdenklich.

»Wie wäre es von Indio bis zum Ufer? Das sind zweihundert Meilen. Wer als erster über die Brücke ist, hat gewonnen.«

»Hört sich aufregend an«, sagte der fremde Fahrer und zeigte wieder sein unangenehmes Lächeln.

Bill nickte in Richtung des schwarzen Wagens. »Fahren Sie mit Alkohol?«

Der Fremde schüttelte den Kopf. »Mit etwas, das nicht annähernd so exotisch ist. Ich schlage den nächsten Montag vor, nachts um zwei.«

»In Ordnung.«

Bill hatte noch nie so hart gearbeitet wie an den folgenden Tagen. Ich traf ihn Donnerstag in seiner Werkstatt, und er blickte gerade lang genug auf, um mich zu erkennen. Ich wußte, er hatte nur noch seinen langgehegten Wunsch im Kopf, den Combi mit dem Jetmotor.

Ich fragte Mario, einen seiner Mechaniker, was Bill in das Heck des puderblauen Wagens packen würde.

»Das ist die Hölle selber, Mann. Der bastelt da an irgend so einem Overdrive oder so was herum. Der will noch fünfhundert PS mehr rausholen.«

Ich schüttelte den Kopf. »Er ist verrückt. Bei der Renndistanz wird er sich irgendwann damit selbst in die Luft jagen.«

»Ist ja nicht für das ganze Rennen, glaub ich.« Der Mechaniker spuckte auf den ölverschmutzten Betonboden. »Wenn es überhaupt einer machen kann, dann Wisp.«

Am Montag morgen wartete ich auf der anderen Seite der Brücke. Es wußten nur sehr wenige Leute von dem Rennen, und die hatten sich über die gesamte Länge der Strecke verteilt. Eine größere Gruppe hätte die Highway Patrol darauf aufmerksam gemacht, daß etwas Ungewöhnliches im Gange war. Wir alle hatten Funkgeräte und hf-Monitore, um die Boliden im Auge zu behalten und die Lastwagenfahrer zu warnen.

Ich konnte den Start natürlich nicht sehen, aber wir konnten dem Verlauf des Rennens über Funk folgen.

Sie starteten fast gleichzeitig. Als sie am Desert Center vorbeikamen, hatte sich Bill leicht nach vorne geschoben. Der Viervierundfünfziger und der Pratt & Whitney arbeiteten gut, griffen wirkungsvoll ineinander und schluckten Benzin und Strecke mit unglaublicher Präzision. Später erfuhren wir, der Krach mußte so markerschütternd gewesen sein, daß die Menschen in Desert Center aufwachten und einige das Verteidigungsministerium angerufen hatten, um zu fragen, ob das Munitionslager außerhalb von Barstow in die Luft geflogen sei.

Kurz hinter Blythe, wo die letzte Etappe des Rennens begann, holte der Fremde auf. Die Zuschauer, die sich hier versammelt hatten, sagten, daß der schwarze Bolide weder brüllte noch brummte, sondern nur eine Art lautes Kreischen von sich gab, das immer intensiver wurde, bis es schließlich den Pratt & Whitney übertönte. Er fuhr dreihundertsechzig, als er an ihm vorbeizog.

Einer, der ein Fernglas hatte, sagte aus, er hätte einen Blick auf Bills Gesicht werfen können, als der vorbeikam, und es wäre steinhart und verschwitzt gewesen. Aber keine Angst. Nicht bei Bill Switch.

Wir konnten sie zum ersten Mal sehen, als sie durch die Stadt donnerten. Überall heulten Sirenen auf, denn die Highway Patrol hatte schließlich doch die Geduld verloren. Aber mehr als zusehen, bis die beiden Renner sich ausgebrannt hatten, konnten sie nicht. Kein Polizeiwagen kann einen Banzai einholen.

Der schwarze Bolide lag in Führung. Wir konnten von unserer Position aus ganz deutlich die roten Scheinwerfer über der Steilküste des Colorado ausmachen.

Dann hörten wir das Donnern einer Explosion, als wäre in der Nähe ein Jumbo Jet abgestürzt. Kurz darauf gingen überall in der schlafenden Stadt die Lichter an, denn das schreckliche Geräusch hatte die Anwohner geweckt.

Der Bolide des schwarzen Dämons preschte nach vorn. Beobachter am anderen Ufer des Flusses dachten schon, Wisp hätte verloren. Aber Wisp blickte nur kurz nach unten und schaltete den Overdrive ein.

Die Explosion war das Donnern des Overdrive, den Bill gezündet hatte. Durch unsere Ferngläser und Fernrohre konnten wir ganz deutlich erkennen, wie der blasse Combi aufholte und der Abstand zu dem schwarzen Boliden immer kleiner wurde. Es waren nur noch knapp zwei Kilometer bis zur kalifornischen Seite der Brücke. Derjenige, der es als erster bis dorthin schaffte, war Sieger. Dann lagen sie nebeneinander, und dann – unglaublich – lag Bill vorn!

Diese Monstermotoren machten einen unglaublichen Lärm, deshalb konnten wir das Platzen des Reifens nicht hören. Bei etwa vierhundertachtzig Kilometern pro Stunde scherte Bills Wagen nach links aus. Er kämpfte, um ihn auf der Strecke zu halten, schaffte es auch für einen Moment, wieder auf der Ideallinie zu fahren, bevor der Wagen nach rechts ausbrach. Er schoß durch das dünne Geländer, schwebte anmutig durch die Luft und beschrieb im Fallen einen Bogen wie ein sterbender Pelikan. Der Wisp machte nicht einmal einen großen Platsch. Es gab auch keine Explosion. Er schoß einfach direkt zum Grund des Colorado River.

Ich habe noch nie ein Auto so bremsen sehen wie dieses schwarze Geschoß. Der Fahrer fuhr bloß eine oder zwei Meilen nach Arizona hinein, bevor er langsam genug war, um wenden zu können und zu uns zurückzukommen. Er parkte und stieg aus, und man sah ihm an, daß er an einem Rennen teilgenommen hatte. Seine ehemals eisigen Züge waren zerbrochen und sein unerschütterliches Selbstbewußtsein, mit dem ich ihn in jener Nacht in San Bernardino gesehen hatte, war verschwunden. Er hatte gewonnen, aber nur knapp. Wenn Bill nicht den Reifen verloren hätte, wäre die Geschichte anders ausgegangen, und der Fremde wußte das.

Er blickte voller Respekt nach unten in das klare graue Laken, das der Colorado darstellt. Ich stand fast neben ihm. Die meisten der anderen waren den Abhang hinuntergeklettert, und einige wenige schwammen bereits zu der Stelle, an der Bills Wagen untergegangen war. Ich wußte, daß sie nichts finden würden. Das wußte der Fremde neben mir auch. Ich entfernte mich einige Schritte von ihm.

»Sagen Sie mir«, sprach ich ihn vorsichtig an, »wenn der Reifen gehalten hätte, *hätte* er Sie dann geschlagen?«

Der Fremde dachte nach. »Das weiß ich ehrlich nicht.«

Er lächelte zu mir herab. »Natürlich, Sie würden nichts von dem glauben, was ich Ihnen erzählen könnte, nicht wahr?«

Erst jetzt bemerkte ich, daß seine Augen gelb waren, und das lag nicht etwa an Kontaktlinsen. Seltsam, daß mir das nicht schon vorher aufgefallen war. Oder vielleicht hatte ich es auch nicht sehen wollen.

Ich bin kein besonders mutiger Mensch, aber ich hege eine übertriebene Mißachtung gegenüber dem Tod. Also sagte ich: »Ich denke, er hat sie klar geschlagen.«

Diese häßlichen Pupillen verengten sich gerade so sehr, daß ich ein leises Zittern in mir spürte. Aber *ich* hatte ja mit diesem Banzaifahrer *keine* Wette abgeschlossen.

»Kann schon sein. Er war der beste von allen, gegen die ich jemals gefahren bin. Er war besser als seine Motoren, was für einen Menschen ungewöhnlich ist. Sehr ungewöhnlich sogar. Aber er hat verloren.«

Er wandte sich ab und ging zu seinem Wagen zurück. Ich hörte, wie er in sich hineinnuschelte: »Vielleicht ist noch etwas von dem Verlorenen zu retten. Wir werden sehen.«

Ich habe weder den schwarzen Wagen noch seinen Fahrer jemals wiedergesehen, und ich hoffe, ich werde ihm auch niemals wieder begegnen. Ich gehe auch nicht mehr in den frühen dunklen Morgenstunden hinaus, um mir die Rennen der Banzaifahrer anzusehen. Ich bleibe lieber bei meiner Schreibmaschine und meinen Werbetexten.

Oh, und ich halte mich immer streng an die Geschwindigkeitsbegrenzung. Sonst könnte vielleicht einer auf die Idee kommen, mich zum Rennen herauszufordern.

Banzaifahrer, du hast deine Seele verloren
Nun hat sie der Teufel dazu erkoren
auf einem heißen Weg umherzustreifen
Wagen aus Feuer, aus Rauch die Reifen
Und du tanzt nie wieder Rock 'n' Roll.

STADT DER ERWÄHLTEN

Bill Smythe, ein guter Freund von mir, war der oberste Rattenfänger (d. h.: ›Rodent Control Expert‹: also Experte für Nagetierüberwachung) der Vereinigten Staaten. Er kündigte, nachdem er einige Jahre in Somalia damit zugebracht hatte, die lokalen Behörden mit der Vernichtung von Nagetieren vertraut zu machen. Als diese sich weigerten, seinen Anweisungen zu folgen (»Allah wird uns schon beschützen«, sagten sie und damit hatten sie nicht ganz unrecht, denn er beschützte sie tatsächlich … in Form von endlosen Hilfsaktionen aus anderen Staaten und Experten wie Bill), packte er und flog heim.

Gegenwärtig unterrichtet er die Tasanier darin, Herren ihres Nagetierüberschusses zu werden, und berichtete mit großer Erleichterung davon, daß ihnen das Land und seine Probleme wesentlich wichtiger zu sein scheinen als den Somalis.

Immerhin befindet er sich in Dar-es-Salaam in einer der besseren Dienststellen, und obwohl es nicht London oder New York ist, lebt man dort doch schon etwas kultivierter als in seiner frühere Dienststelle in Mogadischu.

In einem derart isolierten Ort wie Mogadischu kann man nämlich völlig unvorhersehbar in die merkwürdigsten Geschichten hineingeraten …

Harley Vickers haßte Mogadischu – nicht, daß er nicht schon schlimmere Dienststellen gesehen hätte. Kampala während der Herrschaft von Idi Amin, zum Beispiel, wo er nur unter größten Schwierigkeiten mit heiler Haut fliehen konnte. Oder Soweto, Südafrikas größter Slum, ein Sumpf aus Elend und Verzweiflung, bei dem vorhersehbar war, daß er eines Tages in einer Orgie der Gewalt explodieren würde, wie sie Afrika seit den Tagen des Zulukrieges nicht mehr gesehen hatte.

Nein, er hatte wirklich schon aus übleren Städten als Mogadischu berichtet, wenn auch kaum aus langweiligeren. Für frisches Obst, gutes Essen, halbwegs glaubhafte Nachrichtensendungen, sowie etwas entspannende Unterhaltung, mußte man eine vierstündige Autoreise nach Süden über die Grenze nach Nairobi in Kauf nehmen. In Mogadischu gab es solche Vergnügungen nicht. Hier lag sein einziges Vergnügen darin, die Virginküste zu erforschen, die sich Hunderte von Kilometern nach Norden Richtung Golf von Aden erstreckt. Die Südküste Somalias war so reich an Schönheit, wie ihre Bewohner grenzenlos und verzweifelt arm.

Wegen der schwächenden Auswirkungen des scheinbar endlos dauernden Krieges mit ihrem aufrührerischen und genau so durch Armut gezeichneten Nachbarn Äthiopien, waren sie heute sogar ärmer als jemals zuvor. Eine menschliche Flut an Flüchtlingen brandete an die Grenzen einer Wirtschaft, die nie besonders effektiv gewesen war, ergoß sich über die umkämpfte Grenze der Ogadenwüste, und schwappte wieder zurück.

Vickers war halb amerikanisch, halb englisch. Er war nun seit zwanzig Jahren für UPI in Afrika, zwanzig Jahre, die seinen früheren Idealismus reichlich gedämpft hatten, weil er hier begreifen mußte, bis zu welchem Extrem Menschen gehen können, bloß um sich gegen persönlichen Schwachsinn zu verteidigen. Ob Schwarz oder Weiß, es war stets dasselbe. Haß statt Verständnis, Mißtrauen statt Kommunikation. Er war es müde.

Vier Monate hatte er in Mogadischu verbracht und über die Hilfsprogramme und die Katastrophe im

Ogaden berichtet. Er brauchte dringend eine Veränderung – eine Versetzung irgendwohin. Kairo, wenn er Glück hatte, oder Nairobi, oder selbst das frenetische, aber immer aufregende Lagos. Überall, nur nicht hier, dachte er, als er über den Marktplatz zu seiner Wohnung ging. Er hatte die Korruption, die Arroganz, mit der er sich auseinandersetzen mußte, um seine Berichte schreiben zu können, bis zum bitteren Ende satt. Abgesehen davon, hatte er zur Lage in Somalia alles gesagt, was es zu sagen gab. Er war lange genug in dem Geschäft, um zu wissen, wann seine Arbeit überflüssig wurde.

Als er beim Haushaltswarenstand um die Ecke bog, wäre er fast mit einer grünen Frau zusammengestoßen.

Als sie stolperte, glitt der Schleier von ihrem Gesicht, das so erlesen war, wie ein Smaragd, und genauso kostbar gefärbt. Sie beeilte sich, die schützende Gaze wieder zu befestigen, und verschwand in der Menschenmenge. Ein erstaunter Vickers konnte ihr bloß noch nachstarren.

Dann drängte er sich den Weg durch die Scharen der Marktschreier hindurch, und nahm die Verfolgung auf.

»He ... he, Sie, warten Sie eine Minute! Warten Sie!« Er wußte, daß sie ihn hörte, weil sie sich einige Male umdrehte und deshalb sehen mußte, daß er immer noch hinter ihr war. Die dichtgedrängte Menge verhinderte zwar, daß er zu ihr aufschloß, aber auch sie kam nicht wesentlich schneller als er voran, und blieb daher in Sichtweite.

Auf der anderen Seite des Marktplatzes verlor er sie, als sie sich nicht etwa in einen Eselkarren oder auf eine Kamelhowdah schwang, sondern in ein neues Modell Land Rover huschte. Der Fahrer trat aufs Gas, und sie schossen durch die enge Straße, und ließen Vickers atemlos und ärgerlich in einer Staubwolke zurück.

Das Bild wollte sich genau so wenig verflüchtigen wie der Schock. Das Gesicht der Frau blieb in seinem

Geist lebendig. Es war nicht einmal ihre außerordentliche Schönheit, die ihn lähmte, sondern vielmehr ihre außergewöhnliche Färbung. Es war nicht der Olivton der Hautfarbe, den die Besucher aus der Ägäis hatten, oder die kaffeebraune Farbe der vielen multirassischen Bewohner Mogadischus, sie war strahlend und fröhlich grün – so schimmernd wie eine St.-Patricks-Parade.

Wenn hier Make-up oder Körperfarben verwendet worden waren, dann mußte es die bemerkenswerteste Arbeit sein, die er jemals gesehen hatte. Als sie ihn nach dem Zusammenprall angeblinzelt hatte, hatte er gesehen, daß selbst ihre Augenlider von demselben elektrisierenden Grün waren.

Wie ein Segen, eine Gabe Allahs, ein Preis für sein edles und tugendhaftes Leben, wartete an der nächsten Straßenkreuzung ein Taxi. Es war nicht sehr schwer, die Spur des Land Rovers aufzunehmen. Die wenigen motorisierten Fahrzeuge, die durch die Straßen Mogadischus fuhren, gehörten meist zu der Hafenseite oder dem Diplomatenviertel und kamen so gut wie nie in diese Nebenstraßen.

Der Taxifahrer war seinen Lohn nur solange wert, wie er die Spur des fliehenden Rovers durch enge Gassen und Staubstraßen verfolgte. Erst als der Rover das Stadtrandgebiet verließ, stellte der Fahrer das Rennen ein.

»Entschuldigung, Effendi. Die Straße geht nicht. Ich fahre nicht mehr.« Sein Englisch war schlecht, aber er hatte es auf den Punkt gebracht.

Vickers wußte, daß es sinnlos wäre, mit ihm zu diskutieren. In Wahrheit hatte der Fahrer seinen klapprigen Citroën bis an die Grenzen getrieben. Vor ihnen lag eine Piste, die nur Kamele oder Allradfahrzeuge meistern konnten. Das Taxi würde nicht mehr als eine Meile auf diesem knochenbrecherischen Weg ins Nichts durchhalten. Vickers beobachtete den Land

Rover, bis er hinter dem abendlichen Horizont verschwand, dann gab er den Befehl zur Umkehr, und sie fuhren in die Stadt zurück.

Die ganze Nacht verfolgte ihn das grünschimmernde Gesicht. Bis auf die Farbe hatte die junge Frau die klassische Gestalt, wie es für diesen Teil Afrikas üblich war – zum Teil negroid, zum Teil arabisch, eine köstliche und exotische Mischung.

Soweit es seinen Arbeitsvertrag betraf, hatte Vickers ganz ansehnliche Bedingungen. So lange er seine Artikel termingerecht abgab und sein Budget nicht überzog, konnte er hingehen, wohin er wollte und über Themen seiner Wahl berichten. Sein nächster Vorgesetzter saß hinter einem Schreibtisch in der Fleet Street.

Ich werde denen etwas wirklich Interessantes zum Drucken geben, sinnierte er. Eine leuchtend grüne Dame – ja, das müßte eigentlich das Interesse der *Times* treffen, genauso wie das der *Daily News* und *The Star*.

Es war nicht allzu schwer, die weitere Spur des Land Rovers von der Stelle aus, an der er die Stadt verlassen hatte, wieder aufzunehmen. Außerhalb der Stadtgrenze waren Autos noch seltener als Mitgefühl. Er machte sich unverzüglich an die Aufgabe, die er sich gestellt hatte. Er hatte schon oft Wochen im Busch verbracht und in seinem Land Rover gelebt.

Bevor er Mogadischu verließ, lud er ausreichend Nahrungsmittel, Wasser und Benzin ein, um für Monate versorgt zu sein, obwohl er sich nicht vorstellen konnte, daß es so lange dauern würde. Nach dem, was er durch seine Informationsquellen erfahren hatte, hatte die grüne Dame nicht annähernd so viel Proviant dabei.

Die Straße führte durch Balad Richtung Johar, an dem Shebelle Wadi entlang, das die meiste Zeit des Jahres trocken war. Die Außentemperaturen waren höllisch. Die Klimaanlage des Rovers summte vor Protest, während sie gegen die brütende Hitze ankämpfte.

Wegen Unruhen in dem Gebiet, durch das die Straße führte, mußte er einen Umweg nach Norden machen und dann auf die Küste zufahren, um Johar zu erreichen und von dort aus durch Marek und Harardera. Selbst ein Kamelpfad war in dieser Wildnis ein willkommener Weg.

In Obbia versuchte ein Armeecaptain Vickers Benzinvorrat zu beschlagnahmen. Nur weil er einen UPI-Ausweis und Regierungspapiere bei sich trug, gelang es ihm, nach Iddan zu gelangen. Er näherte sich nun der Provinz Migiurtinia, ohne seiner Beute näher gekommen zu sein, und begann sich zu fragen, ob er wohl den ganzen Weg bis nach Kap Guardafui zu fahren hätte. Ihm war heiß, und er war müde und nahe daran aufzugeben, als er die grüne Frau wiedersah.

Bloß … es war nicht dieselbe Frau.

Er sah sie im Hafenviertel von Garad, einem Fischerdorf, in einem der winzigen Läden, die hier aufgereiht standen. Sie verkaufte Fische. Ihr Schleier war wegen der Hitze geöffnet. Vielleicht war sie einmal schön gewesen, aber das Alter und das harte Leben hatten ihre Haut in Pergament verwandelt. Sie war älter als die Frau, nach der er suchte, viel älter.

Da waren die beiden leuchtend grünen Kinder schon wesentlich faszinierender, die er am Strand spielen sah, und die mit anderen Kindern normaler Hautfarbe spielten, sich gegenseitig unter Wasser drückten und schließlich ans Ufer wateten und um die Beine der alten Frau herumtanzten. Vielleicht ihre Großmutter, dachte Vickers und hielt an.

Die Kinder umringten sofort den Wagen, berührten ihn und bückten sich, um die schlammverkrustete Unterseite zu bewundern. Garad war eine sehr isolierte Gemeinde, und ein Land Rover war hier genauso eine Neuigkeit wie der weiße Mann, der ihn fuhr. Als ein erstaunter Vickers die beiden grünen Kinder betrachtete, schwanden alle Gedanken an Make-up und Körperbemalung. Sie waren sieben oder acht Jahre alt, ein Knabe mit großen Augen und ein schüchternes kleines Mädchen, beide von Kopf bis zu den Zehen grün. Nur ihre Augen und das Haar waren schwarz, während die Nägel lediglich einen grünlichen Schimmer aufwiesen.

Vickers kletterte aus dem Wagen, schloß die Tür und lächelte sie an. Sie starrten bar jeder Arglist zurück. Das kleine Mädchen hatte einen Finger in den Mund gesteckt und stand dicht bei dem Jungen. Vermutlich waren sie Bruder und Schwester.

Er räusperte sich und kramte sein Suaheli hervor, in der Hoffnung, es würde ausreichen. Sein Arabisch war zu schlecht, sein Amharisch noch schlechter.

Sie verstanden ihn. Vickers fragte, woher sie kämen. Sie deuteten ins Inland. War die Frau, die dort in dem Stand Fische verkaufte, ihre Großmutter? Nein, eine Tante. Er zögerte bloß einen kurzen Moment. Warum hatten sie so eine ungewöhnliche Hautfarbe?

Weil sie das Glück hatten, zu den Auserwählten zu gehören.

Dann mußte es wohl so eine Art Sekte sein. Etwas Interessantes war endlich in den verödeten Norden Somalias gekommen. In dem Verhalten der Kinder lag weder Heimlichkeit noch der Versuch, etwas zu verbergen. Sie hatten es auch nicht nötig, denn schließlich war ihre Existenz für die Londoner Bevölkerung genauso schlichtweg unvorstellbar, wie für die in Nairobi. Ihre perfekte Isolation schützte sie. Nur ein Zufall auf einem dichtbevölkerten Marktplatz hatte Vickers die Möglichkeit gegeben, ihren Zufluchtsort zu entdecken.

Im Inland, hatten sie gesagt. Konnten sie es genauer sagen? Vickers wußte, daß es nicht sehr weit entfernt sein konnte, da hier Kamele oder Eselhengste die üblichen Verkehrsmittel waren. Sicher, Mzungu, erklärten sie ihm. Um an den Ort der Auserwählten zu gelangen, wo sie mit dem Rest des Dorfes lebten, brauchte man bloß dem Wadi Omad in Richtung der untergehenden Sonne zu folgen.

Also dann waren es keine Nomaden, dachte Vickers. Er bedankte sich bei ihnen und kletterte in seinen Land Rover. Als er vorwärtsholperte, folgten ihm lachend die Kinder, bis er hinter dem letzten Fischstand nach Osten abdrehte und landeinwärts fuhr.

Das Wadi, dem er mühsam folgte, war fast ausgetrocknet. Nur die Mitte wurde von einem flachen Wasserlauf wie von einer silbernen Klinge geteilt. Antilopen flohen vor ihm. Vickers ignorierte sie.

Es war fast dunkel, als er aus der kleinen Schlucht herausfuhr. In den länger werdenden Schatten lag ein flacher Hügel, der von Reifenspuren zerklüftet war. Sie führten ihn bis zum Anfang der Savanne. Dornige Bäume kämpften um die Feuchtigkeit im Boden. Harte Sträucher stellten Heimstätten für Schlangen und Beutelratten dar. Hoch über allem türmten sich die drei Metallskelette von Windmühlen auf.

Kein Quixote in seinem Land Rover, dachte Vickers, als er auf die gedrungenen Lehm- und Steinstrukturen zufuhr, die sich an die Türme schmiegten. So weit im Norden gab es sicher keinen europäischen Posten mehr. Die Flüchtlingslager befanden sich weiter im Innern des Landes, an der äthiopischen Grenze, oder weiter südlich bei Mogadischu. Und er konnte sich auch nicht daran erinnern, etwas von einer Wissenschaftsstation oder Außenposten in dieser Region gehört zu haben.

Es gab zwei Arten von Windmühlen. Eine schien Wasser zu pumpen, die anderen beiden waren an Stromgeneratoren angeschlossen. Es war auch tatsächlich ungewöhnlich kühl hier. Das Wadi wurde von einer stetigen Brise durchströmt. Morgens, wenn das Land sich aufheizte, wurden die Windmühlen vermutlich vom Wind gedreht.

Aus dem inneren des größten Gebäudes kam Licht.

Es war ein einstöckiges Haus, das aus verrostetem Wellblech, Steinen und Lehm zusammengesetzt war. In diesem Teil der Welt war Bauholz genauso selten wie ein Chateaubriand.

Er hielt an und stieg aus. Zwischen den Büschen und Bäumen zu seiner Linken lag ein ansehnliches Eingeborenendorf. Es sah verlassen aus. In der beginnenden afrikanischen Nacht war plötzlich ein Geräusch zu hören. Er folgte ihm über eine kleine Anhöhe und blieb stehen.

Die Bevölkerung des Dorfes – Männer, Frauen und Kinder – stand aufgereiht auf dem Kamm des nächsten Hügels. Die Menschen standen mit ausgestreckten Armen und zurückgeworfenem Kopf in Richtung Sonnenuntergang gewandt. Der Medizinmann oder Häuptling führte sie mit einem hypnotischen, melodiösen Gesang an.

Und jeder einzelne von ihnen war nackt und leuchtend grün.

Eine Hand berührte ihn in der Mitte seines Rückens. Er wirbelte herum, holte tief Luft, und seine Hand fuhr instinktiv zu der Pistole, die an seiner Hüfte hing. Aber er ließ sie im Halfter, als er sah, wer vor ihm stand. Es war die Frau, die er in Mogadischu gesehen hatte.

Sie trug keinen Schleier. Sie steckte in Khakihosen, Sandalen und einem Tropenhemd. Ihr schwarzes Haar war am Hinterkopf zusammengebunden. Gesicht und die nackten Arme und Hände waren so grün wie bei den singenden Dorfbewohnern hinter ihm.

»Sie sind sehr hartnäckig, Sir«, sagte sie mit einem schweren Akzent.

»Was ist das für ein Ort? Wer sind Sie, und wer sind diese Menschen?« Er wies auf die Dorfbewohner.

Sie zögerte kurz, lachte dann und verbarg ihr Gesicht für einen Moment.

»Sie müssen die Cobans kennenlernen.«

Eine Sekunde lang dachte er, sie hätte ›Kubaner‹ gemeint, und er bekam fast einen Schrecken. Sie schenkte ihm ein strahlendes Lächeln. Ihre Zähne waren nicht spitz zugefeilt und erfreulich weiß.

»Bitte, Sir. Sie werden sie mögen, den alten Mister und die Missus.«

Mister und Missus. Das klang nicht gerade bedrohlich. Er ging also neben ihr her. Abgesehen davon war er nicht Hunderte von Kilometern durch die Wüste gefahren, bloß um jetzt, im Moment der Erleuchtung, davonzulaufen.

»Sagen Sie«, begann er, als sie sich dem Eingang des Haupthauses näherten, »Sind Sie… sind alle diese Menschen ›Auserwählte‹?«

»Oh, die meisten sind es sicher, Sir. Das jedenfalls hat der Missusdoktor gesagt.« Dann fügte sie stolz hinzu: »Mein Name ist Rala. Ich spreche Englisch und habe echte Bücher gelesen, damit ich ihnen helfen kann. Ich bin es, den sie in die Stadt zum Einkaufen schicken.«

»Nicht nur, daß Sie ausgezeichnet Englisch sprechen, Rala, sie sind zudem auch noch sehr schön.«

»Danke sehr, Sir.«

In dem Raum, in den sie ihn führte, gab es nichts Geheimnisvolles. Die handgemachten gemütlichen Möbel stammten aus einer ortsansässigen Werkstatt. Ein Radio/Kassettendeck stand auf einem Bücherschrank und spielte ungewöhnlicherweise Chávez. DC-Lampen, die von den windgespeisten Batterien ihre Energie erhielten, erhellten den Raum.

Eine ältere Europäerin saß auf einem Sofa und blätterte in den Seiten eines Taschenbuchs. Als sie den Raum betraten, blickte sie auf. Das tat auch der Mann, der an einem Tisch am anderen Ende des Raums saß. Beide mochten Ende sechzig oder Anfang siebzig sein.

Der Mann stand auf, um ihn zu begrüßen.

»Hallo, hallo. Sie sind der erste Gast, den Mary und ich seit langem hatten.«

Er lächelte und streckte die Hand aus. Zu Vickers Erleichterung hatte sie dieselbe Farbe wie seine eigene Hand.

»Ich bin Walter Coban.«

»Und ich bin Mary«, sagte die großmütterliche Frau auf dem Sofa.

»Harley Vickers, United Press.«

»Ein Reporter. Ja, ich glaube, ich habe ein paar von ihren Artikeln gelesen, Mr. Vickers«, sagte Mrs. Coban. »Sie haben sehr viel über das Flüchtlingsproblem geschrieben.«

Vickers nickte.

»Ihrer Arbeit entnehme ich, daß sie ein ehrlicher, sehr begeisterungsfähiger Mann sind.«

»Ich schreibe, was ich sehe«, sagte er lapidar.

»Und was sehen sie jetzt?«

»Etwas, das ich nicht verstehe.«

Sie lächelte sanft ein mütterliches Lächeln. »Sie müssen müde sein, Mr. Vickers. Und auch durstig und hungrig. Wir hatten schon so lange keinen Gast zum Abendessen, oh, ich kann mich gar nicht mehr daran erinnern. Nun, da sie wohl kaum den langen Weg gemacht haben, um mit leeren Händen zurückzukehren, müssen wir ihnen eine Erklärung liefern, nicht wahr? Sie müssen also unsere Gastfreundschaft annehmen.«

Er konnte kaum ein Grinsen zurückhalten. Hier gab es etwas Geheimnisvolles, mit Sicherheit, aber es war nicht gefährlich. Abgesehen davon hatte er es satt, aus Dosen zu essen.

»Ich nehme Ihrer Einladung gerne an.«

»Bitte, nehmen Sie Platz.« Sie klopfte auf ein Kissen. »Hier, neben mir.«

Vickers setzte sich. Ihr Ehemann entfernte sich in ein Hinterzimmer und kam einen Moment später mit drei hohen Gläsern zurück. Er gab Vickers eines.

Der Reporter nippte vorsichtig daran, dann leuchteten seine Augen auf, und er trank in tiefen Zügen.

»Limonade! Mit *Eis!* Seien Sie gesegnet. Woher haben Sie die?«

»Von einem Schiff aus dem Süden.« Der alte Mann lächelte.

»Rala tut in Mogadischu für uns, was sie kann, aber Sie wissen ja, wie begrenzt die Versorgungsmöglichkeiten in der Stadt sind. Für richtige Nahrungsmittel sind wir auf andere Quellen angewiesen. Die Zitronen haben wir von einer Handelsdhou draußen in Malindi.«

»Bloß die Meeresfrüchte nicht«, warf seine Frau ein, »Die besten Meeresfrüchte kriegen wir hier. Rala, heute gibt es Hummer.«

Das Mädchen nickte, sah aber unglücklich aus und verschwand durch eine andere Tür.

Bei der Aussicht auf ein Abendessen mit Hummer lief Vickers das Wasser im Mund zusammen.

»Wirklich, stürzen Sie sich wegen mir bloß nicht in Unkosten.«

»Unkosten? Mein guter Junge, Hummer sind hier billiger als Zwiebeln. Essen Sie nur.«

Der traurige Gesichtsausdruck des Mädchens ging ihm nicht aus dem Kopf.

»Als Sie das Hauptgericht erwähnten, machte Rala so ein seltsames Gesicht. Mag sie keinen Hummer?«

»Nicht besonders«, sagte Coban. »Das ist eine Frage des persönlichen Geschmacks. Ist alles eine Frage der Gewohnheit, wissen Sie.«

»Ich hoffe, ich werde nie so blasiert«, sagte Vickers.

Die kalte Limonade wirkte wie ein Wunder auf seine ausgetrocknete Kehle.

»Sie haben mir eine Erklärung versprochen, Mrs. Coban. Für mich heißt das Information. Davon könnte ich sicher einiges gebrauchen. Was ist dieses Dorf und warum bezeichnen sich diese Menschen hier selbst als Auserwählte? Warum sind sie alle grün, und was machen sie hier in diesem gottverlassenen Stück Land?«

Er blinzelte und rieb sich die Augen.

Die Eheleute tauschten einen Blick, Coban saß in einem Sessel gegenüber dem Sofa und erklärte:

»Mary und ich arbeiteten früher an der Universität von Arizona in Tuscon, Mr. Vickers. Wir arbeiteten die meiste Zeit nachts und – wegen der zwiespältigen Natur unseres Projekts – allein. Wir haben versucht, die Ergebnisse unserer Arbeit zu veröffentlichen, aber wir stießen nur auf Skepsis und Verachtung. So was passiert häufig in der Wissenschaft, und es ist auch nicht anders als in anderen Disziplinen. Wir setzten unsere Arbeit fort. Schließlich wurden unsere Mittel gestrichen, und wir mußten unsere Dozentenstellen aufgeben.

Unser Interesse galt dem lebenswichtigen Gebiet der Nahrungsforschung, Mr. Vickers, im besonderen seiner Anwendung angesichts der wachsenden Probleme in den Wüstenregionen der Welt. Deshalb waren wir ja auch nach Arizona gegangen. Wir arbeiteten lange Zeit an Jojoba und anderen ursprünglichen Wüstenpflanzen, bevor uns klar wurde, daß wir das Problem von der falschen Seite her angingen, wie es die Forscher seit hundert Jahren schon getan hatten.

Sechs Jahre nachdem wir die Sache unter einem anderen Blickwinkel betrachtet hatten, glaubten wir, eine Methode gefunden zu haben, mit der wir die Nahrungsmittelknappheit in weiten Teilen der Welt bekämpfen konnten. Wir trafen aber wieder auf dieselbe Ablehnung und Feindschaft, der wir auch bei unserer früheren Arbeit begegnet waren. Es war unmöglich, Mr. Vickers, in dieser schrecklichen Atmosphäre unsere Arbeit fortzusetzen.

Also suchten wir nach einem Ort, an dem wir in Frieden arbeiten und unsere Theorien anwenden konnten, und wo sie zudem etwas Gutes bewirken würden. Wir kamen hierher, und hier wurde unsere Hilfe verzweifelt benötigt. Rala und ihre Leute hungerten, als wir über sie stolperten, Mr. Vickers. Die Eingeborenen von Gala sind freundliche Menschen, aber man kann nichts teilen, wenn man nichts hat.

Unser Projekt wird von einigen reichen, voraussehenden Menschen in Arizona unterstützt. Sie lassen uns arbeiten, ohne sich einzumischen. Große Männer, Mr. Vickers. Ich werde Ihnen ihre Namen später nennen, damit Sie sie in ihrem Artikel verwenden können.«

»Also, dann werde ich einen Artikel schreiben?« murmelte er. Die Geschichte des alten Mannes war soweit recht interessant, doch hatte sie bisher noch keine seiner Fragen beantwortet. Nahmen sie ihn absichtlich auf den Arm, oder war dieser Mr. Coban einfach nur geschwätzig? Er rieb sich wieder die Augen. Diese endlose, verzweifelt langweilige Fahrt hatte ihn erschöpft. Er war sich nicht einmal sicher, ob er bis zum Essen wach bleiben konnte.

»Ja, das werden Sie, Mr. Vickers«, fuhr Coban fort. »Beide, Mary und ich, haben das gerade beschlossen. Ihr Erscheinen hier könnte man als Schicksalsfügung betrachten, wenn wir an so etwas glauben würden. Und Mary hat ihre Arbeiten gelesen und respektiert sie. Das genügt mir. Sie werden der Welt von unserem kleinen Erfolg mitten in der Wüste erzählen. Wir haben das getan, weil wir hofften, etwas Gutes zu tun.«

»Und was ist das?« fragte Vickers. »Eine Art neuer Religion? Als ich ankam, habe ich Ihre Dorfbewohner mit nacktem Hintern da draußen gesehen. Lieder können doch nicht die Leere in ihren Mägen füllen.«

Coban lächelte und seine Frau lachte lauthals.

»O Mr. Vickers, der Gesang ist nur zum Spaß. Für den Vorgang ist er nicht wichtig.«

»Welchen Vorgang?« nuschelte Vickers. Er war wirklich sehr müde.

»Sie haben nicht gebetet, Mr. Vickers«, erklärte ihm Coban, »sie haben gegessen.«

Vickers Augen weiteten sich. »Gegessen? – Was haben sie gegessen?«

»Abendessen, würde ich meinen. Alte Gewohnheiten sterben nur sehr langsam.«

Seine Frau blickte Vickers verständnisvoll an.

»Vielleicht wird es Ihnen klar, wenn ich Ihnen die Details der Geschichte erzähle. Ich bin Gentechnikerin, und Walter ist Mikrobiologe. Als wir vor langer Zeit unsere Arbeit an den Wüstenpflanzen beiseite legten, konzentrierten wir uns auf Plankton. Das sind diese winzigen, kleinen Lebewesen, die im Ozean vorkommen und vielen Meeresbewohnern als Nahrung dienen. Wir dachten daran, in allen Wüstenregionen flache Salzteiche mit Plankton anzulegen, und es wie eine lebende Suppe aufzuziehen.

Während wir an dieser Idee arbeiteten, stießen wir auf einen interessanten und ungewöhnlichen kleinen Frischwassercoelenteraten namens *Hydra viridis*. Im Gegensatz zu ihren Verwandten existiert diese Hydra in einer symbiotischen Beziehung mit einer wundervollen Alge, die Chlorella genannt wird. Chlorella betreibt Photosynthese, Mr. Vickers, aber es steckt mehr dahinter. Zusätzlich zu ihrer eigenen Nahrung produziert sie auch genug für ihren Gast.

Wo es keine Chlorella gibt, muß die Hydra genauso wie ihre weißen Verwandten, feste Nahrung zu sich nehmen.«

Ihr Ehemann stand auf und entschwand wieder durch die Hintertür.

»Wir waren sehr aufgeregt, Mr. Vickers«, setzte sie fort. »Wir dachten, wie wunderbar es wäre, wenn wir gentechnisch eine Art der Chlorella entwickeln könnten, die eine Symbiose mit Menschen eingehen kann. Wir hatten Erfolg. Die Nahrungsproduktion durch bebaubares Ackerland ist nun kein Problem mehr, Mr. Vickers. Länder wie Indien und China können so viele Menschen haben, wie sie wollen. Mit unserer freundlichen Alge als Partner kann jeder auf der Erde genug Nahrung für sich und ihren Körper produzieren.

Denken Sie an die peripheren Probleme, die unsere Entdeckung lösen könnte! Jeder wird eine schöne grüne Schattierung haben. Kein Züchten und Schlachten von Tieren mehr. Wir sind sehr stolz auf das, was wir erreicht haben, Mr. Vickers. Können Sie uns das übel nehmen?«

»Wenn Sie auf das, was sie getan haben so stolz sind, warum haben Sie und Ihr Gatte keinen Gebrauch davon gemacht?« fragte Vickers. »Oder ist das nur für unwissende Flüchtlinge geeignet? Verstehen Sie mich nicht falsch, aber ich kaufe Ihnen kein Wort davon ab.«

»Oh, wir würden auch nicht erwarten, daß ein Reporter mit Ihren Erfahrungen und Ihrem Status etwas glauben würde, das so phantastisch ist, ohne es gründlich überprüft zu haben, Mr. Vickers. Aber sie können sicher sein, daß Sie Ihren Beweis bekommen.

Doch zurück zu Ihrer ersten Frage«, fuhr Coban fort. »Ich muß leider gestehen, daß dann, wenn eine Person das Alter von fünfzig oder fünfundfünfzig – wir sind uns immer noch nicht sicher, wo wir die Grenze anzusetzen haben – erreicht hat, die Alge keine Symbiose mehr mit ihrem menschlichen Wirt eingeht. Wir glauben, daß es etwas mit der verminderten Produktion von Fibroblasten zu tun hat. Bei jemandem der jünger als fünfzig ist, ist es allerdings nicht schwierig, die Alge einzusetzen, die sich dann in den Hautschichten anreichert. Darüber hinaus kann die Alge über die embryonischen Flüssigkeiten auch an Neugeborene transferiert werden. Chorella reagiert sogar auf künstliches Licht, was es möglich macht, auch während der Nacht Nahrung zu produzieren, wenn man das wünscht.«

Vickers lehnte sich zurück gegen das Sofa, und konnte kaum noch die Augen offen halten.

»Noch etwas Limonade, Mr. Vickers?«

Limonade. Kühle, eiskalte Limonade. Müde, so

müde. Ich sollte nicht so müde sein, so anstrengend war die Fahrt nun auch wieder nicht. Er bereitet die Limonade in dem anderen Zimmer zu…

»Wieso?« sagte er matt, als er immer schneller in die Dunkelheit glitt. »Ich dachte… Sie sagten… Sie wollten Ihre Geschichte beweisen?«

»Oh, das haben sie falsch verstanden, Mr. Vickers«, sagte sie besorgt und beugte sich über ihn, um mit einem klinischen Blick sein Gesicht zu untersuchen.

»Wir haben Ihnen nichts Schlimmes angetan. Wir haben Sie nur etwas müde gemacht. Sie brauchen doch eine Nacht gesunden Schlaf, nicht wahr? Morgen werden Sie dann den Beweis, den Sie haben wollten, erhalten. Denken Sie an die Schlagzeilen, die Sie machen werden, Mr. Vickers! HUNGER AUSGEROTTET!… NAHRUNGSMITTELKNAPPHEIT IST GESCHICHTE!… DIE MENSCHHEIT IST GERETTET!… Denken Sie daran, Mr. Vickers. Sie werden der berühmteste Reporter der Geschichte werden. Sie werden nichts dagegen tun können…«

Die Sonne weckte ihn mit ihren Strahlen, die sie durch die offenen Fenster schickte. Er lag in einem Bett, einem echten Bett mit einer Matratze und sauberen Decken.

Die Erinnerung an den Abend kam mit einem Schlag zurück. Limonade, Gesang, Eis, lächelnde alte Leute, die mehr waren, als es schien, betäubt, Bewußtlosigkeit.

Er setzte sich schnell auf, und war erleichtert, daß er sich bewegen konnte. Alles schien zu funktionieren. Versuchsweise streckte er Arme und Beine. Alles war noch an seinem Platz. Das einzige, was nicht normal war, war das Kribbeln in seinem rechten Unterarm, unterhalb des Ellbogens.

Er sah nach seinem rechten Arm – und schrie.

Walter Coban erschien besorgt in der Tür.

»Sie haben uns erschreckt, Mr. Vickers. Ist etwas nicht in Ordnung?«

»In Ordnung? In Ordnung! Sehen Sie mich an!«

Coban tat es sehr professionell. »Eine wirklich hübsche Färbung, Mr. Vickers, wenn ich das mal so sagen darf.«

Vickers verbarg seinen Kopf in den Händen, sein Oberkörper wippte vor und zurück, und er weinte: »Warum, warum ich? Warum haben Sie mir das angetan?«

»Nehmen Sie es leicht, Mr. Vickers. Sie sind ein starker Mann. Sie müssen ein starker Mann sein, wenn Sie all diese Jahre in Afrika überlebt haben. Mit so einer Kleinigkeit werden Sie schon fertig. Nebenbei, die Wirkung muß nicht dauerhaft sein. Wenn Sie ein paar Wochen im Dunkeln bleiben, haben Sie ihre alte, unnütze Farbe wieder.

Erinnern Sie sich denn nicht an unsere Unterhaltung von gestern abend? Sie sagten, daß Sie trotz allem, was Sie gesehen haben, nichts von dem, was wir Ihnen erzählten, glauben könnten. Wir versprachen, Ihnen einen unwiderlegbaren Beweis für unsere Entdeckung zu liefern. Wenn Sie Ihren Verleger in London überzeugen wollen, werden Sie den auch brauchen. Aber so werden sie Ihnen bestimmt glauben, wobei Sie nichts anderes zu tun brauchen, als einige Wochen ohne Nahrung zu sich zu nehmen, in der Sonne zu sitzen und dabei nicht an Gewicht zu verlieren. Sie werden Ihnen glauben, denn Sie werden selbst der Beweis sein. Mr. Vickers.«

»Gibt es Nebenwirkungen?« grunzte Vickers. »Was gibt es für Nebenwirkungen?«

»Wir haben nunmehr seit vielen Jahren diese Symbiose studiert. Es gibt *keine* Nebenwirkungen. Wenn es nicht diese Veränderung der Hautfarbe gäbe, wüßten Sie nicht einmal, daß Sie die Chlorella in Ihrem Körper haben. Oh, da ist doch noch eine Kleinigkeit …

Sie hatten doch bei unserer Assistentin Rala ein aufkommendes Mißfallen an unserem angekündigten Hummeressen bemerkt. Sie werden bald feststellen, daß der bloße Gedanke an die Aufnahme fester Nahrung bei Ihnen Übelkeit erregt, ausgenommen natürlich die geschmacksneutralen Vitamine und Mineralstoffe, die sie nehmen müssen, denn die Photosynthese kann den menschlichen Organismus leider nicht mit allen Stoffen versorgen, die er braucht.«

Vickers fuhr sich mit der Zunge über die Lippen und sagte verdrießlich: »Aber ich *mag* Essen. Ich mag Hummer und Steak und Brathähnchen.«

»Das sind bestenfalls oberflächliche Vergnügungen, Mr. Vickers. Machen Sie sich keine Sorgen über das, was Sie in Zukunft essen werden, Mr. Vickers. Denken Sie an das Geld, das Sie verdienen werden. Denken Sie an die Zeit, die sie jeden Tag sparen werden, weil Sie zur Nahrungsaufnahme nur eine Weile in der Sonne zu sitzen brauchen. Photosynthese ist vielleicht nicht die genußvollste Art der Nahrungsaufnahme, aber sie ist eine sehr effektive.«

Ohne sich seiner Nacktheit bewußt zu werden, sprang Vickers aus dem Bett. An der gegenüberliegenden Wand war ein Spiegel. Er betrachtete mit äußerster Verwunderung sein limonengrünes Selbst. Nun, da der erste Schock zu verblassen begann, fand er den Anblick der weichen Pastelltonfärbung eigentlich recht entspannend. Wenn er so in das Londoner Büro käme, würden sie ihm vielleicht nicht sofort glauben, aber sie würden es wohl kaum übersehen können.

Er gestand sich ein, daß er sich fragte, ob Rala ihn attraktiv finden würde.

»Versuchen Sie, es nicht so schwer zu nehmen, Mr. Vickers«, sagte Coban verständnisvoll. »Ich beneide Sie, wissen Sie. Mary und ich sind die Entdecker – diejenigen, die die gesamte schmutzige, gescholtene Drecksarbeit getan haben. Sie aber sind der Botschafter eines neues Zeitalters. Sie sollten stolz darauf sein. Bevor Sie sterben werden, wird jeder so aussehen wie Sie. Jeder wird ein Mitglied der Auserwählten sein.«

Coban hatte recht, das wußte Vickers. Das System war zu effizient, zu heilsam, um verleugnet zu werden. Die einzigen Probleme dabei, weltweite Akzeptanz zu finden, würden psychologischer Natur sein, und er war sich nun genauso sicher wie Coban, daß diese überwunden werden mußten. Nach allem war der menschliche Körper ja bereits ein Reservoir lebender Dinge, von Bakterien bis hin zu komplexeren Organismen. Warum sollte jemand etwas gegen ein paar Gäste mehr haben, besonders, wenn es solche wohltuenden Gäste wie die Chlorella waren?

Und es war wirklich eine überaus hübsche Farbe, sagte er sich.

Coban sah, daß mit seinem Gast eine Veränderung vor sich gegangen war und entspannte sich.

»Sehen Sie, es ist gar nicht so schlimm, oder? Wir sind einfach eine unserer vielen Phantasievorstellungen geworden, Mr. Vickers, und jede vielversprechende Phantasievorstellungen muß irgendwann Wirklichkeit werden. Wir haben kleine grüne Männchen aus dem Weltraum getroffen – und nun sind wir die selbst.«

EINZELRECHTE DER STORIES

Swamp Planet Christmas
Copyright © 1976 by Janes D. Denney
Erstmals veröffentlicht in *Art & Story*

Snake Eyes
Copyright © 1978 by Random House
Erstmals veröffentlicht in *Stellar 4*

Bystander
Copyright © 1978 by Davis Publications, Inc.
Erstmals veröffentlicht in
Isaac Asimov's Science Fiction Magazine

What Do the Simple Folk Do?
Copyright © 1979 by Alan Dean Foster

Gift of a Useless Man
Copyright © 1979 by Davis Publications
Erstmals veröffentlicht in
Isaac Asimov's Science Fiction Magazine

Surfeit
Copyright © 1982 by Thranx, Inc.
Erstmals veröffentlicht in *Speculations*

The Last Run
Copyright © 1982 by Mercury Press, Inc.
Erstmals veröffentlicht in
The Magazine of Fantasy & Science Fiction

Village of the Chosen
Copyright © 1983 by Omni Publications International, Ltd.
Erstmals veröffentlicht in *The Best of Omni*

Von Alan Dean Foster erschien in der Reihe
HEYNE SCIENCE FICTION & FANTASY:

DIE EISSEGLER-TRILOGIE:

✧ Die Eissegler von Tran-ky-ky · 0603591
✧ Die Moulukin-Mission · 0603777
✧ Die Fahrt der Slanderscree · 0604618
– als Sonderausgabe in einem Band:
✧ Eissegler · 0605420

✧ Das Tar-Aiym Krang · 0603640
✧ Die denkenden Wälder · 0603660; auch als 0604729; auch als 0607018
Alien · 0603722
✧ Der Waisenstern · 0603723
✧ Der Kollapsar · 0603736
Kampf der Titanen · 0603813
Outland · 0603841
✧ Cachalot · 0604002
✧ Meine galaktischen Freunde · 0604049
✧ Auch keine Tränen aus Kristall · 0604160
✧ Flinx · 0604219
✧ Homanx Eins · 0604220
3 Romane in Kassette
✧ Das Tar-Aiym Krang
✧ Der Waisenstern
✧ Der Kollapsar
✧ Flinx' Abenteuer · 0604948
– Sonderausgabe in einem Band der 4 Romane
✧ Flinx
✧ Das Tar-Aiym Krang
✧ Der Waisenstern
✧ Der Kollapsar

Colligatarch · 0604338
✧ Die Reise zur Stadt der Toten · 0604308
El Magico · 0604355
Shadowkeep – Das dunkle Land · 0604407
Pfade des Ruhms · 0604533
Afrikas dunkles Herz · 0604559

✧ Prisma · 0604626
✧ Long Tunnel · 0604657
Der Cyberweg · 0605022
Der Highway ins Nichts · 0605319
Schlangenaugen · 0605670
Katzenspiel · 0605933 (in Vorb.)

DER BANNSÄNGER-ZYKLUS:

Bannsänger · 0604276
Die Stunde des Tors · 0604277
Der Tag der Dissonanz · 0604278
Der Augenblick des Magiers · 0604279
Die Pfade des Wanderers · 0604508
Die Zeit der Heimkehr · 0604509
Der Sohn des Bannsängers · 0605365
Die Entführung der Musik · 0605366

In der **ALLGEMEINEN REIHE**:

Das Ding aus einer anderen Welt · 0106107
Krull · 0106286
Starman · 0106369
Pale Rider. Der namenlose Reiter · 0106596
Aliens – Die Rückkehr · 0106839
Aliens 3 · 0108490
– alle 3 Alien-Romane als Sonderausgabe in einem Band:
Alien – Das unheimliche Wesen aus einer fremden Welt · 108764
Spacecop L.A. · 0107727

Die mit ✧ gekennzeichneten Romane und Erzählungen spielen in Alan Dean Fosters Homanx Commonwealth (siehe dazu ›Heyne Science Fiction Magazin‹ # 12, hrsg. von Wolfgang Jeschke) · 0604167